魅丽文化 花火工作室

# 青梅知不知

木子喵喵 / 著

江苏凤凰文艺出版社
JIANGSU PHOENIX LITERATURE AND ART PUBLISHING

图书在版编目（CIP）数据

青梅知不知 / 木子喵喵著. —南京 : 江苏凤凰文艺出版社, 2020.12
ISBN 978-7-5594-5340-2

Ⅰ. ①青… Ⅱ. ①木… Ⅲ. ①长篇小说－中国－当代
Ⅳ. ①I247.5

中国版本图书馆CIP数据核字(2020)第215558号

# 青梅知不知

木子喵喵 著

责任编辑 张 倩
特约编辑 黄 欢 胡 蓉
装帧设计 46设计 QQ:1067244694
出版发行 江苏凤凰文艺出版社
南京市中央路165号，邮编：210009
网 址 http://www.jswenyi.com
印 刷 湖南天闻新华印务有限公司
开 本 880mm × 1230mm 1/32
印 张 9.5
字 数 200千字
版 次 2020年12月第1版
印 次 2020年12月第1次印刷
书 号 ISBN 978-7-5594-5340-2
定 价 40.80元

# 目录
CONTENTS

目录
CONTENTS

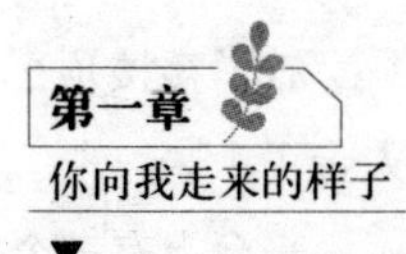

# 第一章 你向我走来的样子

1

我见过最美的风景，是你向我走来的样子。

四月中旬的宜城已经开始有点热了，太阳当空，晒得人昏昏欲睡。

尤其是下午第二节课，宜城一中高一（2）班的教室正在上化学课，教室里大部分同学趴在桌子上睡着了，化学老师早已习惯这种情况，照常不误在讲台上讲着自己的课。

坐在最后一排的雨涵和春堂两人低头拿着手机在双排，打完一局游戏之后，雨涵看了一眼靠窗的空座：“执哥怎么还没来上课啊？”

春堂指了指头顶：“在楼顶睡觉吧……反正来教室也是睡觉，不如在上面，人少还凉快。”

“一会儿下课去找执哥吧！”

“你找死啊？执哥最讨厌睡觉被人打扰。”

“说得也是，不过执哥不在教室好无聊啊。”

“执哥就算在教室也是睡觉不会理你。”

“你懂什么？执哥在教室我有安全感啊！”雨涵想了想，又道，“对了，上节课班主任不是说转校过来的新同学会来报到吗？怎么没来？”

“谁知道，你管那么多干什么？还有半节课才下课，继续开一局。”

“开开开！”

教学楼楼顶平台，刚转来宜城一中报到的程只被一个长得尖嘴猴腮的人带了上来。

平台上有三个人，两男一女，三人脸上挂着一副“我们不好惹”的样子。

带她上来的人走到其中一个男生旁边说：“猴哥，人我给你带来了！”

坐在水泥高台上的“猴哥”候章祁抬头看了一眼程只。少女穿着宜城一中的校服，白色的短袖衬衫将她玲珑有致的身材凸显无疑。深灰色的格子短裙露出她修长白皙的双腿。她安静地站在那里，白净的脸上没什么表情。她的五官极好看，短发及肩，露出圆润白皙的耳朵，看起来十分漂亮、乖巧。

候章祁朝身边的女生笑了笑：“你姐很漂亮啊，看起来蛮乖巧的，怎么跟人家过不去？”

程只对那女生不陌生，她是王浩光明正大的女儿王子怡。

程只的母亲程茵是王浩的初恋，当年分手之后，程茵怀上了王浩的孩子，但王浩已经跟王子怡的母亲结婚。

程茵没舍得打掉自己的骨肉，独自将程只生下来并且抚养长大。

近几年程茵的身体情况越来越不好，这才找上了王浩，公开了程只的身份，程茵要求得不多，只希望王浩作为生父能抚养程只直到成年。

王浩将程只接回王家之后，王子怡一直看她不顺眼。

王子怡从小娇生惯养，在家里霸道惯了，根本不能容忍自己多出一个姐姐。因为程只要转来宜城一中，她还在家里大闹了一场，说程只这个私生女根本不配跟她上同一所高中。

“什么姐姐？她也配？不过是个私生女而已。”

王子怡的语气充满了鄙夷和不屑。她走到程只面前，用手戳了戳她的肩膀：“程只，我不是跟你说了，别让我在宜城一中看见你，你听不懂人话吗？”

程只低头，看了一眼戳着自己肩膀的手指，忍了一下，不着痕迹地退了一步。

随即而来的是王子怡更过分的举动。她见程只不说话，冷笑了起来，“你妈求着我爸收留你的时候，可不知道她生了个哑巴女儿！”

程只的头皮被拽得生疼，但这一次她没有退，闭着眼睛承受着疼痛。

王子怡见她没再反抗，罢了手，对身后的“尖嘴猴腮”和另一个男生说：“骚猪、狗子，这哑巴就送给你们了，你们……”她顿了顿，才说，“你们想怎么样就怎么样。”

身后的“骚猪”和“狗子”一脸坏笑地走了过来：“子怡姐，真的是想怎样就怎样？”

说完还看了一眼候章祁。

候章祁一脸事不关己的模样：“你们子怡姐说了算。”

“好嘞！”“骚猪”和“狗子”迫不及待地走到程只面前。

“狗子”从上到下打量了一眼程只。别看她只是高一的学生，但要脸有脸，要身材有身材，尤其是那双腿。

“狗子”的手伸到程只面前抬起她的下巴，她偏过了头。“狗子”刚“啧”了一声，下一秒，她的脸上传来一阵疼痛，又辣又火热。

“子怡姐，好歹也是你的姐姐，下手轻点。”“狗子”看着程只漂亮的脸蛋很快肿了起来，有点心疼地说。

王子怡看着被欺负的程只低头站在原地，白皙的脸上肿了起来，却一声不敢吭，心里舒坦极了。

她一把抓住程只的校服前襟，警告地说：“程只，你最好听话点，否则就不是肿一半脸这么简单！”

王子怡说完松开她的校服，在她腿上狠狠地掐了一把。

王子怡没忽略程只除了有一张极漂亮的脸，还有一双又白又直又长的腿。

程只低着头，脸颊高高地肿着，耳骨后的短发零散地落了下来，校服被她抓得皱成一团，看起来很狼狈。

但她没有动。

“骚猪”用手指勾了勾程只的书包带：“看起来还是个好学生，居然背书包来上学。让哥哥看看书包里都装了一些什么……”

“骚猪”说着，伸手将程只背的书包拽了下来，拽的过程中“骚猪”感觉程只有半秒钟的挣扎，但很快她便松了书包带。

“骚猪”直接将程只书包里的东西倒了出来，里面除了书本和笔，没有其他东西。

“狗子”拎起一本书的书皮，看了一眼上面的字：“高一（2）班？这班级有点眼熟啊？”

“高一(2)班？”一直没说话的候章祁忽然抬了眼皮，从高台上跳下来，歪了歪脖子，松了松筋骨。

“狗子”见他走过来，灵光一闪，道：“我想起来了，高一（2）班，不是陆私生子的那个班？”

“骚猪”被提醒，才反应过来：“对！那个陆执也是高一（2）班的！所以宜城一中的高一（2）班是私生子聚集地……啊！”

“骚猪”的话音刚落，一个石头稳稳地从后面砸中了他的脑袋。砸过来的石头有一个男生的拳头那么大，落在地上滚了一圈。“骚猪”摸着后脑勺的手上立刻染上了鲜红的血，他只觉得气息翻涌直上，怒吼一声：“是谁给老子装神弄鬼？给老子滚出来！”

他刚吼完，几人就看见他们对面的高台后面走出一个少年。少年穿着宜城一中的校服，白色衬衫、深灰色长裤。不同于其他学生的严谨，他的校服扣散开了两颗，露出弧度漂亮的锁骨……和他的脸一样好看。只是他整个人像一块在烈日下都融化不开的冰，他一出现，楼顶的气温都降了下来。

“陆……陆……陆……”“骚猪”捂着流血的脑袋，“陆”了半天没“陆”出什么来。

候章祁眯了眯眼睛，叫了一声：“陆执。”

王子怡的脸色发白。

陆执似乎没睡醒，眼皮半垂着，但气场很冷漠，他用没什么温度的声音说："刚才的话再说一遍。"

这话是对"骚猪"说的。

2

气氛有片刻冷滞，"骚猪"一咬牙，正要站出来的时候，"狗子"将他护在身后："陆……陆私生子，怎么了？大家都知道的事，不让人说了？"

下一秒，陆执揪住了"狗子"的衣领。

候章祁和"骚猪"反应过来，立刻去抓陆执。"骚猪"的手刚碰到陆执，就被他狠狠地摔在地上。"骚猪"本就刚被石头砸中头，这一摔更是让他觉得眼前一片黑，半天起不来。

当上楼来找陆执的同班同学陈昊和雨涵走上天台看见的就是其他两人倒在地上的情景。两人对视一眼，连忙上去拉开了陆执："执哥，执哥，你冷静点。"

再这样下去要出人命。

两人好不容易将陆执拉开，根本顾不了被吓得脸色惨白的王子怡和其他被陆执揍得起不来的"动物三兄弟"，拉着陆执往楼梯口走去。

陈昊和雨涵跟陆执在一起这么久，或多或少都知道陆执有暴躁症，他发狂了，就算他们合力都拉不开。

好在他们上来得及时，被他们拉下楼的陆执很快冷静了下来。

此刻正是下课时间，楼道里站了不少学生，有别班的两个学生在走廊里追着玩，差一点撞上陆执。两个学生吓了一跳，面对一脸冰寒的陆执，一个劲道歉："执……执哥，对不起。"

陆执没理他们，径自朝教室的方向走去。

两个学生才如同被赦免，忙不迭地跑了。

陆执走到教室门口后停住脚步，回头看了一眼身后的程只："你要跟我到什么时候？”

陈昊和雨涵一门心思都在陆执身上，生怕他脾气控制不住失了控，这时才发现身后一直跟着一个小姑娘。

小姑娘很狼狈，双颊有清晰的巴掌印，一看就是刚刚被欺负过，但她的眼睛特别水灵澄澈。

被陆小霸王这么一问，程只眨了眨眼睛，没说话。

雨涵和陈昊对视一眼，嘶……这小姑娘长得还真好看啊，软萌萌的一只，看起来……就很好欺负的样子。

陆执见她没说话，只是睁着一双无辜又漂亮的大眼睛看着他，

他没理她，往教室里走去。

此时上课铃声响起，走廊上的同学都陆陆续续回了教室。

程只跟着陆执进了教室之后，看了一眼他旁边的位子，一直到班上所有人都坐下之后，这个位子仍是空着的。

高一（2）班陆续进来的同学都看着这个跟在陆执身后进来的、从未谋面的、看起来非常软萌漂亮的同学，好奇她到底是谁。

然后他们就看见，这个非常软萌漂亮的小姑娘走过去，轻声对陆执说：“我可以坐在你旁边吗？”

陆执没回答，只是冷冷地看着她。

随后，她在陆执旁边的位子坐了下来。

接着，全员噤声，所有注视她的好奇目光都变得惊恐起来。

那眼神仿佛她坐到了什么龙潭虎穴上。

要知道，从幼儿园到高一，陆执从没有过同桌。

也有人不信邪，曾经有个从高年级降级下来的男生对这个传闻嗤之以鼻，坚持无视别人的劝导，嚣张地坐在了陆执旁边，还挑衅地对他说：“老子今天就要坐这里，不止今天，从此以后都坐这里，你能拿我怎样？”

最后陆执没有拿他怎么样，只是一脚把他从凳子上踹翻，把后排的垃圾桶盖在他脑门上而已。

自此以后，再也没人敢挑衅陆执了。

大家都知道陆执不喜欢身边坐人，以他这不好惹的性格，程只这行为简直是在老虎脸上拔胡须。

可面对大家惊恐的眼神，她脸上的表情十分淡然和无辜，仿佛感受不到他们的视线。

而陆执好像似乎也没有要踹翻新同学，把垃圾桶盖在她小脑袋上的举动。

上课铃声响了没多久后，班主任陈塘边接电话边走了进来，对那头说："奇怪了，说好下午报到，她没来找我啊……咦？"

他看见陆执身边有点眼熟的面孔，又说："我好像看见她了，挂了。"

陈塘挂了电话后走近程只推了推鼻梁上的墨镜，喊了一声："程只同学？你就是程只同学？"

程只乖巧地从座位上站了起来："老师好。"

女孩的声音清澈甜糯，像一缕清风拂过。

陈塘十分开心，连连点头，随后才发现她脸上的巴掌印。他皱了皱眉："你脸上怎么回事？"

随后陈塘想到什么，怒吼一声："陆执！你是不是欺负人家了？"

宜城一中霸王陆执的威名不只在学生之间流传，连老师也略知一二。

上次的同桌事件、新同学受欺负的事尽人皆知，那可是从高年级降级降了好几年，一直没毕业的男生，长得人高马大的，老师都头疼得不行，结果被陆执吓得转学了。

所以看见程只脸上的伤时，陈塘第一个想到的就是陆执，这孩子也太残酷无情了吧？这么乖巧可爱的新同学他也下得了手？

当着全班人的面，残酷无情的霸王陆执翻了个白眼，懒得理他。

倒是程只忙解释："没有……老师，不是他……"

但是陈塘显然误会了程只的意思，以为她受陆执的威胁不敢说。他说："好！下课陆执和程只到我办公室来一趟！"

程只有点茫然……

好在陈塘已经转移了话题："现在，我给大家介绍一下，这就是我们班新转来的程只同学。

"来，程同学，你给大家自我介绍一下。"

程只顿了一会儿，忙站起来给大家鞠了一躬，然后软糯糯地说："大家好，我叫程只，以后希望能跟大家成为好朋友。"

仿若幼稚园小朋友的自我介绍以及她几乎九十度鞠躬的动作，让全班学生静默了半秒钟后哄堂大笑。

在一阵笑声中，有人发现带着低气压走进教室满脸都写着"我不开心生人勿扰"的陆执，在听完程只的自我介绍之后，嘴角竟然扬起一抹若有似无的笑……

似乎也是被天然呆的新同学给逗笑的。

在一片笑声中，陈塘也笑了起来："看来程只同学是个很有礼貌的同学，大家不要笑她。以后她就是我们高一（2）班的一员了，大家以后多多照顾她。"说完，又严肃地警告，"尤其是陆执，不要欺负她！"

陆执："……"

"好了，程只同学，你坐下吧！"

重新坐下的程只垂着脑袋，脸红红的，耳朵也红红的。

程只坐下之后，陈塘才像发现了什么……

程只竟然坐在了陆执身边，向来不允许有同桌的陆执竟然没反对。

陈塘推了推眼镜，没想太多，拿起书本："好了，我们现在开始上课。"

说完之后，他忽然想起什么，于是对程只旁边的某人说："陆执，程同学刚转校过来，书本还没领到，你先跟她共用一下。"

于是所有人又看了过来。

众所周知，陆执上课不是睡觉就是旷课，上课听讲的时间大部分是数学课，语文课都是用来睡觉的。

就在大家以为陆执又不会理陈塘的时候，却见他将一本课本丢在程只的桌子上，然后趴在桌子上，脸朝着窗口那边睡觉。

程只看着桌子上陆执丢给她的语文书，崭新得仿佛从来没用过。

她打开书皮，内页写着龙飞凤舞的两个字，她勉强认了一下：“陆丸？”

程只眨了眨眼睛，仔细看了一下，才发现是“陆执”。

陆执颜值高得一骑绝尘，字也真的丑得一骑绝尘啊……

语文课在四十分钟后结束。

睡了整整一节课的陆执终于醒了过来。

陈塘扶了扶鼻梁上的眼镜对陆执和程只说：“你们跟我来一趟办公室！”

在其他人的视线中，陆执懒洋洋地起身，往教室外走。

程只随即跟在他身后。

办公室在高一走廊的中间，在走廊玩耍的其他班同学看见陆执往办公室的方向走，身后又跟着个小姑娘。

于是开始纷纷猜测这个小姑娘跟他是什么关系。

陆执和程只走进办公室后，陈塘喝了一口泡好的茶，清了清嗓子问：“陆执，你说说这是怎么回事？”

对于陈塘的问题，陆执的反应看起来好像还没睡醒，垂着眼皮，根本没打算回答。

陈塘显然已经习惯了陆执的这种反应，他加大音量，震耳欲聋地吼了一声：“人家新来的一姑娘怎么招惹你了？你下手这么重？”

程只吓了一跳，直接吓出了小猫似的耳朵，小耳朵动了动，说：“老师，真的不关陆同学的事……”

陈塘这才将视线转移到程只身上：“那你脸上是怎么回事？”

程只不想将她和王子怡的事情透露出来，倒不是怕王子怡，只是说出王子怡之后就要把家里那些事都说出来，她觉得麻烦。所以只说自己刚来学校就被人带到了楼顶，学生之间经常有这种事情发生，再者反正那三人都是外校的，说出来也没什么事。

陈塘了解前因后果后才知道自己班的同学被外校人欺负了，非常愤怒地斥责了这些拿着父母的钱不好好念书的坏学生，接着对陆执说：“关于外校学生进入本校的事，老师会处理。这次的事情是老师错怪了你，但老师还是希望你上课能尽量少睡觉。”

陆执懒懒地站在原地，看起来更困了。

陈塘说完，拿了一堆新书放在办公桌上：“这些是程只同学这学期的课本，一会儿陆执帮同学拿回教室。”

程只忙说：“老师，我可以自己拿。”

“没事，同学之间就应该互相帮助。”陈塘非常喜欢这个看起来就很听话乖巧的女孩，再者他了解过程只以前的学习情况，是个不折不扣的小学霸，没有一个老师不喜欢学霸。

陈塘说：“对了，陆执，老师怕这段时间还会有人欺负程只，作为同桌，你要好好保护她知道吗？”

陆执睁开眼，面无表情地看了陈塘一眼，拿着桌子上的书，转身离开了办公室。

“嘿！陆执，我跟你说话呢！你这家伙！”

看着陆执离开，程只也忙跟陈塘打一声招呼，便匆匆离开了办公室。

3

陆执拎着书在前面走着，他个子高，大长腿步子大，走得又快。程只追上去后，又得追着他跑才能跟得上他的步伐，气喘吁吁地说：“陆同学，我自己来拿吧……”

陆同学没有理她。

陆同学气场太强，程只没敢再说话。

一直到教室，陆执走到位子上后，将书搁在了程只的课桌上。

雨涵和陈昊立刻扑了过来，雨涵翻着桌子上的新书说：“这都是什么啊……新同学的课本？”

陈昊说："执哥帮新同学拿书啊？"语气十分意外。

雨涵一脸八卦："执哥，什么情况啊？这新同学跟你什么关系？执哥开学的时候书都是我们帮领的！"

陆执淡淡地看了他一眼："你很有意见？"

"没！怎么会有意见！"陈昊赶紧说，"执哥，你就跟我们说说，程只跟你什么关系啊？又是帮拿书又是当同桌的，以前你不是最讨厌有同桌的吗？"

就在雨涵和陈昊缠着陆执的时候，一直没吭声的程只忽然走到陆执身边，一脸期待地看着他："陆同学，你能给我签个名吗？"

陈昊和雨涵一愣，双双目瞪口呆地望着这个软萌的小姑娘。

陆执的日光淡淡地转移到她身上。他靠在窗边，一只手支着脑袋，脸如美玉，姿势却慵懒散漫，有点倨傲。他勾了勾唇，问："你刚刚说什么？"

"你能给我签个名吗？"她乖巧地重复了一句。

四周格外安静。

半晌，就在陈昊和雨涵怀疑脾气不好的执哥会将新同学从窗口丢下去的时候，陆执的声音响起："签哪里？"

程只立刻转身背对着他，指着自己的校服背后说："签这里。"

陈昊和雨涵看着小姑娘纯白的校服，眨了眨眼。

宜城一中的校服质地很好，没有偷工减料，但质地再好的衬衫也是一层布，这个年龄的小姑娘尚在发育中，那一层白色布料下勾勒出浅浅的痕迹。

陆执瞥过，飞快地在她的背后签上了大名。

程只感觉到飞扬的笔在她后背上画了几下。

她感受着他的字迹形状和大小，写完之后，她说了一声"谢谢"，然后把书包递了过去，指了指书包前面一大块空白的地方，软软地说："还有这里。"

陆执盯着她看了一眼。她的皮肤很好，光滑透亮，衬着她的表情格外真诚。

真诚的小姑娘见他没有动作，想了想，软糯又诚恳地说了一声："谢谢。"

陆执拿过她的书包，正要下笔。

"签大一点。"小姑娘明显对他刚才签在她校服上的名字不太满意，"比刚刚签在校服上的大三倍最好。"

陈昊和雨涵的眼珠子都要掉出来了，没想到新同学长得柔软无害，胆子还挺大。虽然小姑娘长得甜美又软萌，但第一天来学校，就敢跟执哥当同桌，现在还敢对执哥提要求……

怎么越看越觉得新同学看起来像个披着乖巧外衣的魔教中人？

陈昊和雨涵都再次怀疑执哥会不会将这位魔教新同学直接从窗台丢出去。

没得到陆执的回应，程只茫然地抬头看着他，轻声问："可以吗？"

新同学的眼睛又大又水灵，尤其是盯着人看的时候，让人很难拒绝。

陆执低头在她的书包上写了比刚才大三倍的签名。新同学拿过去仔仔细细地看了之后，才露出了心满意足的表情。她小心翼翼地把书包放好，对陆执说："谢谢你，陆同学，你真是大好人。"

雨涵忍不住笑出了鹅叫："同学，我还是第一次听见有人说执哥是大好人的，哈哈哈——"

陆执扫了他一眼，雨涵的鹅笑声立刻止住了。他绷着一张脸，看着程只，一本正经地问："同学，你要我们执哥的签名做什么？"

程只想了一下，嗓音软软的又显得很真诚地说："我是执哥的粉丝。"

"哟！"陈昊和雨涵吹了一声口哨，坐在后排的几个男生也笑着起哄，"可以啊……执哥果然魅力无限啊！"

在众人的调侃中，程只的耳郭渐渐红了起来。

陆执还是懒洋洋地靠着墙，只是嘴角噙着笑，显然也被程只的话给逗乐了。

不过话说回来，平时被人"执哥""执哥"地喊惯了，这声"执哥"

第一次从新同学嘴巴里喊出来，竟有种奇异的感觉。

也许是他身边从没出现过这么甜美又乖巧的女生，乖巧得让人不忍心将她从同桌的位子上赶出去。

她像他小时候养的一只小奶猫，好像力气大一点就能将她的手扭断，声音大一点就能把她吓哭。

啧！

光想想新同学在他面前哭的模样，他就觉得很麻烦，还是懒得招惹她了。

程只的红晕从耳郭渐渐传到了脸上，其实她没想那么多，她想要陆执的签名是因为在楼顶的那一架和“执哥”的名声，让她确定陆执是可以在宜城一中罩着她的人，所以她单纯地想，如果她的书包和校服光明正大地写着执哥的签名，肯定没人敢惹她了吧？

4

“发牛奶了，发牛奶了！”第二节课下课有十五分钟的休息时间，宜城一中分别在上午第二节课、下午第二节课和晚自习第二节课发放三次牛奶。

此时班长白麋鹿将牛奶箱子推了进来，从前排一瓶一瓶地往下发，发到陆执这边的时候，将三盒牛奶分别放在桌子上：“刚好你们几个在一起，省得我一瓶一瓶发过去。”

“谢谢班长大人！”牛奶瓶上都贴着每个学生的名字，陈昊和雨涵分别拿了自己的牛奶对白麋鹿道谢。

白麋鹿扎着高高的马尾，性格落落大方，和程只截然相反。程只发现班上其他人都很怕陆执这伙人，唯独白麋鹿看起来一点都不怕，甚至跟他们关系还挺好。

在程只发呆的时候，白麋鹿看着她说：“对了，程只，你是今天刚转来的，牛奶暂时没有，我会跟老师申报一下。”

程只点了点头。

白麋鹿眯了眯眼，笑了起来："真乖。"

说完，她对陆执说："陆执，你不是不喜欢喝牛奶吗？你把你的给程只？"

陆执眼皮都没抬一下："凭什么？"

"嘿！"白麋鹿直接将陆执的牛奶放在程只桌子上，"凭你们是同桌！"

白麋鹿将牛奶递到程只面前："来，拿着！"

程只拿着白麋鹿给的牛奶犹如烫手的山芋："其实我不是……"

她想说她也不是很喜欢喝牛奶，再说她能跟小霸王同桌又拿到小霸王的签名就很万幸了，哪里还敢抢小霸王的牛奶。

"没关系！反正他每天的牛奶也是个摆设，他根本不喝。"白麋鹿拍了拍她的肩膀后，继续给其他同学发牛奶去了。

程只拿着贴着"陆执"大名的牛奶瓶，在白麋鹿走后，立刻双手奉还给陆执："执哥，给。"

陆执没动。

程只看着陈昊和雨涵，说："那给你们？"

陈昊和雨涵仿佛听到了什么恐怖的事，连连摆手："别，执哥的奶……我们可不敢！"

陆执无语地瞟了他们一眼。

"告辞！"两人见好就收，赶紧撤退回了自己位子上。

陆执看了一眼程只拿着牛奶瓶没动的手，对上她那双又大又无辜的眼睛，点了点奶瓶说："你喝吧。"

说完，又趴在桌子上准备补觉，一副生人勿扰的模样。

虽然撤回了自己的位子上，但依然时刻关注这边情况的陈昊茫然地问："执哥把牛奶给了新同学啊？"

雨涵也很茫然："执哥虽然不喝牛奶，但每次都不给人碰他的牛奶。"

陈昊自我安慰："新同学毕竟是女孩子，长得又漂亮乖巧，执哥让给她也情有可原。”

“怪我不够漂亮乖巧？”

“怪你不够万种风情。你不服气的话可以去跟新同学抢牛奶？或者问执哥原因？”

雨涵看了一眼趴在桌子上睡觉的陆执的后脑勺，觉得自己没那个胆。

最后一节课是化学课，程只在桌子里翻书的时候，才发现陈塘给程只的书本只有语文、数学、英语、政治和地理，差了物理和化学。她正愁着自己没有化学书时，正在睡觉的同桌丢了一本化学书在她面前，程只还来不及说谢谢，他垂着眼皮又趴回了桌子上。

程只小声地说了一句“谢谢”。

他没有反应，好像已经睡着了的样子。

程只没想到，她才发现少了两本书，陆执竟然早就发现了。

她翻开化学书，和语文书一样，陆执的书非常新，上面龙飞凤舞地写着他的大名。

她翻到老师讲的课程，开始认真听讲。

教室里，全班五十个人大部分学生开启了睡眠模式，只有前排几个人在认真听课。

程只想起昨天王子怡最后的妥协：“要让她去我们高中也行，必须给她安排在最差的班！”

她本就是王浩生命里的意外，他肯收留她这个意外的女儿已经算是格外开恩了，听他小女儿的话把她分到最差的班是理所应当。

虽然班上的学习氛围不好，但一点不妨碍程只听课做笔记。

半睡半醒的陆执睁开眼，看见的就是后排全军覆没都在瞌睡中，只有她端正地坐着，眉眼认真柔和，短发垂耳，偶尔低头记笔记，像极了刚上学的小学生，老师一说上课，就坐姿端正，乖巧得不行。

后来，连老师都说，在那个即将到来的夏天，陆执人生中的第一个同桌，是个特别乖巧漂亮的姑娘。

那天晚上，很久没做梦的陆执竟然做了很长的一个梦。梦里，转来的新同学坐在她身边，肌肤白嫩通透，双腿瘦长而直，说话声音又轻又软……

5

霸王执哥有了同桌这件事很快就传到了“墨书”上。“墨书”是宜城一中开发的社交软件，专供本校学生分享学习经验、课堂笔记的地方。“墨书”有一个版块是闲聊区，渐渐地发展成了宜城一中的学生讨论八卦的地方。

“何止是同桌，今天执哥的牛奶出现在新同学的桌子上，附图，别问我是怎么拍到的！”

下面是一张程只低头看书 ，桌子上摆着一瓶贴着“陆执”大名的牛奶图片。

“会不会是她自导自演啊？毕竟校里校外想跟执哥搞好关系的女生不少！”

“那也得执哥配合表演啊，你见过执哥的牛奶在其他女同学的桌上出现过？就连校花王子怡都没有过这样的待遇好吗！”

对于自己在“墨书”上火了这件事，程只并不知情。她这天的心情不错，昨天回家本以为会被王子怡刁难一翻，但很幸运的是王子怡昨晚很晚才回家，早上出门的时候也没碰到她。

就目前阶段来讲，最大的麻烦王子怡没出现，这足以让她轻松一整天。

她来到教室之后，开始看书、刷题。

昨天各科老师都发了一张试卷，要求这天上午交上去。

她昨晚就做完了，第一节课后白麋鹿来收卷子的时候，她的同桌还没来上课。

白麋鹿收到她的卷子时，看着每一张都写满答案的卷子，笑了一下，说：“只只，陪我一起去送卷子吧？”

程只向来不会拒绝人，白麋鹿也是新班级第一个主动对她这么友好的人。她点了点头，跟白麋鹿一起去了。

出了教室门，白麋鹿称赞道："只只，你真厉害啊，这么多张卷子全班估计就只有你一个人全做了。"

程只很奇怪："老师不是说今天要交吗？"

"对啊，但是没说一定要全做完啊。"白麋鹿说，"其他班的老师都要求班上同学做完，我们的老师知道我们班的德行，所以不要求学生都做完。"

程只还从没见过管理这么松的班，想了想，她又问："陆同学今天请假了吗？"毕竟现在她已经当陆执是在宜城一中可以罩着她的小霸王，小霸王的情况她还是要关心一下的。

白麋鹿朝她眨了眨眼，暧昧地撞了一下她的肩膀，问："怎么，想他啦？"

程只哪知道她往那方面想了，忙红着脸摇头。

白麋鹿说："你不用害羞，他那样的人，生来就是人群里的焦点，你关注他也不奇怪。"

说完，她又凑到程只耳边小声地说："你在书包和校服上写了陆执的大名，别人不认识陆执那狗爬的字，我可认识。"

程只的脸更红了……

"不过……"白麋鹿上下打量了程只一眼，"你也不能一直穿着这件校服不洗啊……"

白麋鹿这话算是提醒了程只，对啊，如果洗了衣服，衣服上的字迹就会没了，她得想个办法把陆执的签名保存下来。

程只在想这件事的时候，白麋鹿很认真地打量着她。

说实话，程只长得很漂亮，肌肤白似雪，眼睛又大又亮，这种漂亮不像王子怡那样张扬妖艳，而是清纯、自然、毫无攻击性。

白麋鹿把程只的神思拉扯了回来："只是说说陆执的大名会被洗掉，你就担心了啊？"

白麋鹿鼓了鼓腮帮子：“这有什么好担心的？要是被洗掉了，再叫陆执签一个就行了，他那破字又不值钱。不过我觉得你比较要担心的还是想接近陆执的女生。最近他刚跟高一（7）班的班花甄茹茹冷战，（1）班的校花王子怡就开始接近他……”

白麋鹿不知道程只刚来宜城一中时在楼顶上发生的事，也不知道程只和王子怡的关系，所以很认真地跟她吐槽：“反正我不喜欢王子怡，虽然长得漂亮，但是很‘绿茶’！”

# 第二章
## 哥哥

1

上午第三节课全校老师开会，学生上自习。

陈塘进来跟学生说明了一下情况，顺便表扬了程只：“昨天的试卷程只同学每张都写完了，值得大家学习。在语文这块，程只同学的阅读理解做得非常出彩，接近满分，一会儿试卷发下去之后，大家可以拿程只的卷子传阅看看！”

陈塘又对程只说：“程只啊，你去高三办公室走一趟，其他人自习。”

陈塘除了是高一（2）班的班主任，也带高三的课，有时候会在高三办公室处理工作。

陈塘说完，带着程只去了高三部拿昨天的语文试卷。

“程只啊，如果有什么不适应的地方可以跟老师说。”对于好学生，陈塘特别惜才。其实他觉得以程只过往的学习成绩可以进宜城一中的（7）班，但不知为何被分到了（2）班。

众所周知，（2）班除了有一个年级第一名，一无是处。陈塘从抽屉里拿出两份试卷：“这个月月考在下周，这个是省里面出的月考试卷，你拿回去做做，你一份，陆执那份你帮他带过去。”

宜城一中虽然在宜城算重点高中，但资源还是不能跟省重点高中相比。程只没想到陈塘为了学生还专门去弄了好几套省里的卷子，顿时对这个班主任好感倍增。

“谢谢老师！”

陈塘要去开会，跟她不是相同的方向。

高三跟其他年级都是分开的，程只抱着试卷往回走。

此时是上课时间，学校里安静得过分，所以拐角处的说话声，程只听得一清二楚。

“哥哥……你为什么总不理我啊……”

声音又嗲又娇，是王子怡的声音，有些女孩喜欢喊男孩“哥哥”，让人有一种被宠爱、被保护的感觉。

王子怡站在陆执的面前撒娇，那模样柔弱得好像之前在楼顶欺负程只的人不是她。

陆执站在原地没动。他穿着宜城一中的校服，扣子依然松了两颗，露出弧度分明的锁骨，白皙的脖颈和性感凸出的喉结。

程只没想到王子怡和陆执居然认识，一时间把她看愣了。直到陆执抬了抬眼皮，墨色的瞳孔朝她看过来，静如深潭清水，冷淡生疏。

他什么都没说，程只就被他冷漠的眼神吓出小猫似的耳朵，逃也似的跑了。

程只抱着试卷跑进教室的时候，教室里原本闹哄哄的人都停下来看她。那些目光好像在说刚才在拐角处对陆执撒娇的人是她，让她心虚得不行。

好在大家很快又闹哄哄地回到自己的话题中。

程只将语文试卷发下去之后，回到了座位上。

这一节课，程只都不在状态，脑海里总自动浮现陆执站在拐角处冷漠痞痞的模样。

下课铃声响起，程只才发现自己盯着卷子，一道题都没做。

班上后排几个旷课的学生这个时候晃晃悠悠地走了进来，其中还包括她的同桌。陆执漫不经心地在她身边的凳子上坐下。

程只的小耳朵又习惯性被吓得动了动。

恰好落在陆执的眼里。陆执玩味地笑了起来，忽然说："程同学，刚才跑得挺快啊？"

陈昊和雨涵一帮人原本在后排聊天，听见陆执这么一问，几个人的视线都转了过来。

程只刚刚太紧张了，没看见在拐角的不只有陆执和王子怡，还有一帮男生在那儿。所以程只逃跑的样子，他们都看见了。

他们原本是在学校特定的拐角处放风的，王子怡和几个女生找了过来。其中有个女生跟他们班某个男生关系不错，于是两拨人就聊上了。

王子怡想接近陆执这事大家心里都有数，不过陆执一直对她不理不睬，拒绝了很多次。她一直不甘心地缠着陆执，陆执倦了，也就随她去了。

这次和以往没什么不同，陆执还是拒绝了王子怡，就算她娇滴滴地喊"哥哥"也没用。

不理不睬依旧是不理不睬，缠着他也没用，只会冷漠地把她留在原地。

在他们的印象里，程只跟王子怡不同。程只虽然和王子怡一样长得好看，甚至比王子怡的颜值还要出众，但她一看就是好学生，跟他们玩不到一起的那种。

他们虽然不爱学习，但也不是那种会耽误别人学习的人，好学生与差学生之间的鸿沟他们划分得很清楚，所以被程只撞见陆执和王子怡的事，其他人都没放在心上。

但他们没想到陆执竟然主动逗她这个好学生。

他们都知道，陆执身边从不缺女同学。但陆执主动逗的，他们还是第一次见，难免感兴趣。

程只没吭声，脸红扑扑的。

其他人也来劲了，陈昊问："对啊，程同学，你不是说你是我们执哥的粉丝吗？你刚刚看见有其他女粉丝缠着我们执哥，有什么感想啊？"

程只哪里有什么感想啊，但看他们一副她不回答不罢手的样子，尤其是陆执，一双眼睛一直盯着她，似笑非笑，仿佛要将她看穿。

程只下意识误会了他的意思，以为是被她撞破了他跟别的女生关系密切的事情，怕她告发。

于是，原本只想调戏新同学的陆执看见新同学忽然举起三根手指并拢，对天发誓道："执哥，我发誓，我保证不会将今天看到的说出去！"

教室里沉默一秒后，后排的男生集体发出爆笑。

"程同学，你是什么神奇物种转世啊？怎么能这么逗！哈哈哈——"陈昊笑得前仰后合。

就连陆执也忍不住笑出了声。

程只根本不明白为什么他们笑得这么开心。

看见她脸上的疑惑，雨涵好心地解释："王子怡想接近执哥这事，全校都知道，根本不需要保密。"

程只瞪大了眼睛，似乎不敢相信这件事居然能让全校都知道。

不过随即她又想到，有陆执这样厉害的人存在本身就是一件令人不敢相信的事吧。

这样一想，她觉得是自己孤陋寡闻了。

她想起陈塘给了她两份卷子，其中一份是给陆执的。

于是她从抽屉里拿出卷子，递给陆执："老师让我给你的。"

陆执看着她递过来的试卷，又看了看拿着试卷的白皙粉嫩的小手，没动。

程只又举了举手上的试卷，说："陆执，你的试卷。"

陆执支着脑袋打量她几秒。他生得好看，皮肤冷白，显得眼瞳更深邃沉黑。看人时，能将人的脸生生看红。

程只原本已经不红的脸在陆执的打量中又红了起来。她这副样子落在陆执眼里，只觉得软糯又勾人。他想起昨天那个梦，觉得很不公平，不能只有他一个人陷进这情绪中，新同学却丝毫影响都没有。

陆执嘴角勾了勾，诱惑地问："之前不是喊我执哥？"

程只一愣，以为他很在意这个称号，毕竟是小霸王……肯定不能让人直接喊名字的，她连忙改口，喊了一声："执哥。"

陆执挑了挑眉。

坐在后面的人一副看好戏的模样。

程只清了清嗓子，举着手中的卷子又正式地喊了一遍："执哥，这是老师给你的试卷。"

她都这么有诚意了，他应该不会再刁难自己了吧？

谁知道陆执还是没接，他歪了歪头，嘴角笑容不羁。他说："别喊执哥，像王子怡那样，喊一声'哥哥'听听。"

后排的人差点惊掉下巴，论逗人还是执哥会逗啊！

程只被这句话刺激得一激灵，瞬间想起在拐角处，王子怡喊的那一声柔媚到骨子里的"哥哥"。她再怎么单纯，也知道陆执这话里的意思。

她虽然喊不出王子怡那种媚，但她也不想得罪陆执，毕竟她以后需要让陆执罩着她。这样一想，她双手握拳，半天才憋出了两个字："哥哥……"

这一声"哥哥"虽然是她憋出来的，听在别人耳里却是轻轻柔柔的，喊得人骨头都酥了，陈昊和雨涵更是夸张地抖了一下。

这一声喊出来，陆执就在心里低骂了一声。

他竟然有种别样的感觉。

2

周五下午只上两节课，三点多就放学了。

一放学，教室里的人就基本走光了，只剩下前排几个爱学习的同学留在座位上看书。

程只对新家没什么感觉，王子怡周五下午都是回家吃饭，她一如既往地在学校的食堂用餐，能晚回家就晚回家。她拿出了中午去学校小卖部买的针和线。

早上白麋鹿的话她想了很久，为了能将陆执的签名保存下来，她决定把字体绣出来。

程只的母亲年轻的时候刺绣很出名，她小时候也跟着学了一点，绣这点东西还是手到擒来的。

教室很安静，只有头顶风扇旋转的声音。

程只低头绣得十分认真，她做什么事情都很投入。大约过了四十分钟，她准备收尾的时候，教室后门传来喧哗的声音，她还没来得及抬起头，手上的东西就被人夺走了。

“新同学，你这是在干吗？”陈昊拿着从程只手上夺过的书包，看着上面绣好的名字，夸张地叫了起来，“哇，你不会是在用执哥的名字刺绣吧？”

程只的脸烧了起来，起身想要抢陈昊手上的书包，但陈昊个子太高了，他把手一扬，程只跳起来都够不着。

陈昊怕她拿到，将书包丢给了其他人。

周围都是刚打完篮球回来的男同学，接到书包的人一个传一个，最后传到了后面进来的陆执手中，陆执看着上面的刺绣忍不住笑出声。

程只觉得陆执应该不会像他们一样乱来，毕竟当小霸王就该有当小霸王的样子，才不会像其他男生那样幼稚。她伸出粉嫩嫩的手，用商量般的语气说：“执哥，你把书包还给我吧？”

谁知道陆执并没有她想象中老大的样子，而是右手指尖勾着她的书包带子，懒懒地靠在墙上。

他穿着白色的背心球衣，露出结实精壮的手臂，短发微湿，有水珠从他的发间滑落到他凸出的喉结、精致的锁骨上，性感得要死。他倚靠在那里，欺负起她的模样像一只祸害人间的妖精。

“到我手上就是我的东西了。”他漫不经心地开口，声音迷人，“何况这上面还有我的名字。”

程只快要被气死了，但她不会发脾气，就算说气话都是软软的。她瞪着陆执强调自己的愤怒：“你这样我很生气！”

“我知道啊……”陆执慢悠悠地说，“你的表情已经告诉我了。”

程只抿了抿唇，说：“陆执，不带你这么欺负人的！”

她连名带姓地喊他时愤怒值已经是最高点了，但她的声音听在陆执耳里软绵绵的，让人心痒痒的，更想欺负她了……

陆执的舌头顶了顶上颚，觉得有种自作自受的感觉，分明是在欺负她，但更像在虐待自己，每次听见她软绵的声音，看到她温暖纯良的脸，他就想欺负她，但他更怕吓坏了她。

程只瞪着他，半天才泄气般地耷拉着脑袋，小声地说了一句："算了。"

反正争也争不过他，打也打不过他，学校里的人都把他惯得那么霸道，她一个新人在他那根本讨不到什么好处。

眼看着程只要走，陆执回过神来，下意识地扯住她的手臂。

程只没想到会被他扯住，愣了一下，用力地想要抽回自己的手。

陆执感受到了她的抗拒，眉梢一挑，手腕一使力，将她整个人都扯了过来。

程只的力气根本不能跟他比，这样一拉一扯，她身形不稳，差点倒在陆执的怀里。四周登时安静下来，随即传来口哨声，以及男生们"哟哟哟""啧啧啧"的起哄声。

程只一愣，就听见身后喑哑的声音："程只，你是不是故意的？"

他应该是刚打完篮球洗的澡，身上有股沐浴露的清香。

程只感受到身后近在咫尺的胸膛，耳朵和脖子立刻滚烫了起来。

看着这意味不明的场景，周围又传来起哄声，大家对于执哥这种明目张胆主动逗女同学的行为表示万分震惊，可震惊之中更多的是看戏的。

后排的男生也不禁调笑："执哥，新同学都要被你气哭啦！"

程只又羞又恼，一张小脸跟染了色一样。她用手肘撞了一下陆执："陆执，你快放开我！"

陆执故意闷哼了一声，松开了她，捂住腰好像很难受的样子。

程只本在气恼中，见他俊脸上都是痛苦的表情，以为是她刚才太用力伤着他了，被吓坏了。她看着陆执，结结巴巴地问："陆……陆执，你没事吧？"

看着小姑娘脸上满满的担心，陆执知道她是个胆小鬼，心下一软，没忍心再骗她，只说："程只，你要是把老子的腰撞坏了，你得负责老子一辈子。"

程只这才发现自己又被欺负了，气得一跺脚，涨红着脸指着陆执骂道："陆执，你简直坏透了！"

说完，她气哼哼地回到自己的位子上。耳边是那些男生学着她说话的样子对陆执撒娇道："执哥……执哥，你简直坏透了呀！"

陆执一边笑一边说了句："滚！"

3

陆执拎着程只的书包回到座位上，将书包递给她。

程只鼓着一张脸没有接。

陆执笑了起来："生气了？"

程只没说话。

陆执看着她粉嘟嘟的脸，忍住想戳她的冲动，说："执哥错了，书包收了呗？"

雨涵竖着耳朵听着这边的动静，听见陆执说这句话，不可思议地问陈昊："我没听错吧？执哥说他错了？"

陈昊说："执哥都开始主动逗女生了，说句'我错了'怎么了？"

程只见陆执递书包过来的样子比较正经，她想了想，还是接了过来。

没想到陆执正经没两秒，又慢慢悠悠地说："原来我对你这么重要啊，居然把我的名字绣在了书包上。"

程只第一次见陆执是他在楼顶打架，那时候的陆执冷漠又狠戾，打人的时候往死里揍，不带停手的。她本以为陆执是个不好招惹的人，心里对他很畏惧，没想到他竟然这么没羞没臊。

程只绷着一张红红的脸，半天才憋出一句话："陆执，你可真不害臊！"

陆执懒散地靠坐在座位上，嘴角痞痞的笑意更浓了。

"执哥，该走了啊！"后排有人喊陆执，"今天可是跟猴子他们约好了，明天再来逗新同学吧！”

陆执这才从凳子上慢腾腾地站起来，跟程只说了声：“走了啊！”

程只头也没抬，一副“我还在生气”的样子。

后门一群男生吹起了不怀好意的口哨：“执哥，差不多得了啊，以前可没见你出个门还要跟人招呼一声。看不下去了！”

陆执笑了，跟着一群人走了。

教室里终于安静了下来，前排一直偷偷往这边看的好学生宁佳走了过来，凑到程只面前，问：“程只啊，你跟陆执他们很熟吗？”

程只看着眼前不熟的同学，摇了摇头。

宁佳说：“你大概不知道吧，学校的人都特别怕陆执那一帮人，你还是别跟他们关系太好，会影响你学习的。”

“嗯……”程只没有答应也没有拒绝，只说，“谢谢你啊。”

“没事！”宁佳把怀里的一瓶酸奶放在程只桌子上，“给你的。”

程只怎么好意思拿，忙说：“不用……真不用。”

“我就是买多了一瓶喝不掉，大家都是同学，你就当是帮我吧。”

宁佳这样说，程只也不好拒绝。她本身就不是喜欢跟人争来夺去的人。

“那谢谢啊……”她道了谢之后，宁佳说了句“不客气”就离开了。

一通闹腾之后，差不多到了晚饭时间。

程只收拾了一下后，独自去了食堂。

正值吃饭时间，程只打了二两饭，一荤一素，找了个角落坐下慢慢吃。

差不多吃了半个小时，她收拾了一下，出了食堂。

此时已是黄昏，云端染上了一层晚霞红，偶尔一阵清风吹在脸上，带来丝丝凉意，这样的天气令人舒爽。

程只去食堂旁边的小卖部买了一瓶水和一瓶酸奶，水是她自己喝的，酸奶是打算给宁佳的。

买完之后，她没着急回去，想一个人在学校走走。

宜城虽然是个小县城，高中校园却挺大。程只本想散散步，走着走着，却发现自己迷路了。

这是学校旁边的一条偏僻小巷，没有人。她因为好奇才往这边走，结果越走越偏，往回走的时候遇见了王子怡。

不过王子怡没看见程只，她正跟一群女生走在前面，只听其中一个女生说："大家都说陆执跟候章祁因为子怡在小巷子吵起来了，虽然子怡你要当不知情，但我们一定要亲眼见到这一刻呀！"

这个年龄的女生总认为学校最受欢迎的男生为了自己打架是一种值得炫耀的资本。王子怡听好友这么说，脸上的得意藏也藏不住，但她还是说："其实我不赞同以打架的方式解决事情。"

"可是你不觉得男生因为女生这样特别有男人味吗？"

王子怡状似害羞地说："阿执他是很好啦！"

程只看着几人越走越远的身影，跟了上去。

走了一段，程只就听见不远处有人说话的声音："猴子，你不是我们执哥对手这件事众所周知，我们也没取笑过你，但你找了这么多帮手过来要点脸不？怎么不把宜城二中的人都给喊来？"

陆执这边只有班上四五个男生和两个她不认识的男生，候章祁那边的人数是陆执的三倍。

候章祁的脸色很不好看，上次在宜城一中他带着"骚猪""狗子"三个人被陆执一人欺负，这口恶气他一直咽不下去。

候章祁一点不在乎自己的面子，只要能赢陆执，即使把宜城二中的人都喊来也可以。

陆执靠在墙边，嘴角叼了一根细细长长的小草，笑了笑："说吧，怎么解决？"

陆执说得很平静，天生自带一股孤傲的气质，而落在候章祁的眼底，则变成了陆执特别看不起他。

候章祁十分生气："这么跩，有种你先放马过来啊。"

陆执"嘁"了一声，吐了嘴里叼着的小草："我又不是放马的……"

陆执的话音刚落，候章祁的脸色更难看了。在他眼里，陆执的一字一句都是在奚落他，他再也听不下去，招呼身边的人给陆执点颜色看。

4

程只感受到恐惧与危险，有点后悔自己为什么要因为一时好奇，跟着王子怡她们来这里。

她会跟来，只是因为那群人提到了陆执。

下午，一群人把陆执喊走了，她还以为他有什么事，没想到是来闹事的。

程只从小就是好学生，以前还是班上的班长，大约是以前负责惯了，所以听见自己班的同学和其他人有纠纷，下意识地为同学担忧，但她从没接触过陆执这样的学生，来了之后看见眼前这一幕，除了害怕，完全不知道该怎么帮助他。

就在程只发愣的时候，她看见不远处王子怡一群人也躲在角落里悄悄看陆执，她们看得比程只专注多了。

程只完全不能理解男生为了一个女生吵架，女生们觉得这很男人的想法。

她正准备离开的时候，瞥见“骚猪”趁陆执不备，准备从背后偷袭他。

程只急死了，眼看“骚猪”就要偷袭成功，她左右看了一下，捡起地上一块石头就朝“骚猪”砸了过去。

在同一时间，早就发现“骚猪”背后搞动作的陆执将候章祁撂倒在地。

程只没想到“骚猪”一眼就看见在角落的她，扒着墙角的她吓了一大跳，赶忙往后退了一步，藏住了自己的身子。

下一秒，她只听见“骚猪”的惨叫声。

程只只觉得那叫声喊得她毛骨悚然，她悄悄扒着墙把脑袋凑出去，刚好对上了陆执看过来的眼神。

此时的陆执看起来完全不像平时吊儿郎当的模样，让人感觉格外陌生，那冰冷的眼神像一把冰箭射中程只。她瞬间吓得耳朵动了动，再也不敢管他的事，转身便跑了。

最后候章祁带来的人毫无招架之力。

“就你这样的，还想接近我们一中的人？”陈昊冷笑。

雨涵“呸”了一声：“王子怡就算跟我们执哥没关系，也是我们一中的校花，我们一中的校花你也敢招惹？”

即使输了，候章祁依然很不服气：“陆执，你这个没人要的私生子，有本事滚回你的老家，来我们这个小地方招摇过市算什么本事！”

候章祁的话音刚落，陈昊等人就感觉四周的温度骤降，有种不好的预感。

果然，下一秒，陆执的眼睛眯了眯。他弯腰，看着地上疼得整张脸缩在了一块的候章祁，语气平淡缓慢，却令人脊背一寒：“候章祁，老子这个私生子呢，这辈子都会待在宜城这个小地方。”

候章祁忍着身体的剧痛，听见他漫不经心地说：“所以……以后你最好绕开老子走，否则下次就没今天这么好运了。”

候章祁总算松了一口气，他瞥见陆执弯腰从地上捡了一块石头，他额头上滑落一滴冷汗。他对自己刚才口不择言刺激陆执的行为后悔不已，但为时已晚，他吓得闭上眼睛，这次他怕是要死在陆执手上。

连雨涵都吓着了，忙过来拦着他捡石头的手，劝道：“执哥……执哥，别！别这样！”

陈昊也被吓得不轻，他们都知道陆执最忌讳的就是别人说他是私生子，陆执的暴躁症或多或少都跟这个有关系，教训候章祁这种人，怎么骂都行，但闹出人命铁定是不行的。想到这里他忙跟着雨涵一起拦住他：“执哥！执哥！别冲动。”

陆执无语地看了他们一眼，在他们胆战心惊之下，拿着石头走了。

雨涵：“……”

陈昊：“……”

什么情况啊……

一群人纷纷抹了抹额头上的汗，有人看着陆执离开的背影，问：“耗子，执哥怎么了啊？拿着那石头去干啥？”

陈昊他们刚刚专心吵架，根本没有发现程只来过，被这么一问，没好气地说："你问我，我问谁？"

5

打过一场酣畅淋漓的架之后，一群人去学校后门经常光顾的饭馆吃饭，这些人学习成绩不咋样，家境却很好。刚开学的时候，他们把学校后门十几家饭馆从前面吃到后边，最终发现最好吃的这家之后，每天都来光顾。

店老板是个看起来比这群学生还要不好惹的男人，叫陆绯。

他们第一次光顾这里的时候，陆绯叼着一根烟靠在柜台后面玩手机。柜台外面坐了三个人，他们进来的时候，四人抬头齐齐往这边看来。

那时正值夏天，除了陆绯，其余穿着短袖的三人胳膊上都文着花臂，非常"社会"，三人往这边看来的时候，看起来更像等着他们来找碴。

后来他们才知道这四个人是好朋友，也是从宜城一中毕业的。四人中其他三人分别是大厨、端菜工和收银员，唯一的店老板陆绯是投资人，这家饭店是他买下来的，分工很明确。

第一次听见陆绯的名字，大家都以为他跟陆执有什么关系。

但看两人第一次见面跟不认识似的，他们也没多想。

陆执心情看起来还不错，进来的时候看见陆绯，还打了一声招呼。

陆绯抬头瞥了他一眼，见陆执还是那种要死不活的冰块脸，但显然心情还不错。他垂眸，才见陆执手上拿了块石头。他挑了挑眉："你手上拿着什么，石头？"

陆执没吭声。

陆绯伸手想看看那块石头，陆执往后退一步，漠然地看着他，脸上冷漠地写着"别碰"两个大字。

陆绯无语地笑了起来："这么宝贝，这石头镶了金？"

陆执没理他的嘲讽，揣着石头不紧不慢地往二楼走。

陆绯看着他的身影消失在二楼，回头见趴在柜子前的陈昊和雨涵也望着陆执的身影，表情一言难尽。

陆绯的俊脸上露出一抹冷笑：“这小子打架打傻了？拿着块石头做什么？”

陈昊和雨涵摇头，表示十分迷茫：“不知道，打完架后，执哥就一直拿着这块石头不舍得放手。”

陆绯“呵”了一声：“倒是稀奇，所以他是因为一块石头心情好？”

陈昊和雨涵一脸问号。

请问绯哥是怎么从执哥的冰块脸上看出他心情好的？

一群人吃完饭刚走出饭店，陆执接了个电话。陈昊看了一眼陆执的脸色，就知道是陆家那边打过来的电话，一般接到陆家人的电话，他的脸色都不会太好。

其他人都很有默契地走到一边放风一边等他。

电话是他舅舅陆淮南打来的，声音一如既往地没有任何波澜：“他病得很严重，你真不回来看看？”

陆执动了动唇：“不。”

那边默了片刻后，似乎在提醒他：“陆执，如果他这次没挺过来，你就没有父亲了。”

陆执的眼睛黑得像化不开的浓墨。他冷嗤一声：“说得好像我有过一样。”

挂了电话之后，他朝陈昊一行人走去。

陈昊等人观察了他的神色，见他似乎没有心情太差，雨涵才说：“执哥，去打台球啊。”

陆执拒绝了：“你们去。”说完，往学校的方向走。

陈昊问：“执哥，你去哪啊？”

“晚自习。”

几个人相视一眼，从来没上过晚自习的执哥又是拎石头又是主动去上课的……他怎么了啊？

“不是，执哥，”雨涵追了上去，“上什么晚自习啊，不是从来没上过吗？”

陆执本身就没什么耐心，接了通电话一直在压抑他内心的烦躁和狂暴，雨涵又在耳边问这问那，他当即就烦了：“你爱上不上，滚远点，别烦我！”

于是一群从没上过晚自习的后排男生，破天荒地在这一天准时出现在班上。

6

程只匆匆从打架现场逃回来之后，在走廊吹了一会儿风。

无意间又听见隔壁班的人趴在走廊的栏杆上聊天，说起陆执。

“我刚去学校后门的时候，又看见陆执那一帮人下馆子！”

“他们这群人不是天天下馆子吗？尤其是陆执，B 市陆家听过吧？赫赫有名的大家族啊，听说陆执就是陆家人搁在我们这里的太子爷，有钱得不行！”

“难怪连学校都管不了，老师更惹不起！”

程只听着身边的人议论，心想，真是个风云人物啊，走在哪里都能听见与他有关的事。

她深呼吸一口气，平静后才回了教室。

正好宁佳在，程只把买的酸奶给她。

宁佳接过后，故作生气地说：“哎呀，程只，你太客气了啊，大家都是同学怎么这么见外呀！”

程只是挺见外的，她不喜欢欠别人东西，再加上她跟宁佳确实没太熟，下午接受了她的酸奶是不想推三阻四。

程只把酸奶给了宁佳之后，命令自己静下心来刷题。陈塘给了五份试卷，其他四份她都刷完了，第五份前面的题目都做得差不多了，只有最后一道题把她难住了，她从昨天一直解到现在都没解出来。

就当她打算放弃的时候，才发现她的小霸王同桌回来了。

小霸王同桌正趴在桌子上，脸朝着她这边趴着睡觉。

程只同学发现，平日里又凶又冷的霸王同桌不打架不发脾气的时候还是很好看的。短而黑的刘海乖巧地搭在他的额头，平日看起来又倦又冷漠的眼睛闭着，睫毛长而直，高而挺的鼻梁，线条流畅的唇线……程只在心里默默勾画了一下他的五官。

这时，原本闭着眼睛的陆执忽然睁开了眼睛。

四目相对时——

程只："……"

陆执："……"

对于被偷看这种事，陆执经常遇见。

学校里偷看陆执的女生多得数不清，他在睡觉的时候时常能感受到来自四面八方的眼神，但执哥自带屏蔽功能，对于这些女生的眼神视若无睹。

程只不一样，陆执大大方方地跟她对视，从她的眉目滑落到她樱红的唇上。那儿粉嘟嘟的，加上她澄净柔和的眼神，让他内心翻滚着，想要将看起来乖巧又无辜地她扯过来欺负一通，比如弄乱她整齐的短发，扯坏她白净的校服，凶狠地吓唬她。

程只根本不知道他心里怎么想，对视了一会儿之后，程只柔声问："执哥，你卷子做了吗？"内心却因为被陆执抓住自己在看他而心跳如擂鼓，但她秉持着"只要我不尴尬，尴尬的就是别人"的态度，这样一想，心里的紧张消散了不少。

陆执趴在桌子上，压下心底那股躁动。他懒得动，只动了动唇问："什么卷子？"

程只说："就是老师给的省里的卷子呀。"

陆执一只手在桌肚里搜了一下，拿出了一叠卷子扔给程只。

程只看着干干净净的卷面，除了在试卷上写了答案，没有多余的字，不像她的试卷上都是草稿。

陆执虽然字写得横倒竖歪，但卷面非常利落干净。

选择题在答案上画了一个勾，大题后面都只简单地写着一个答案。

她翻到难了她一天一夜的题目，上面果然和其他题目一样只写了一个答案，没有做题步骤。

程只在翻试卷的时候，大致在心里对比了一下，他的答案和她的很大一部分都一样。

程只转来宜城的时间不长，在这么短的时间里，她每天都看见陆执不是旷课就是上课睡觉，极少时间在听课。

但不知为何，她看了他的试卷之后，就觉得他即使不听课也是很厉害的那种人。

她特别真诚地说："执哥，我这道题不会做，你能不能教教我？"

此时的陆执正打算继续闭眼睡觉，听她这么一说，墨色的双眸又朝她看过来。

这一次，不仅是陆执看她，四周原来喧哗的声音忽然止住，大家不约而同地转头看她，皆露出惊恐的眼神，这种眼神，程只在第一天主动成为陆执的同桌时，也感受到过。

程只眨了眨眼睛，对上陆执的双眼，显得特别真诚，水嫩嫩的明眸柔情款款地写着"这道题我真的不会做，你可不可以教教我"。

众所周知，陆执脾气不好、没耐心，做题思路也跟其他人不一样。他的解题过程非常简单直接，有时候老师让他到黑板上做题，他不是直接写个答案，就是写个简易的步骤，其他同学根本看不懂，但老师对他的聪明十分满意，等他下去之后，才细细讲给学生听。

曾经有不知情的同学向陆执请教过问题，起初，陆执还挺平静，结果由于他的解题思路超捷径，对方根本听不懂。陆执耐着性子讲了几遍，最后把笔一摔，瞪着那人："你在玩老子？"

那人吓得一哆嗦，瑟瑟发抖地说："不是的，不是的……"

抖得连话都说不出来。

陆执烦躁地说了句"滚"。

那人吓得屁滚尿流地跑了。

后来，有个女生借着问问题想要接近陆执。陆执跟她讲题目的过程中，那女生一直盯着陆执看。他讲完后，她却一脸茫然的模样，他当时就皮笑肉不笑地问："老子很好看？"

陆执平时很凶，别人根本不敢轻易靠近，他皮笑肉不笑的样子更吓人，周身凝聚着一股暴虐的气场，把那女生直接吓哭了。

自那以后，再也没人敢找陆执问问题了。

就在大家以为陆执会让新同学滚的时候，只见原本趴着的陆执慢慢起身，拿过新同学的试卷和笔，在上面写了一会儿之后，递给程只，漫不经心地挑眉，似乎在问她看不看得懂。

陆执写完后，整个教室的同学都屏住呼吸，因为他们知道接下来程只同学大概要说自己听不懂，能不能再讲一遍。

程只看着试卷上陆执的方程式，发现他的讲解虽然很简单，但列举了一个方程式就能让人豁然开朗。

程只才发现这其实并不是一道太复杂的题目，只是很容易让人往复杂的方面想，越想越难，陷入死循环。

她的眼睛一亮，对陆执说："原来是这样，执哥，谢谢你呀！我知道怎么做了！"

她的双眸亮晶晶的，比那夜里的星空还要闪耀。

陆执看了她一眼，俊眉一蹙，很烦躁地凶了她一句："不许这样看老子！"

程只一愣，随即露出一个柔软的微笑："好的。"

其他人看见这一幕，脑海里都缓缓出现了一个问号。

程只竟然能看懂执哥的解题步骤？

果然同桌跟同桌之间才能有交流？

是他们不配！

# 第三章
## 我想回家

1

高一晚自习共有两节课，上课之前，各科课代表给每人发了十张试卷让他们刷题，班主任陈塘例行在教室里看了一圈后，顺便把最新的省卷子给陆执和程只每人一份。

程只这一个晚自习非常忙，一节课刷完了两张卷子。

程只刷卷子挺快的，但当她不经意朝身边人看去，发现对方已经刷完了四张试卷，还是陈塘给的省试卷。程只挺诧异的，在她转学过来的这几日，陆执不是睡觉就是旷课，按常理说，学习成绩肯定不怎么样，但按照他做卷子的正确率和速度，学习成绩应该很好。

第二节晚自习，学校临时决定每班统一播放庆祝五一劳动节的宣传电影，这可把学生们乐坏了。

尤其是高一（2）班，放电影就等同于自由活动，班上同学不仅可以自由换座位，有的甚至会去学校后门的水吧玩。

比如程只的小霸王同桌和他后排的小伙伴们，上了一节晚自习后，人就不见了。

上课铃声一响，程只就将试卷收起来，准备看电影的时候，白麋鹿走过来，坐在陆执的位子上小声对程只说："只只，我们出去玩吧？"

白麋鹿虽然是(2)班的班长，但根本不爱学习，她当这个班长完全是(2)班全体同学推荐的，因为班上只有她不怕陆执那群人，所以她当班长管起人来也比其他人大胆，翘课也是。

程只说：“可是我们在上晚自习啊。”

白麋鹿说：“没关系的，学校都这样，只要一放电影，老师就不会再来，看完电影就各回各家、各找各妈了！”

程只其实对这类宣传电影也没有兴趣，再加上电影声音大她也没心思刷题，于是便软软地问：“你想去哪呀？”

白麋鹿的眼睛一亮，拉着她从位子上离开：“你跟我走就行了！”

别看白麋鹿看起来懒懒的，值日的时候也总是偷懒，力气却挺大，拉着程只就从后门溜走了。

白麋鹿说：“我们去后门的水吧，现在那里最热闹！”

程只跟着白麋鹿去了学校后门的水吧，她本以为那是个奶茶店，一进去才发现里面特别大，除了有奶茶店，还有蛋糕店和西餐厅，再进去一点是活动室，里面什么都有，乒乓球、台球、滑冰场甚至连泳池都有。

程只一眼就看见了坐在台球桌边沙发上的陆执，那里有她熟悉的班上男生，也有其他不认识的男生女生，就像白麋鹿说的，这里真的很热闹。

程只看见有好几个离陆执不近的女生装着在聊天的样子，实际在偷偷看他，但没有一个人敢靠近他。

白麋鹿直接拉着程只走了过去，喊了一声：“陆执，你们几个偷溜过来玩，也太不够意思了吧！”

白麋鹿这一喊，台球桌那边的男生都看了过来，有人吹了声口哨：“哟，（2）班班长来了，还带了个挺漂亮的小姑娘！”

程只有点拘谨地站在白麋鹿身后，她其实挺不习惯这种场合的。

她的生活从小就很单调，也造就了她给人一种特别乖巧文静的感觉，尤其在这一堆人眼中。他们都是宜城一中家境好，又爱玩的男生，身边关系好的女生要么开放得不行，要么活泼得令人受不了，哪里见过程只这种一看就很乖，乖到骨子里的女生。

白麋鹿瞪了那人一眼：“只只跟你们这些人不一样，你们可别招惹她！”

“嘿嘿，我们不招惹，那班长，我们来比盘桌球呗！”

白麋鹿特别喜欢打桌球，听那人一说，眼睛立刻亮了起来。

但她不放心把程只一个人放在这里，这里的人都是吃人的猛兽，她不在，只只肯定会被吃得连骨头都不剩。

她的眼珠转了一圈，拉着程只走到陆执身边，说：“陆执，你先替我照顾一下只只！”

说着，把程只往陆执身边一塞。

程只被她扯得没坐稳，撞到了陆执身上。她像触电一样蹦了起来，由于实在太紧张，她站起来的时候又没站稳，整个人往后倒。陆执怕她摔倒，下意识护住她。

“哟哟哟！”

耳边立刻传来不怀好意的起哄声和口哨声。

“不愧是我执哥，又英雄救美！”

程只整张脸都红透了，慌忙和陆执拉开距离。

陆执却故意拦住了她。她抬头看去，只见他低垂着眸，扯着嘴角，满脸不羁：“新同学，你准备怎么谢我啊？”

程只尴尬死了，她的手臂撞了一下陆执，感觉到他松开了手，才立刻起身，离陆执远远的。

陆执也不拦着，就坐在那儿，懒洋洋地看着她笑，那笑太野，让人不敢直视。

程只慌忙躲避他的眼神。他怎么这样啊，好起来会给她讲题，坏起来也真是坏透了！

程只耳边起哄的声音络绎不绝，连一直偷看这边的女生都过来了，看程只的眼睛里都是嫉妒。

“这女生是谁啊？以前没见过啊！”

“是执哥班上新来的转校生吧！据说还是执哥的同桌！”

“执哥不是一向没有同桌的吗？”

“那谁知道啊！”

“而且白麋鹿跟她好像关系很好的样子，那家境好又清高的白大小姐不是从来没朋友的吗？”

“那谁又知道啊！”

一阵议论声中，大小姐白麋鹿挡在了程只面前，大声说：“你们行了啊！只只可跟你们这些混账东西不一样，来！只只，在这里先坐一会儿。”

她拉着程只坐在陆执身边，又警告似的对陆执说：“你可别再欺负她了！帮只只点些好吃的！我先去玩了！”

说完，她迫不及待地去了台球桌那边。

2

有人看见陆执没明着答应白麋鹿照顾这个软萌会脸红的小姑娘，便对她起了心思，贱兮兮地走到陆执身边说：“执哥，你向来拒女生于千里之外，我帮你照顾这小姑娘怎么样？”

陆执微抬眼皮，清冷的眼神瞟过去，没什么表情地朝那人说了一个字：“滚。”

那人被吓得脸都白了，什么也不敢说，麻溜地滚了。

人群又恢复了热闹，只不过在这份热闹之中，不少人关注着这边的情况，毕竟他们还没有看见过有妹子是白麋鹿和陆执同时关照的。

程只正坐在沙发上发呆，腿上突然被搁了一本干净又精致的菜单。她看过去，陆执正跷着二郎腿，昂了昂下巴，示意她说：“喜欢什么，自己点。”

程只翻了翻菜单，本想点一杯喝的，但上面的价格把她吓了一大跳，一杯奶昔要八十八元？一杯冰水三十八元？这水是金子做的吗？这家店是抢劫来的吧？

程只不知道的是这家水吧装修得这么好，服务周到不是没有道理的，它只针对宜城一中那些有钱的富二代学生开放。

虽然没明言规定，但这么高的价格足以让一般家境的学生望而止步。

程只默默合上菜单。

陆执见她将菜单搁在了一边，挑了挑眉，问："没看上的？"

程只摇了摇头。她被菜单上的价钱吓到了，耳朵动了动，老实地说："太贵了。"

陆执被她一本正经的样子逗笑了，尤其是她每次动耳朵的时候，陆执觉得她太萌了。

他朝服务员打了个响指，很快有人走了过来，问："陆少有什么吩咐？"

陆执点了点程只搁在桌子上的餐单："里面的东西每样来一份。"

"好嘞！"

其实桌子上已经点了一些东西，但陆执不想这么可爱的新同学吃那些吃过的。

程只听见陆执要点那么多，急了，手下意识地扯住陆执的胳膊。她说："你点那么多是给我的吗？"她摇头说，"我不要，太贵了啊！"

程只抓住他手臂的时候也没想太多，但引起了其他人的注意。

大家都知道陆执不喜欢别人碰他，尤其是女生。

上次王子怡不小心碰了他一下，结果被他一把推开，毫不留情地留下一句："我不喜欢人碰我。"

把王校花气得脸都白了。

如今，程只扯住他胳膊的时候，他只是垂眸瞟了一眼她的小手，又白又嫩，和她的人一样，在无形中让他无法拒绝。

他勾了勾唇，没有推开她，而是痞性十足地说："叫声哥哥，就听你的。"

一行看热闹的人腹诽，以前以为陆执不逗女生是因为不会，现在才发现人家才是逗人的高手啊！

程只没在意别人的目光，她是真的觉得点那么多特别浪费，只能乖乖地喊了一声："哥哥。"

这一声"哥哥"喊得陆执目光都深沉了下来，眼神落在她白皙的脖子上。

程只却没察觉，只关心她的问题："我喊了……可不可以不点那么多了？”

陆执挑了挑眉，拿起他从来水吧就没翻过的菜单，问：“想吃什么？”

程只怕他乱点，只能继续看菜单。

这时，王子怡和一群人走了进来，这些人虽然不是同一个班的，但大家经常在一起玩，所以都认识。

他们一进来就看见大家八卦地看着某一处，那里正上演着宜城一中的校霸耐心地拿着餐单跟一个女生一起点东西的戏码。

王子怡的脸色当场沉了下来。

旁边还有人在议论：“执哥对他们班新同学有点特别啊！”

“可不是？哪见过执哥哄过哪个女孩子点吃的啊，每次来都是别人哄着他吃。”

那人刚说完，就被身边的人推了一下，那人郁闷地说：“你干吗？”

那人指了指门口，其他人看见王子怡，立刻住嘴了。

3

最后程只点了一杯菜单上最便宜的白开水，陆执收起餐单的时候让服务员加了一个特大号果盘。

王子怡等人走过来的时候，一一跟他打了一声招呼，但他看起来没什么反应。

他一向这样，不喜欢这种所谓的客套招呼，其他人都习惯了，但偏偏有人故意刺激王子怡，对她说：“子怡，你看你对执哥那么好，执哥都不理你。”

本来心情很不好的王子怡听见别人这么说，脸色更难看了。

她径自走到程只面前，黑着一张脸说：“程只，你跟我出来！”

程只没动，她其实不想跟王子怡出去，但如果不跟她出去，她往后的日子肯定不好过。

这样一想，她的身子动了动，刚站起身，身后一直没开口的陆执却发话了："坐下！"

程只站在原地没动。

陆执懒散地靠在沙发上，漫不经心地看着她说："不要让我说第二遍。"

他说话的语气虽然漫不经心，但言语中的威胁令人不寒而栗，程只觉得比起王子怡，身边的陆执更令人害怕。

程只没办法，只能看着王子怡，无辜地指了指陆执说："对不起啊，他不让我出去。你要真的想让我出去，跟他说一下好吗？"

那无辜又可怜的样子让王子怡气得牙痒痒，但她又不能在陆执面前硬把程只带出去，打陆执的脸，最后只能郁闷地在一旁坐下。

很快服务员把大果盘和程只点的白开水拿了上来，程只抱着水杯慢慢地喝着。

这时有人喊陆执去打桌球，他没应，只是看了一眼程只："一起去？"

程只摇摇头："我不会。"

陆执看着她没吭声。

迫于陆执的眼神，程只顿了顿才说："那我试试吧……"

于是程只跟在陆执身后去打桌球。

陆执和陈昊他们打桌球的时候，陆执让程只一个人在一个空着的桌球台上玩。

程只对这种娱乐一点都不感兴趣，但陆执让她在这边玩，她也不能不玩，旁边还有王子怡虎视眈眈地看着她，她需要陆执罩着，所以必须得讨好陆执。

她试图学着陆执打台球的样子拿着台球杆弯腰打了一会儿，发现球杆子碰球看起来是个简单的动作，但她做起来就很困难。

程只学着他的姿势要么球杆碰不到球，要么碰到了，球就跟被微风吹了一下似的，小小滚了一下就不动了。

但不管怎样失败，她都很认真，连旁边几个女生的嘲笑声都听不见，眼里只有球。

就在程只很认真打球的时候，一个阴影笼罩过来，一只修长的手覆在她的手背，告诉她："你的手势不对……"

是陆执。

程只感觉整个身子都僵硬了。他就在她身后，她只要一回头就能看见他，明知道这样，她却控制不住地回头去看他。

果然一回头，他的下巴就近在咫尺。

程只刚要顺着往上看去，就见陆执忽然垂眸，漆黑的眼眸撞进了她的心里。

他对上她的眼神，眉梢挑了挑，慵懒地笑了笑说："乱看什么？执哥教你打球。"

程只忙收回视线，但神思早已经不在打球上了。

陆执的一半神思也不在台球桌上，靠近她，才发现身前的她小小的一只……

他们耳边是各种起哄声："哟，执哥什么时候开始教人打球啦？"

对于这种起哄声，程只恨不得将一张红得好似要滴血的脸埋到台球桌里去。

陆执看见怀中的新同学害羞得不行，淡淡地瞥了一眼那群起哄的人，笑着说了声："滚！"

虽然是喊他们滚，但看得出来执哥此刻的心情挺好，完全不像刚进水吧时，一个人坐在沙发上，一副生人勿近的模样。

这群人会看脸色行事，见他心情还不错，起哄声不断："执哥，也教教我们打球呗？"

"执哥，执哥，快教教我们这群嗷嗷待哺的少年吧！"

陆执懒得理他们，对程只说："别理他们。"

怀里小小只的新同学轻轻地"嗯"了一声，说："好。"

陆执心里想，怎么会有这么乖的小姑娘。

陆执教程只打桌球的时候，其他人根本没心思玩其他的，都时刻关注着这边的情况。

雨涵推了推陈昊，眉飞色舞地说：“执哥这是有情况啊？”

陈昊说：“什么情况？”

“你见过执哥对哪个女生这么有耐心过？还亲自教她打球，之前教别人写作业一点耐心都没有。”

最后雨涵补充：“反正我觉得这次执哥是要栽在新同学手上了。”

程只打了一会儿球之后，终于忍不住说：“我可不可以去个洗手间？”

刚刚水喝得有点多，她想上洗手间很久了，但一直没敢开口，害怕打搅了陆执想教她打球的兴致。

但现在她确实有点忍不住了。

陆执挑了挑眉：“小朋友，你很怕我？”

程只一时间不知道怎么开口，就见陆执舔了舔唇，眼睛里都是笑意：“怕我怕到连想上洗手间都不敢说？”

程只憋红了一张脸，不知道该说什么。

最后还是陆执揉了揉她的脑袋，漫不经心地歪了歪头说：“去吧。”

程只忙不迭地跑了。

4

水吧的洗手间也装修得十分高大上，里面什么怪味都没有，甚至有一股清香。

程只上完洗手间，洗完手出来之后，外面已经有人等着她了，是王子怡她们几个人。

“终于让我逮住你了。”王子怡身后站着两个女生，将她围在洗手间里。

碰巧有人过来上厕所，看见这架势，吓得立刻走了。

程只站在原地没动，那天在学校楼顶的事情浮现在她脑海中，她只觉得身子里一股躁动感在膨胀。她垂着头，努力控制这股躁动，可这股感觉像是千军万马袭来，她有那么一瞬间脑子一片空白。

而此刻，在王子怡等人的眼中，垂着头的程只看起来是被她们吓坏了。

王子怡厌恶地说："我最讨厌看到你这副柔弱的样子，装给谁看！"

她说完就一巴掌往程只脸上甩去，完全没有注意到此刻程只的眼神和以往完全不一样，双眼显得阴沉又冰冷。在王子怡的巴掌落下来之前，程只精准地抓住了她的手。

王子怡愣神之际程只已经一巴掌甩在了她的脸上。

王子怡捂着脸不可思议地望着她，半晌才反应过来："你敢打我？"

程只没说话，脸上完全不似往常柔弱可欺的样子。她微抬下巴，模样看起来十分盛气凌人。

其他两人见王子怡被打，冲上来就要扯程只的头发。程只退开一步，轻松躲开。

程只当时脑海里闪过的是刚转学过来在天台上陆执的所作所为。

王子怡显然也察觉到了什么，捂着脸，不可思议地瞪着她，不敢相信她在模仿陆执。

但程只已经不搭理她，径直往外面走去。

从洗手间出去，拐个弯就是水吧的泳池区，有不少外校的人在里边游泳。程只路过泳池的时候，身后发了疯似的王子怡忽然追了过来，一把将她推进了泳池里。

当陆执、陈昊他们过来的时候，看见的就是程只被推进泳池，池水飞溅的场景。

程只不会游泳，那水池有一米六深。她跌进去之后，只觉自己被水淹没，水源源不断地侵袭而来，她本能地喊救命，耳边只听见更大的落水声。

她在水中扑腾的手倏地抓住了一条胳膊，她像抓到了救命稻草般，整个人都抱了上去。跳下水的陆执原本想将她抱回泳池边，泳池其实并不深。陆执站在原地，池水也才到他的胸部。但他没想到一下来，新同学就像树懒一样抱住了他。她双手缠在他脖子上，双脚缠着他的腰，脸埋在他的脖颈间，害怕得不行。

于是站在泳池边的吃瓜群众，就看见陆执脸上第一次出现一种无可奈何的神色，他说："你放松一点，没事了。"

新同学摇摇头，眼睛都不敢睁开，死死地抱着他。

吃瓜群众眼珠子都要掉水里了，他们从来没见过谁敢这么抱着陆执。

就在大家以为陆执会直接将新同学丢回水里的时候，没想到陆执用一种几乎是哄着的口吻说："真的没事。"

但新同学不为所动，依旧紧紧地抱住他，摇头拒绝。

最后陆执不得不抱着她一步一步往泳池边走去。

陆执抱着程只回到了泳池上，陈昊和雨涵赶紧拿来浴巾。陆执接了一条过来，裹在程只的小脑袋上。

程只还未回过神，裹着浴巾呆呆地望着他。

浑身湿透的陆执短发间有水滴落下来，落在他的眉眼间、上下滑动的喉结上，让他的眼神看起来更加不羁。

他挑了挑眉，问："怎么，要我帮你擦？"

程只才似回神，忙转移视线，裹着浴巾擦着。

一旁看了半天也气了半天的王子怡完全忍不住。她冲到程只面前，怒骂道："程只！你别装了，你刚才打人的那股劲呢？你还要不要脸？在陆执面前就知道装柔弱。"

程只觉得王子怡这个女人真吵，她不经意地皱了皱眉，语气柔软地问："你在说什么啊？"

王子怡完全受不了她这副伪装的娇柔模样，恨不得在陆执面前揭穿她的伪善面目。

她大叫一声就朝程只冲过来。

程只立刻躲在陆执身后。

陆执高大的身子挡在程只身前，冷漠地看着王子怡。

王子怡委屈得不行，她说："陆执，你别被她骗了！她刚刚把我两个朋友都打了。”

陆执垂眸看拽着自己的衣服，紧张地躲在自己身后的程只，问：“你打了？”

程只的小脑袋从陆执的身后伸了出来，又大又亮的眼睛无辜地看着他说：“我没有。”

听到她否认，王子怡简直快被气死了，她恨恨地说：“程只，你别敢做不敢当，你给我过来！”

程只摇摇头，手轻轻地扯了扯陆执的衣服。

陆执回眸看去，就见她雪白的脸上，一双眼睛干净清澈，樱红的小嘴张开，声音柔软绵糯地对他说：“执哥，她这样，我好害怕。”

陆执那一刻只觉得……她说什么，他都信。

陆执没什么温度的眼神瞟了一眼王子怡：“以后别欺负她了。”

王子怡气得跳脚，想要辩驳，却被身边的人扯住了，小声对她说：“子怡，这个时候无论你说什么，执哥都不会信的，还是别说了。”

没人看见躲在陆执身后的程只嘴角勾起一抹冷傲的笑，片刻后，忽然有一道声音在程只脑海里响起：“你快走啊……快走……”

程只愣怔了一下，随后脸上冷傲的笑容渐渐恢复到柔软平静。

她看了一眼人群中那一张张脸，默不吭声地转身离开。

刚走了没几步，被陆执扯住了：“去哪？”

程只的声音轻轻的：“我想回家了。”

5

五分钟后，程只裹着陆执的外套站在水吧外面，看着陆执骑在一辆炫酷的摩托车上，长腿落在地上，又长又直。

陆执给了她一个摩托车头盔，一看就是他自己的。

方才出门了一趟没看见程只被推进泳池里的白麋鹿此时站在程只身边，看着那个头盔说：“陆执，这是你的头盔吧？你给了程只，你自己用什么？”

陆执：“老子不用。”

“可是这样不安全吧？”程只也担忧地说。

陆执“啧”了一声，还没说话，抱着头盔的程只就吓得耳朵动了动。

雨涵羡慕又嫉妒地说：“执哥心爱的哈雷之前从来没载过人，所以没有备用头盔，这是第一次。”

哈雷，程只没见过也听说过这款摩托车有多贵，再加上雨涵的话，程只听他这么一说更不敢坐了，说：“要不，我打车吧……”

陆执皱眉，耐心耗尽。

于是大家便看见他的大长腿从摩托车上跨下来，走到程只身边。

程只还来不及反应，陆执已经把她抱到了摩托车上。在程只惊魂未定时，将摩托车头盔戴在她的小脑袋上。

他再次跨上摩托车，对身后的她说了一声：“抱稳了。”

程只哪里敢抱着他，不敢也不好意思，她抓住车座，以为这样就可以坐稳。

陆执也没勉强她，只是冷笑了一下。他发动摩托车后，摩托车飞驰而去。

程只由于惯性往前，不得不抱住他才稳住了自己的身子。

看着两人离去，白麋鹿还能听见程只吓坏了的声音：“陆执，你慢点……慢点啊……”

声音软绵轻糯，一点攻击性都没有。

白麋鹿心想，这样软糯的小姑娘会让人更想欺负才是。

站在水吧外的王子怡气得脸色发白，尤其是身边的人还在议论：“执哥的哈雷多少钱啊？”

“可以买一辆跑车了。”

“据说执哥的摩托车从不载人啊，程只真幸运啊。”

“或许是执哥看她淋湿了，可怜她，毕竟是同班同学。”

“别自我安慰了，你什么时候见过执哥这么有同情心？”

王子怡越听越气，最后一跺脚，扭身走了。

有人看见了，忙推了推身边的人，小声说：“你可别乱说，校花在这呢！谁都知道她对执哥不一样。”

“噢，噢。”那人连忙噤声，谁都知道王子怡跟二中的霸王关系好，要是王子怡一生气，让二中霸王来找她麻烦就不好了。

程只第一次坐陆执的摩托车，觉得比过山车还要吓人，好不容易到了王家的那条小巷，她让陆执放慢了速度：“我家就在里面，你在这里停下，我自己走进去就行。”

陆执停下车。

程只飞快地从车上下来，将头盔递给他：“谢谢。”

说完，她就要往里走。

陆执懒洋洋地伸手，拽住了她的书包带子。

程只不得不停住脚步看着他。

在水吧的时候，她非说要去教室拿了书包才能回家，陆执就让陈昊跑了一趟。

此刻，陆执扯着她的书包带子，漫不经心地问：“我送你回家，你说声谢谢就可以了？”

程只有点疲惫了，经历了晚上这些事，只觉得又累又烦躁，语气也有点不耐烦，说：“那你想干吗呀？”

明明是不耐烦，听在别人耳中却像在撒娇。

陆执的眼神变得深沉起来，他看着程只樱红的唇，虽然裹着他的外套，却仍能看见湿漉漉的校服黏在她身上。

他喉结动了动，最后哑着嗓子说：“从明天开始，给我带早饭。”

说完，不给程只拒绝的机会，他发动摩托车，疾驰而去。

程只看着他离开的背影，在原地站了一会儿后，转身回了家。

王家长期没人，王浩和他妻子各忙各的，平日里只有保姆照顾王子怡。

此时保姆和王子怡都不在家，程只回到房间后，洗了澡，换了一身衣服，把衣服放进洗衣机的时候，看见了搁在沙发上的陆执的外套，她一并放在洗衣机里，摁了开关。

回到书桌上，她从抽屉里拿出了一个日记本，想了想，在上面写："今天另一个程只又出现了，每次只要我受到欺负，她就会出现，以前发现她只是很凶，会报复那些欺负过我的人，今天发现她还会学人打架……我觉得自己越来越管不住她了。"

程只发现自己身体里住着另一个程只这件事，她没告诉过其他人。

她偷偷在网上查过，有人说这叫作双重人格。网上说，双重人格是一个人具有两个相对独立、又相互分开的人格，并以原始人格为主人格，分人格为亚人格的现象。

住在她身体里的另一个亚人格程只比她凶，比她没耐心，比她脾气大，但会保护她。

程只记得第一天来宜城高中上学，在楼顶被王子怡和候章祁欺负的那次，她身体里的另一个程只就快要出来了，幸好陆执出现了。

可这一次，她还是没能控制住，让另一个程只出现并且被王子怡看见了。

程只觉得有点无措，她不知道该怎么面对这种事，对她而言，总觉得这是一种病，如果被别人发现了，是要被抓进精神病医院的。

她不想去精神病医院，她有很重要的任务，她要好好学习，长大了赚钱养妈妈和外婆。

6

程只回来后没多久，王子怡就回来了。

程只事先做好了准备，将房间门反锁上。王子怡打不开房门，在外面一边砸门一边喊："程只，你给我出来！你以为你能躲到什么时候？！"

程只看了一眼房门，想着房门很结实，王子怡应该撞不开，才戴起耳机，坐在书桌前看书。

程只做完两张省试卷后已经是晚上十一点，她摘下耳机，听见门外没有砸门的声音，她松了一口气。

上床睡觉前她看了一眼手机，有白麋鹿发来的几条信息，问她安全到家了吗。见她没回信息，还打了好几个电话，但程只的手机一直都是静音没听见。

她给白麋鹿回了短信之后，看见有一条陌生的手机号发的信息，只有一个问号

程只想了想，没有回复，定了四点半起来的闹钟后，就躺下睡觉了。

第二天，按时起床后，程只洗漱完看了一会儿书，六点出门。

她知道王子怡喜欢睡懒觉，这个时间点遇不到她。

去熟悉的早餐店买了和往常一样的肉包和豆浆，正要付钱的时候，她想了想，又要了一份肉包和豆浆，才往学校走去。

学校每天早上七点有早自习，但不是强制性的，除了（7）班的老师要求他们每个人都上早自习，其他班都只是零零散散地坐着几个人。（2）班平常早自习根本没人，但因为月考就在下周，所以这几天陆续有前排的四五个人来上早自习。

程只知道有早自习后每天都准时来上，所以她有一把教室的钥匙。

在路上把早餐解决完了之后，她第一个开门进教室，把另一份早餐放进同桌的桌肚里。

她还记得昨天陆执跟她说过的话，只是早餐给他带了，但陆执第二节课下课才姗姗来迟，早餐早就凉透了。

陆执好像没睡好，眼皮一直垂着，一到座位就趴着睡觉。

次日，程只没有给陆执带早餐，结果每天都迟到的陆执竟然来上早读了。

陆执来了，陈昊和雨涵那些后排的人也来了，还有几个其他班的不认

识的生面孔，男的女的都有。

早读是没有老师的，陈昊一群人在后面玩得火热。

陆执一边玩手机一边走到座位上坐下，抽空往桌子里瞄了一眼，问：“小朋友，哥哥的早餐呢？”

正在玩的雨涵听见了，随口说了句：“执哥，我刚去买早餐，你不是说你不要吗？”

陆执懒洋洋的：“没跟你说话。”

雨涵一脸委屈，这才发现他家执哥在跟新同学说话。

陈昊也看了过来，推了推雨涵说：“以前执哥对女生都是冷冰冰的，这次是怎么了？对那新同学比较特殊啊。”

“就是。”雨涵也说，“我也发现了，咱执哥不知怎的，老招惹新同学。”

这边，老招惹新同学的陆执看着一声不吭的程只，抬了抬下巴：“喂？我跟你说话没听见？”

# 第四章
## 脸红了

1

程只知道他没什么耐心，虽然通过这些日子的相处，她发现他其实也没有想象中那么可怕，甚至还出手救过她，但她还是很怕他发脾气，只好无奈地说："昨天给你带了，但你没吃，我今天就没带。"

"你怎么知道我没吃？"陆执眉梢微扬。程只吓了一跳，以为他要打自己，身子下意识往后躲了躲，小耳朵动了动。

陆执："……"他有这么可怕吗？

雨涵忽然发现了什么大新闻一样，说："执哥，昨天中午你让我去微波炉里热的包子和豆浆，是新同学给你带的早餐啊？"

随即雨涵委屈地说："执哥，我买的早餐不香吗？为什么非得是新同学买的早餐？"

陆执靠在椅背上玩着手机，漫不经心地笑："新同学非得给我带早餐，我不好意思拒绝。"

新同学立刻抬眸看着他："我不是，我没有……"

陆执双眸微微眯起，缓缓说了两个字："你有。"

他虽然没有要揍她的动作，可那眼神里都是"你敢说一个'不'字试试"。

程只只能将反对的话吞进肚子里。

陈昊看见了，没忍住说："执哥，不带你这么欺负小姑娘的啊。"

陆执反问“被欺负的小姑娘”：“我欺负你了？”

“没……”程只忙摇摇头，但心中的原则还是不能变的。她咬了咬牙，鼓起勇气说，“不过你得答应我，我带的早餐，你都要吃了，不能浪费。”

陆执扬了扬眉。

就在大家惊讶明明看起来很怕执哥的新同学，敢当着这么多人的面命令他的时候，就听见程只非常认真地教育他们执哥：“谁知盘中餐，粒粒皆辛苦。任何食物都来之不易，不应该浪费的。”

教室里沉默了片刻，后排的几个男生连玩都忘记了，愣愣地看着宜城一中执哥被他的同桌教育得一声没吭。

后知后觉的程只也发现了教室里的异常，大家的眼神都落在她身上，片刻之后才有人说：“新同学，你真厉害了，你是第一个敢教育执哥的人，连老陈都不敢。”

程只这才察觉到自己做了什么，她居然敢这样跟陆执说话，还当着这么多人的面。陆执肯定觉得特别没面子吧？程只觉得自己死定了。

随后陆执便看见新同学的两条小眉毛皱着，看都不敢看他一眼，说了句“对不起”后，便低头继续看书，再也不敢说话了。

她身上总是香香的，认真纠结的样子显得特别萌，就连道歉都软乎乎、委屈巴巴的，让人觉得无论她做错了什么，都可以原谅她。

清晨的阳光透过窗户照射进来，裹着她整个人像在发光。她垂头看书时，脖子的弧度很漂亮，脸上的肌肤润透白皙，陆执看着她就想伸手掐一掐她略带婴儿肥的暖萌的小脸，恶狠狠地吓唬她“给我捏一下就原谅你”。

程只不知道陆执心里是这样想的，她只知道，这之后陆执没有再跟她说话了，她的心才悄悄放下了些许，将神思都转移到课本上。马上就要月考了，这是她转入宜城一中后的第一次月考，她不希望自己出任何纰漏。

等她成功投入学习中了，身后那群人却开始讨论得热火朝天，玩也显得心不在焉。

“执哥和新同桌怎么回事啊？”

“对啊，以前从没见执哥对谁这么好过。”

“你们都不知道吧？‘墨书’上都传疯了，说新同学一转校过来就宣示主权，证据就是她在书包上绣了执哥亲笔签的大名，每天背着它在学校里耀武扬威。”

“可是新同学看起来胆子挺小啊，不怕跟全校女生为敌？”

“主要是这签名是执哥亲笔签的，你们能懂吗？”

有人很茫然：“懂什么？”

“新同学的所作所为都是执哥纵容的。”

于是学校开始传了起来，执哥特别纵容他的新同桌，甚至新同桌教育了执哥一顿，告诉他不能浪费食物，执哥都没说话。

早读课下课了之后，后排的人也各回各班了。

程只拿了点零用钱去了小卖部。

学校的小卖部里什么都有卖，有的学生早读课来不及吃早餐，下课后就会来这里买早餐。

程只排队买了早餐之后，回到教室看到同桌不在，但桌子上已经堆了好多蛋糕、面包和水果之类的食物。她犹豫了片刻，将早餐放进了自己的桌肚里。

这时，后门走来了两个女生，其中一个对着后门的男生说：“能不能帮我喊一下你们班的陆执？”

那男生看了她一眼，说：“执哥不在，又是来给执哥送早餐的？”

“嗯……”那女生把手上的蛋糕递给男生，“能不能帮我把这个给陆执？谢谢。”

男生看了一眼陆执桌子上堆积如山的食物，说：“好吧。”

有人把陆执没吃早餐的事情传出去了之后，早读下课之后，就陆续有人来给陆执送早餐。

2

陆执进来的时候，看着桌子上摆着的各种吃的，似乎已经习以为常。他坐下之后，看了一眼闷不吭声，见他来了一点反应都没有的程只，问："小朋友，你帮哥哥买的早餐在哪？哥哥饿了。"

程只诧异地看了他一眼，惊讶为什么他会知道她帮他买了早餐，但她还是摇摇头否认："我没帮你买。"

"那你刚刚去小卖部做什么？没事去那闲逛一圈？"

程只纠结地咬了咬唇。她本来是给他买的早餐，但一进来就看见他桌子上堆积如山的蛋糕什么的，从包装袋上就可以看出都是从水吧买的。

水吧的东西，程只是见识过有多贵的。和她在小卖部买的比起来，她觉得她买的早餐根本拿不出手。

就在程只纠结的时候，陆执直接从她的桌肚里把她藏起来的早餐拿了出来。

程只放得不深，桌子就那么一点大，往那一看就能看到。

她没忍住说："要不你还是吃蛋糕吧？我这个就是在小卖部买的，比不了这些蛋糕……"

陆执却没理她，漫不经心地撕开包装袋咬了一口。

恰巧这时雨涵和陈昊从外面回来，看见陆执在吃面包，惊讶地问："执哥，你在吃什么？这不是小卖部的面包吗？你以前不是嫌小卖部的东西难吃吗？"

陆执淡淡地瞥了他一眼，虽然什么都没说，但雨涵明显看见到了他眼神里的杀意。

陈昊忽然想起刚刚路过小卖部的时候，看见陆执往小卖部那边看，他也看了一眼，似乎看到了程只的背影，随即明白过来，这是程只给他买的。

他指着课桌上的蛋糕，对雨涵说："这不是你最喜欢的水吧的蛋糕？赶紧都吃了吧！"

雨涵瞪着一双眼睛："你当我是猪啊？这么多都能吃掉？"

"吃不掉分给班上其他人吃嘛！"陈昊朝班上吼了一声，"大家饿了想吃蛋糕的来执哥的桌上拿！别客气！"

但没有一个人敢来拿，直到陈昊把蛋糕都搬到自己的课桌上，大家才蜂拥而至。要知道水吧的蛋糕在整个宜城都是十分受欢迎的。

在大家抢蛋糕的时候，陆执靠在椅子上，慢吞吞地将程只给他买的面包和酸奶都吃完了。

雨涵看完都惊呆了，小声地跟陈昊说："执哥这次是认真的吗？"

陈昊也受到了惊吓，但他表示："看来是认真的。"

他们刚说完，就见他们执哥伸出长腿踢了踢新同学的椅子，新同学抬眸茫然地看着他。

他们执哥问："我给你发短信，你怎么不理我？"

新同学努力想了半天，才问："是一个问号的短信吗？"

"不然？"

发一个问号这让人怎么理啊？雨涵和陈昊也觉得他们执哥在新同学这里怎么就有点霸道不讲理呢？

仿佛要迎合他们的想法，他们看见陆执特别霸道地说："把我的手机号码存起来，下次找你记得回我，知道吗？"

新同学完全不敢拒绝地小声说："知道了……"

雨涵、陈昊："……"

是他们听错了吗？一向手机里有一大堆迷妹发的短信、连看都不看的执哥居然要新同学回他的信息？

自那以后，每天早上程只都会给陆执带早餐，她吃什么就买什么，陆执也从没挑过。

直到有一次程只在食堂吃饭的时候，看见陆执一群人又浩浩荡荡地往学校后门走，身边吃饭的女生们看见了，激动得不行："快看，快看，是陆执！"

去学校后门必经过学校食堂，学校里一些陆执的迷妹每次都会抢食堂靠窗户的位子，就为了在陆执经过食堂的时候看上一眼。

“好像从开学起就没见陆执他们来过食堂吃饭啊？”

“你们不知道吧？陆执特别挑，食堂的饭菜他根本看不上。”

程只一边吃饭一边听着，忽然就想到那天早上，他吃着雨涵说他平时嫌弃的小卖部的面包，再加上平时的早餐，她买什么他就吃什么，从来没对她提出过要求，完全看不出来他挑食啊？

这个问题她没有向陆执去证实，因为很快月考的那天到了。

月考前一天，陆执没来上晚自习，程只想起第二天的早餐，她跟陆执不在同一个考场，所以她在纠结要不要给他带。

她想起她好像存过陆执的电话号码，于是发了一条短信过去问：“明天考试我们不在同一个考场，我还要帮你带早餐吗？”

3

此时，正在水吧里无聊地跟雨涵他们手机开黑的陆执，看见屏幕上闪过一条信息。

备注“小朋友”的人给他发了一条信息：“明天考试我们不在同一个考场，我还要帮你带早餐吗？”

隔着屏幕，陆执都能感受到小朋友问这个问题时严肃纠结的小表情。他黑亮的瞳孔闪过一丝笑意，点开短信，回了一个字：“要。”

雨涵迫切的声音传来：“执哥，执哥，你怎么不动了？打野的过来抓你了！”

说完朝陆执手机上看了一眼，愣了一下，问：“执哥，我没看错吧？你在回信息？你不是最讨厌发信息的吗？以往我给你发信息你都不回我，还说有事直接打电话。”

一旁听说陆执在水吧就马上赶过来的王子怡，一直坐在他身边看他打游戏。陆执屏幕上显示的“小朋友”的短信，她也看见了，听见雨涵这么说，她心里酸酸的，但表面上还是装作若无其事，甚至很温柔地说：“小朋友是谁呀？是执哥哥家里的小孩吗？”

陆执没回答，倒是陈昊立刻就明白了过来，贱兮兮地笑着说：“那可不，是执哥最近很喜欢的一个小孩。”

陆执若无其事地笑了笑，没承认也没否认。

两人之间的哑谜，把王子怡听得一愣一愣的。

雨涵一时间也没搞明白，但他的思路很快被游戏吸引了回去，大喊一声：“执哥，快，快，再不动就要掉线了，这盘可是我的晋级赛！”

陆执垂眸，慢条斯理地返回游戏，继续操作游戏里的人。

不一会儿，“小朋友”又发了一条信息：“可是明天我怎么把早餐给你？”

学校的月考都是按照上一次月考的排名划分的考场，程只因为没有成绩所以安排在了考场的最后一个。

众所周知，考场的最后一个都是年级排名倒数的大哥大姐们待的地方。

考试那天，程只早早地到了考场，找到自己的座位之后，她把给陆执带的早餐放进桌子里。

昨天她问陆执怎么把早餐给他，他回复的是：“把你的考场班级号发给我，我过来拿。”

程只有点不太明白，陆执的考场在第一个，她在最后一个，相差十万八千里，他过来拿不嫌麻烦吗？

就在程只发呆的时候，忽然有几个人影罩了下来，她抬头，就见几张陌生的脸。

“（2）班的转校生是吧？听说成绩很好啊？”

说话的是（9）班的学渣，外号九哥，九哥常年居于陆执之下，只能在陆执不在的范围跩一跩，听说他们这次考场有一个学霸转校生，他便带着一群学渣过来：“一会儿考试的时候传个答案呗，小学霸？”

程只看着眼前几个高个子的男生，虽然才高一，但现在的学生发育得好，一个个都差不多有一米八，程只在他们的包围下显得特别渺小。

面对这些人的威胁，程只摇摇头：“作弊不好。”

“啧，这怎么能叫作弊？”九哥说，“这叫助人为乐，见义勇为啊，转校生。”

面对九哥的谆谆诱导，程只并不妥协，依旧摇头。

九哥没耐心了：“转校生，你最好乖乖听话，虽然九哥我从不欺负女生，但是你这样惹我生气，我还是会对你不客气的，知道吗？”

程只绷着一张脸没吭声。

“嘿！你还挺固执，不怕我？”

程只还是没吭声。

九哥怒了。

雨涵过来帮陆执拿早餐的时候，看见的就是一群人围着执哥家的小朋友。小朋友小小一只，虽然看起来很娇弱可怜，但眼神里是不服气的倔强。

（9）班的人他也认识，这人一直对执哥很不服气，每次年级倒数第一的考场都被（9）班的人承包了，没想到程只一来就被盯上了。

雨涵正犹豫是先解救程只还是立刻去喊执哥过来——执哥原本是亲自过来拿早餐的，途中接到了陆家打来的电话，这才让他过来。

他不是怕（9）班那帮人，只是他们表面上害怕执哥，心里却一直对执哥不服气，现在他们人多，雨涵过去占不到半点好处，反而会让程只的状况更危险。

就在雨涵准备去找陆执的时候，九哥已经没有耐心了。

他狠狠地踢了踢程只的椅子，椅子应声倒下，吓了程只一跳。

程只感觉自己心中那股躁动又翻涌而上，她知道身体里的另一个程只就要出现了。

就在这时，凶狠的九哥忽然倒在了地上。

九哥脱口一句脏话，回头才发现所有人的目光都聚集在身后一个人身上。

他逆着光，整个人都笼罩在黑暗里，阴鸷的眼睛里都是冷漠。

所有人都吓坏了，他们想不到在第一考场的陆执怎么会出现在这里。

九哥更是一声不敢吭，方才的气势消散得一干二净。

陆执垂眸，居高临下地看着地上的九哥："程只在这个考场要是少一根头发，我断你一根手指！"

教室里格外安静，谁都不敢说话。

在陆执旁边刚刚跟着九哥招惹过程只的几个人大气都不敢出。

"怎么回事？都聚在这里做什么？开会呢？主题是讨论为什么你们跟别人学着一样的东西，年年都考年级倒数？"这时，监考老师拿着一沓试卷进来了，"啪"的一声摔到讲台上。

聚在一起的学生纷纷散开，他这才看见了陆执和倒在地上的九哥。

"陆执，你不在你的考场来这里闹事？是不是嫌你们班作业布置少了，想写检讨打发一下时间？"监考老师指着陆执和九哥说，"你们都给我出来！"

九哥从地上爬了起来，陆执倒是不着急，从程只的桌子里拿了自己的早餐之后，看着被吓得脸色惨白的程只，伸手在她的黑发上揉了揉，说："好好考试。小朋友。"

被揉脑袋的小朋友眼神直直地望着她，像一只受惊了的小猫，让陆执忍不住想说：要不要哥哥留下来陪你考试？

"陆执！你还在里面做什么？赶紧给我出来！"监考老师的喊声在外边响起，陆执这才不紧不慢地一边吃着手上的早餐一边往外面走去。

4

程只是考完了之后才知道陆执因为被训，错过了英语考试的听力部分。

经过陆执的警告之后，虽然九哥跟程只在同一个考场，但再也没有骚扰过她。

第二天考试，程只给陆执带的早餐是雨涵过来拿的，程只没忍住问他："陆执怎么没来？"

雨涵说："执哥啊，有点事，让我帮他拿。"

“啊……他没事吧？”程只一听，立刻担忧地问。

“啊？”谁知道雨涵比她还莫名其妙，“他有啥事啊？”

“……”

程只见到陆执已经是考完试的两天后了。

那天她和往常一样早早到了教室，连上了早读和第一节课后，陆执还没来。

程只去洗手间的路上遇见了从老师办公室回来的白麋鹿，她拿了一沓陈塘给的试卷，遇到她的时候顺便说：“只只，一会陆执来了之后跟他说一下啊，第二节下课，年级主任让他和（9）班的人在课间操后去台上念检讨书。”

程只有点呆，问：“什么检讨书？”

“就是考试的时候闹事啊，说是刚刚决定让他们去台上念检讨的，我估计陆执也不会写，直接瞎说。”

白麋鹿碎碎念的时候看见程只在发呆，伸手在她眼前晃了晃，问：“怎么了，只只？”

程只摇摇头。

白麋鹿说：“那我先回教室了啊，还得把试卷发下去呢！”

“好。”

程只没想到这件事闹得这么大，居然要到全校人面前念检讨。

就在程只边走边想事的时候，走过转角没看见有人，直直撞了上去。她“哎呀”一声，捂着脑门抬头一看，竟然是陆执。

陆执也没想到是她，挑了挑眉。

程只下意识扯住陆执的衣角说：“陆执，刚刚我听班长说下节课体操时间，学校要你上台去念检讨书，你知道这事吗？”

陆执不知道这事，但他也不关心，他关心的是……

少年的眼眸淡淡垂下，看着她抓着自己衣角的小手，白皙柔嫩。小朋友似乎并没有发现她这个下意识的动作，一门心思都在关心他要上台念检讨书这件事。

陆执被罚在全校学生面前念检讨这件事也不是一两次了。他学习成绩好，又有陆家这个强大的背景，学校根本不敢对他怎样，但总有看他不爽的人。

学校为了平衡这之间的关系，就经常让陆执在全校师生面前做检讨。

程只因为从小到大都是好学生，所以把这件事看得特别严重，严重到她觉得一会儿陆执不是去做检讨而是上断头台。

“陆执？”见他没回答，程只喊了一声。

陆执“嗯”了一声：“现在知道了。”

程只愣了一下，才知道他说的是她刚刚告诉了他，他现在知道了。

“那你写检讨了吗？”

陆执摇摇头：“没。”

程只小眉头皱了起来，可以看见她是发自内心的担心：“那怎么办啊，一会你怎么去台上做检讨啊？”

陆执嘴角噙着笑，墨色的双眼凝视着她，问：“你在担心我吗？”

对啊，程只心里一直有担心和愧疚，毕竟这件事是因她而起的，但这件事不是她担心就有用的。她想了想说：“现在还有时间，你回教室快点写吧？”

陈昊和雨涵都要被耿直的新同学逗笑了，像他们经常被学校勒令写检讨，但检讨这东西还真没写过，每次上台就是亮个相，学校也不会跟他们较真，谁会真的花时间在写检讨上啊？

雨涵看新同学这么担心的样子，忍不住想要告诉她事实。

正准备说，就听见他家执哥特别苦恼地说：“怎么办，我不会写检讨，要不小朋友帮我写一份？”

雨涵和陈昊互相对视了一眼，以前怎么没发现他们家毁天灭地、桀骜不驯的执哥竟然会撒娇？

新同学显然被他们执哥这表面无辜的假象给迷惑了，想到这件事本就因她而起，此时的她心里更加愧疚了。她想都没想，直接应了下来：“那好吧，我去个洗手间，回来就帮你写！”

说完，她就小跑着往洗手间的方向跑。

小朋友愧疚的眼神落在陆执三人眼里，看得一清二楚，最主要的是他们执哥还挺喜欢新同学这种愧疚的状态？

雨涵看着陆执，忍不住问：“执哥，你真的让新同学给你写检讨？”

说真的，就算写了，执哥会照着念吗？

“新同学喜欢帮我写。”陆执的心情显然很好，否则平常是不会回答雨涵这种问题的。

雨涵和陈昊又对视了一眼，他们可没看出新同学哪里喜欢帮他写了，明明是刚刚他们执哥故意装柔弱，骗取了新同学的同情心。

5

程只从洗手间回来之后就埋头开始帮陆执写检讨。

但写检讨这种事程只从来没做过，一时间还挺为难的，以至于她花了整整一节课的时间才写完一份检讨。

写完之后，她把检讨书交给同桌：“不知道我这样写可不可以。你先看看。”

陆执拿过检讨书一看，上面清秀的字体洋洋洒洒写了整整八百字。他笑了起来：“小朋友，你以为这是在写作文，嗯？”

程只不太好意思地说：“写多了吗？我也不知道写多少比较好，可是现在时间来不及了，要不你挑着念？”

看着她认真解释的样子，乌黑的眼瞳格外清亮，白皙的脸上因为不好意思而染上了一层红晕，陆执的眼神渐渐深沉了起来。

程只说完，见陆执没反应，抬眼看去，才发现他正看着自己。他本就生得好看，剑眉星目，痞气之中自带矜贵的气质，让人移不开眼。他不说话，盯着人看的时候，眼神深邃，仿佛有光。

程只被看得脸上的红晕更重了，她逃也似的说：“我、我先去操场了。”

当雨涵和陈昊过来喊陆执去操场的时候，看见的就是新同学落荒而逃的背影。

“执哥，新同学怎么了啊？脸怎么那么红？”雨涵一脸的莫名其妙。

陈昊笑得贱兮兮：“还能怎样？肯定是执哥欺负人家了呗！”

雨涵随即明白了过来，也笑了起来：“我发现了，执哥现在很喜欢欺负新同学啊！”

这“欺负”二字，他故意说得很暧昧、很重，到底是哪种“欺负”，大家心知肚明。

宜城一中每天上午第二节课后是出操时间，除了下雨天和特殊事情，全校学生都必须到操场集合做操。

例行做完早操之后，教导主任上台说话。

“介于这次月考，高一（2）班的陆执和高一（9）班的张九公然闹事，无视学校的规章制度，这次学校将对两人做出处分，分别在全校师生面前检讨自己的所作所为……”

一旁低着头的张九觉得自己特别无辜，明明他什么都没做，还被陆执给欺负了，结果念检讨的居然也有他。

教导主任说完之后，朝他们问：“你们谁先上？”

张九看了一眼陆执，陆执站在原地没动，瞟都没瞟他们一眼。

张九走了出去，拿着自己的检讨书对着话筒开始念：“尊敬的老师，敬爱的同学们，我是高一（9）班的张九，关于这次在月考期间闹事，我认识到了自己犯下了严重的错误，也意识到给考试期间的同学们带来了麻烦，我在这里真心对你们道歉，也静下心悔过，我保证以后不会再犯同样的错误。”

张九念完之后，象征性地鞠了一躬，退了下去。

教导主任走到话筒边说：“张九同学的态度很诚恳，对于这次违纪行为，大家要警醒，我不想再看到类似的事情发生。好了，现在由陆执同学公开检讨。”

在大家期待的目光中，陆执不紧不慢地走到了话筒前。

他穿着白色的校服，平日里解开的两颗扣子在教导主任的威逼下扣了起来，少了几分不羁，多了几分清雅出尘。他对着话筒，说：“我是陆执。”

话应刚落，台下响起热烈的掌声，有女生尖叫了起来：“哇！陆执好帅啊！”

“执哥！执哥，看这里啊！”

教导主任十分生气地抢过陆执的话筒，大声训斥：“安静！这是在做严肃的检讨，你们以为在开演唱会？谁再说话，给我写三千字检讨！”

台下顿时安静了不少。

教导主任把话筒递给陆执：“继续！”

陆执拿着话筒，嘴角轻轻地扬着，太阳照射在他脸上，黑发垂落在眼皮上，让他看起来懒洋洋的。他对着话筒说：“关于在考场闹事这件事，我觉得如果再重来一次，我还是会那么做，因为，阻止他们欺负同学，我没有错。”

张九：“……”

果然那份清雅出尘只是迷惑人的表象，他骨子里就藏着一股邪性。

陆执说完，台下的学生们都沸腾了。

最后教导主任愤怒地让各个班的班主任把这群管不住的小孩给轰回了教室。

第三节课是陈塘的课，（2）班的一群人在操场上因为陆执检讨的事沸腾得停不下来。陈塘拿着一沓试卷走进来的时候，教室里还在闹哄哄地吵着。

“安静！安静！”陈塘的心情看起来不错，并没有受刚才事件的影响。

（2）班的学生都不怕他，主要是因为他很随和。

在陈塘连续喊了三遍“安静”之后，班上才渐渐安静下来。

陈塘拿着试卷走上讲台，将试卷上面的一张纸拿了出来说："这次月考成绩已经出来了，我现在手上拿着的是这次月考成绩的排名单，总体来讲，我们班的情况跟以往没什么太大区别。"

"老师，那年级第一名是不是还在我们班啊？"有人举手提出了问题。

相比较关心自己的成绩，（2）班的学生更加关心的是年级第一名是谁这件事。

（2）班在整个高一是最差的班级，（9）班虽然有以九哥为代表的常年霸占年级倒数第一名的学生在，但他们班整体的平均分是高过（2）班的。

而（2）班引以为荣的是，从入学以来，年级第一名一直在他们班，所以只要年级第一名还在（2）班，（2）班所有学生都觉得即使他们班是最差的班，也丝毫不影响他们会因为最差班的头衔而觉得低人一等。

"对啊！老师，年级第一名还在不在呀？"

面对一群嗷嗷叫的学生，陈塘做了一个安静的手势。他面带慈祥的微笑说："这是我要说的重点，虽然陆执同学因为闹事在全校师生面前做了检讨，并且还因为闹事而缺了英语听力部分的考试，但这次的年级第一名还是陆执同学！"

陈塘说完，教室里立刻发出了拍桌庆祝的声音以及他们的口号："执哥，执哥，独一无二！谁与争锋，唯我执哥！"

被人捧着的陆执倒是一直很淡定。程只心里也很高兴，她本就因为这次陆执受处罚和错过英语听力考试而愧疚，没想到他错过了英语听力都能考上第一名。

她以前猜到陆执的学习成绩不差，但没想到他这么厉害，心里又是敬佩又是欢喜。她发自内心地对陆执说："恭喜你呀！"

后者靠在椅背上，浑身散发着懒散劲。他看着她，眼睛乌黑，像笔墨勾画出来的一样，樱红的唇勾了勾，问："小朋友，有什么奖励啊？"

"啊？"程只一下子没反应过来。

就听见他低沉的声音说："我为了你受处罚，又因为你错过了听力，小朋友不需要补偿我吗？”

程只觉得他说这话其实没有错，确实她是愧疚的，可为什么听着他一字一句、懒洋洋地说“补偿”二字的时候，就觉得这两个字那么不正经呢？

像是要配合她的想法，她的脸渐渐灼烧了起来。

接着，她便看见陆执嘴角玩味的笑意，说：“小朋友，脸怎么红了，嗯？”

6

程只正不知道该怎么回答，好在这时候陈塘岔开了话题：“除了这件事，我还有一件事要宣布，那就是要表扬新来的程只同学，这次月考成绩，排名年级第二。”

同学们愣了一下，随即又发出了惊喜的声音，没想到新来的同学不但乖巧，还是个超级学霸！

现在他们高一（2）班有年级第一名和第二名在，更加无所畏惧其他班的嘲讽了。

“我就说，不过是月考前闹事，怎么就要去台上检讨了。”有学生在私底下说，“我才发现原来那个监考老师是（7）班的班主任，他一直嫉妒老陈有执哥这个学霸，所以只要执哥随便犯一点错，他就会夸大其词！”

“之前（7）班班主任找过执哥想让他转到（7）班，说我们（2）班配不上他，可是执哥没同意。”

“这个我知道，那时候（7）班班主任问执哥为什么留在（2）班，执哥直接说为了翘课方便，把（7）班班主任气得不行。”

这节课高一（2）班的学生们都处于兴奋和八卦当中。

下课的时候，程只忽然把一张字条递给陆执。

陆执看着字条上的“奖励”二字，挑眉看她。

程只格外认真地说：“我想不出来你喜欢什么，所以写了这个当是欠条，你有一天想要什么的话，跟我说，我会尽力帮你实现的。”

陆执当时只觉得同桌脑子里到底藏着什么稀奇古怪的东西，能把他的玩笑一本正经地记下来并且想办法去完成。

很快，高一（2）班在这次月考中拿下了年级第一名和第二名的消息传遍了整个学校。

没人能想到陆执可以在缺失英语听力分数的情况下拿到第一名，也没人能想到程只能够拿到年级第二名，而所谓的尖子班（7）班最高分只排在了年级第三名。

一上午，“墨书”上都炸开了，先是议论陆执在台上检讨时的嚣张，再就是这次的月考成绩。

甚至有人在“墨书”上说，陆执刚跟高一（7）班的甄茹茹冷战完，就跟同班的程只玩到一起了。

（2）班的第四节课是自习课，上课之前白麋鹿来跟陆执换座位：“陆执，我想跟只只坐。”

陆执侧身坐在椅子上，背靠着墙壁，学着她，懒洋洋地说：“我也想跟只只坐。”

很明显拒绝跟她换座位。

白麋鹿翻了个白眼，只好跟程只前排的同学换了座位。

上课之后，班上其他学生都静不下心上自习，不是偷偷看手机，就是在聊天。

雨涵和陈昊也把桌子搬过来，坐到了陆执背后，跟他用手机“开黑”。

“执哥，执哥救我一下！”雨涵喊了一声。

陈昊大骂一句：“你能不送吗！”

雨涵看着暗下来的屏幕，郁闷地说：“我以为这英雄血量足，怎么知道死这么快！”

等待复活的时候，雨涵忽然看见门口站了一个女生，是(7)班的甄茹茹。

雨涵眨了眨眼睛，仔细看去。他没有看错，正是之前跟王子怡竞争执哥的高一（7）班的甄茹茹。和王子怡不一样的是，执哥对甄茹茹没有像对王子怡那么冷漠，甚至有时候甄茄茄拿着学习上的问题来跟执哥请教的时候，执哥还会帮她解答。

他们之前一直以为执哥对甄茄茄是不一样的，至于为什么，他们觉得因为这两个人同样都是学霸，在程只没来之前，甄茄茄的成绩一直是年级第二名。

“执哥，执哥，有人找。”

雨涵小声跟正在玩游戏的陆执说。

# 第五章 只有我能欺负

1

陆执抬眼往外面看去，就见甄茹茹站在教室门口，落落大方地喊了一句："陆执，你出来一下。"

一时间教室里看手机的、聊八卦的，所有人的视线都聚集到了她身上，连程只都好奇地看去，可甄茹茹一点感觉都没有，依旧像一个高贵的公主一样站在那里等待着。

陆执侧靠在墙上，低垂着眼，只是在雨涵说有人找的时候淡淡地瞥了外面一眼，就再也没抬过眼皮，好像外面的女生喊的不是他。

"啧啧，又是我们执哥惹过的人，人家都找上门来了。"坐在程只前面的白麋鹿一脸看热闹的模样。

见陆执没理她，她也不介意，对着程只说："只只呀，你可要做好心理准备，你同桌这个人吧，长得帅，学习成绩又好，听起来简直就是完美人设，可你要知道这世界上人无完人，你同桌吧，他唯一的缺点就是太惹眼！"

程只觉得白麋鹿说得倒是一点不假，她转学过来之后，也发现了每次课间时间，总有其他班的女生"路过"他们班，起初她不知道是为什么，直到白麋鹿说："嗐，有的是假装路过看我们班执哥的，有的是想跟我们班执哥来个偶遇的。"

站在外边的甄茹茹见陆执根本不理她，她倒是胆大，在（2）班所有人的注视中，直接从门外走了进来。由于陆执是坐在里面的，她不得不走到程只的课桌边，对陆执说："陆执，你跟我冷战是不是因为她？"

程只莫名其妙地看着甄茹茹指着自己的手指，有点蒙。

陆执瞟了一眼她指着程只的手，面无表情地说："把手放下。"

陆执虽然就说了四个字，但护着程只的样子已经十分明显了。

甄茹茹委屈得不行，眼泪一下子落了下来。

甄茹茹一直以为自己在陆执心里是不一样的，别人问陆执问题，陆执讲过之后，他们都听不懂，但她能听懂，于是每次都假借问问题跟他接触。陆执看起来也不排斥，久而久之，学校里开始传她跟陆执的关系非常好。

甄茹茹和王子怡曾一起竞争宜城一中的校花，但因为甄茹茹平时忙于学习，家里也管得严，不像王子怡那么会打扮自己，所以宜城一中校花的头衔最后被王子怡夺走。

可那又有什么关系，光是外面传言校草陆执跟她的关系不一般，就足够让王子怡气死了，即使得了校花的头衔又怎样？

甄茹茹自以为跟陆执的关系非常好，直到一次，有个女生主动问陆执问题，他没有拒绝。

虽然女生因为听不懂，最后竟然被陆执的眼神吓哭了，但甄茹茹还是很酸。

酸的结果就是向陆执大发脾气，问他为什么要教别的女生功课。

陆执却根本不搭理她，于是甄茹茹就开始跟他冷战，再也不以问功课为由黏在他身边。

本以为他会来哄自己，可一直到现在，陆执都没找过她。

学校各个班以及"墨书"上都在疯狂地传他跟他们班新转来的同学程只关系不一般。

而这一次，程只又把她的第二名挤下去。

甄茹茹这才坐不住，直接上门来找人了。

眼下，（2）班格外安静，大家都屏住呼吸看着（7）班这位勇猛的学霸来找他们班霸王的麻烦，结果霸王只说了四个字就把（7）班的学霸说哭了。

甄茹茹觉得生气、难过又丢脸，正巧又看见程只桌子上的牛奶，上面贴着陆执的名字，想起“墨书”上有人说一向不让别人动自己牛奶的陆执把牛奶让给程只喝，她就觉得分外生气。

她觉得都是程只的出现，才让陆执疏远了她。她讨厌死了程只，不但抢了陆执，还抢了她的荣耀。

她想都没想，拿起牛奶就要朝程只脸上泼，还没泼，就对上陆执冰冷阴鸷的眼神。他一字一字地警告她：“你动她一下试试！”

于是大家都看见来时气势汹汹的甄茹茹脸上一阵青一阵白，在陆执的眼神下，拿着牛奶的手硬是没敢朝程只泼去。

最后她生气地将牛奶瓶往地上一扔，哭着跑了出去。

正巧(7)班的班主任和一群老师开完会，看见了甄茹茹。隔着走廊，(2)班的人都能听见（7）班班主任问：“甄茹茹？你怎么从（2）班出来了？怎么哭了？谁欺负你了？是不是陆执？”

（7）班班主任倒不知道甄茹茹和陆执那些事，只是习惯性地觉得他们班的人在（2）班被欺负了，那肯定就是陆执干的。

（7）班班主任嗓门大，整个年级都听见了，（1）班正在上自习的王子怡也听见了，她身边的小姐妹说：“甄茹茹居然跑去（2）班找陆执了？真有胆量啊！”

“你没听见他们班主任说了吗？是哭着出来的！还以为自己在陆执心里很重要，跟陆执发脾气，结果人家陆执根本不理她！”

“就是，那甄茹茹哪点比得上我们子怡？现在连排名都被一个转校生给抢走了，我看她现在是恼羞成怒了吧？”

“不过那个转校生也挺有一手的，据说在陆执面前装得跟朵小白莲似的，那次在水吧，你没见她有多凶！”

在众多议论声中，王子怡一直没说话。

相比较以前跟她竞争校花的甄茹茹，现在让王子怡更有危机感的是她们口中的转校生程只。

她想起在水吧那次，程只一人单挑她们三个女生都不带喘的，却在陆执面前表现得柔弱万分，她就万分咽不下这口气，她一定要找机会在陆执面前揭露程只的真面目！

同一时间，（2）班的人也听见了（7）班班主任的吼声。

雨涵说："执哥，甄茹茹可是(7)班班主任捧在手心里的宝，他这一动怒，会不会又让你在全校师生面前念检讨书啊？"

一直在玩手机的白麋鹿嗤笑一声："你也太小看你家执哥了，他只是懒得跟（7）班班主任计较，别忘了你家执哥可是陆家太子爷！"

陆执对这种话题丝毫没兴趣。他踢了踢程只的椅子，程只应声看向他。

陆执懒懒地说："小朋友，中午放学跟哥哥一起去吃饭。"

"啊？"程只下意识地问，"为什么啊？"

陆执没说话，倒是白麋鹿反应过来："对哦，庆祝只只考得好，为我们（2）班争光！"

程只有点纠结："可是我只考了第二名啊……"她的本意是就算要庆祝，也是为陆执庆祝考了第一名才对。

但显然陆执理解错了她的意思，挑了挑眉问："只只对这次考第二名不满意？"

不知道为什么，白麋鹿喊她"只只"，她觉得一点毛病都没有，但陆执学白麋鹿喊她"只只"的时候，她就觉得陆执不太正经，脸不自觉地红了起来，小声说："你别这么叫我。"

2

陆执在程只脸上盯了一会儿，忽然做了一个让大家都震惊的举动。他倾身，指骨分明的食指在程只脸上戳了戳，指腹相触的触感柔嫩光滑，和他想象中的一样。

陆执想戳她脸很久了，每天看她顶着这张恬静柔嫩的脸，他心里总是浮现出奇怪的感觉，尤其是当夜深人静的时候，她的脸时不时在他脑海里闪过，她乖巧的样子，喊他执哥讨好她的样子，在水吧被人欺负的样子……

这只是浅尝即止，可这样的浅尝即止并没有让陆执心里的奇怪感消除，反而更加浓郁了。

他看着程只的脸渐渐地红到了脖子根，几乎是咬牙切齿地对她说："程只，你真是老子见过的最想欺负的人。"

白麋鹿、雨涵和陈昊因为陆执这句话而惊愣，随后都露出玩味的神情，一副"你知我知，大家都知道"的表情。

唯独程只特别不解地望着他，又害怕又胆怯地问："为什么呀？我……我是不是做错什么让你生气了？"

还为什么呀？

程只见陆执因为她这话好像更加生气了，有点急了，想了想，有点委屈地说："是因为刚才那个女生吗？如果你不舍得，我帮你把她追回来？"

程只说的追回来就是字面上的意思，去把从（2）班跑出去的甄茹茹带回来。

可这番话听在陆执耳里简直就是考验他的脾气，可偏偏称王称霸的陆执拿眼前的小朋友一点办法都没有。

白麋鹿等人哪里见过陆执这么憋屈的样子，都忍不住笑出了声。

尤其是白麋鹿，捂着笑疼的肚子，一边笑一边说："我们班转来的是什么神仙大宝贝啊！哈哈哈——"

雨涵和陈昊也努力憋着笑，他们怕笑得太放肆，被执哥揍。

程只却郁闷，她说的话有那么好笑吗？

中午放学了之后，程只本来要跟陆执他们去吃饭的，毕竟小霸王的话她不敢不听。

但她接到了外婆打过来的电话，说那边出了点事，问她能不能过去。

程只没来宜城县之前，是和她妈妈以及外婆生活在宜城县下面的一个乡村的。

程只本以为外婆他们还在村里，正准备回去，就听见外婆说，他们被王子怡的妈妈叫来宜城县了，现在正在王家。

“抱歉，我家里有点事，我必须马上回去。”程只跟陆执他们说完之后，就走了。

几个人从没见过软萌的小程只露出这么着急的模样，白麋鹿担忧地说：“小只只不会有事吧？”

程只赶回家里的时候，看见的就是外婆和妈妈站在客厅里，王子怡和她的妈妈倪冠爱坐在沙发上，趾高气扬地训斥她们：“你们女儿有病你们居然隐瞒没有提前告诉我，你们有什么目的？把一个神经病放在我家里，是想要程只毁了我的家吗？”

对于倪冠爱的咄咄逼人，程茵泪眼蒙眬，却依旧替自己的女儿说话：“我女儿不是神经病，而且她的病早已经好了，很久没有复发了，医生说只要不受刺激，是不会复发的。”

“不是神经病是什么？看见我们家子怡手臂上的伤没？就是程只这个小杂种打的！我跟你说，如果你不在王浩回来之前把程只带走，我就报警抓你们！”

程茵和程只的外婆王春娇都是从乡下来的，一听到报警吓得不行。王春娇祈求道：“我们只只很好、很善良，求你不要报警，不要告她……”

说着，她难受地抹了抹眼泪。

王子怡看着特别嫌弃地说：“妈妈，她们真的好烦啊， 哭成那样，就好像我们欺负了她们一样，而且他们身上的味道好难闻，一股穷酸味，我们赶紧解决了这件事，让她们走吧！”

连一旁的保姆都皱了皱鼻子，嫌弃地说：“就是啊，夫人，我也闻到了，真是脏了家里的空气。要不，让她们站在院子里跟夫人和小姐谈吧？”

保姆见倪冠爱没吭声，立刻明白了什么意思，对着程茵两人说：“听见没？赶紧走，滚到外边听我们夫人讲话！”

说着就要把程茵两人往外赶，她们没办法，只能听话地往外边走。

王春娇因为年龄大，身体不好，走得慢了一点，那保姆伸手就往她身上推，王春娇没站稳，眼看就要摔倒。

“外婆！”程只立刻扶住了她。

王春娇看见自己的孙女，又高兴又难受，一张脸上挂着泪水和心疼。她本以为孙女来这里是享福的，但看见王子怡母女的样子，才知道孙女来这里有多委屈。

“哎呀，我以为谁回来了，原来是有神经病史的程只啊！”王子怡把“神经病”三个字说得特别重，脸上是各种嘲笑的表情，对保姆说，“还等什么，物以聚类，让她们三人都去外边说话！”

保姆听了这话，立刻又要动手。

程只看着满脸白发的外婆被人这样对待，心里的躁动根本忍不住，这一刻，一直隐忍着、控制着不想让心里的第二种人格出现伤害到别人的程只，第一次没有控制住。

她看着保姆，一字一句地警告：“谁敢再动我外婆一下，我废了她一只手！”

3

王子怡先是一愣，随即瞪大了眼睛：“妈妈，你看见了吗？她又发病了，你看见了吗？这是我们平时根本没见过的程只。”

倪冠爱虽然不是第一次听说双重人格这种病，但亲眼见到也是诧异了一下。

不过她毕竟是见过大风大浪的女人，很快就反应过来，说：“程只，你要废谁的手？你废得了，你赔得起吗？别忘了，你在这里上学的学费和生活费都是我们给你的。”

“就是！你在我们家横什么横啊？”王子怡不甘示弱，“有本事把我爸给你的学费和生活费都吐出来啊！”

在母女俩的咄咄逼人之中，程只歪着头，冷笑了一下。

平日里的程只顶着那张漂亮的小脸蛋给人都是乖巧、好欺负的感觉，这种形象已经深入人心，就连王家的保姆都觉得程只好欺负，但此刻的程只明明还顶着那张柔弱好欺的脸，可王子怡她们觉得程只整个人的气场都变了，完全不是以前那种柔弱可欺的模样。

“你爸给我的学费和生活费？”程只的嘴角扬了一下，“你也知道那是你爸给的，如果真的要算起来，这几年你爸欠我的抚养费可不止一整年的学费和生活费，我们要不要把你爸喊回来把这笔账仔细算一算？”

程只虽然被王浩接了回来，但从没开口喊过他爸爸，基本上都是用“他”代替。

此时，第二种人格的程只一口一个“你爸”把王子怡气得不行，可她毕竟年龄小，平时在家里和学校都是别人让着她，被程只这样怼，她根本就不知道该怎么反驳。

最后，还是倪冠爱比王子怡沉得住气，淡淡地说：“也难怪当初王浩会跟你分手，大抵是发现了你有病。是啊……谁会娶一个神经病回家？当初王浩让你把孩子打了，你非得瞒着他生下来。现在还是可怜了你女儿，被你遗传了这种病，我如果是你，就带着你的女儿回老家躲起来，省得在外面被别人发现自己女儿遗传了精神病，丢人现眼。如果到时候这个病历本不小心传到了学校，程只在学校里被人喊神经病，那得多难受啊，你说是吧？”

这话是对着程茵说的。

倪冠爱非常精准地戳到了程茵的痛处，她当年确实是瞒着王浩把孩子生下来的，因为她舍不得这条小生命，原本她也的确打算自己带着孩子过，可要不是她的病实在没办法，她也不会觍着脸来找王浩。

程只却因为倪冠爱的话非常躁动，心里一团火不停在往上升，这母女俩在这里说个没完，不就是因为王浩不在家，看她们没有了后盾，才欺负她妈妈和外婆吗？与其在这里听她们叨叨个没完，不如好好教训一下她们，让她们把嘴巴闭上！

就在程只快要控制不住心里那暴戾的时候，一个声音从门外响起："阿姨，你这样一口一个神经病，别以为我们只只脾气好，就不会告你诽谤噢！"

程只望去，说话的竟是白麋鹿。她身后还跟着陆执，就像程只说的，陆执太惹眼了。他一出现，所有人的目光都在他身上。他神情倦怠，却自带一股矜贵和傲然。

他走到程只面前，轻轻敲了敲她的小脑袋，低垂的眼尾似乎带着笑意："小朋友，不跟哥哥一起吃饭，跑这来受什么气，嗯？"

程只原本涌上心头的躁动感在这一瞬间消失得干干净净。她仰头望着他，充满暴戾的眼神渐渐明媚柔和起来，她呆呆地看着眼前的人问："你怎么来了？"

"帮你啊……"陆执歪了歪头，嘴角扬起浅浅的弧度。

"阿……阿执……"陆执进来之后，王子怡整个人都蒙了，此时才喊出他的名字，"你来评评理……"

但陆执并没有理她，只看着程只，说："我是来给小朋友撑腰的，不是来主持公道的。"

王子怡见他眼里只有程只，心里又气又酸，她说："阿执，程只是个神经病，你别被她的外表给骗了！"

陆执漫不经心地转过头，看着沙发边的王子怡，眼里都是漠然。

王子怡以为他不相信，拿着桌子上的病历报告说："我有证据的，这是程只以前的病历报告！"

陆执挑了挑眉，接过王子怡的病历报告："没经过病人的同意，私自泄露病人的病历报告，这么没有医德的人配当医生？"

倪冠爱虽然对陆执第一印象很好，这孩子一身贵气，穿着、气质各方面都不像是宜城这个小县城的人，但他明显站在程只那边，让倪冠爱即使对他再有好感，也不禁生气："你们知不知道这是王家？没经过主人的允许随便进别人家，属于私闯民宅，懂吗？”

保姆这时候也气势汹汹地说：“就是，夫人，要不要我把他们都赶出去？”

“你确定这栋房子的主人姓王？”

这时，门外进来了四个人，为首的那个男人气质不凡。他说这话时，嘴角噙着笑，浑身透着一股子懒散劲，可一看他的样子，就知道他是后面三个人的老大。

程只见过他，也听说过。他是学校后门水吧和“绯”饭店的老板，也是学校后门一整条商业街的店铺房东。

他身后跟着的三个人，没什么表情，但都一副“我们不是什么好人”的模样。

4

“你们这群乌合之众！谁允许你们擅自闯入王家？”倪冠爱没说话，保姆倒是先发了脾气。

倪冠爱也冷笑：“这栋房子的主人不姓王难道跟你姓？我警告你们，在三秒内离开我家，否则我要报警了！”说完拿出了手机。

陆绯朝身后的人勾了勾手指，身后的人递了一本房本过来。陆绯将房本轻飘飘地丢在茶几上。

陆绯走到一旁的沙发上坐下，一只手悠闲地搭在沙发背上，对倪冠爱说：“看看房本上写的是谁。”

倪冠爱看到房本的那一刻，脸色立刻变了。她指着陆绯说：“你……你是陆家的人？”声音颤颤巍巍，完全没有了方才的趾高气扬。

王子怡正奇怪着，就见倪冠爱瞬间变了态度：“都是误会，误会。”

“误会没关系，但我们家小少爷不开心了就有关系了。”他看着站在程只旁边的陆执。

倪冠爱随即明白过来。之前B市的陆家小少爷来宜城一中上学的事情在宜城这个小县城引起了不少议论，但倪冠爱没想到维护程只的那个少年居然就是陆家小少爷，毕竟程只从乡下来县城才多长时间，怎么可能认识陆家小少爷这种人物，还被陆家小少爷如此维护。

陆执没想到陆绯会出现，在陆绯出现之前，他根本不知道陆绯跟陆家有什么关系，毕竟陆绯的身份神秘，除了姓氏跟他一样，平日里也没见跟陆家有过什么联系。

陆执淡淡地瞥了他一眼，后者理所当然地靠在沙发上，一副大爷模样，好像他才是陆家小少爷。

倪冠爱吓坏了，觍着脸对陆执说："陆小少爷，是我有眼无珠，没认出您，您请坐！"

说着把她和王子怡坐的位子让了出来。

陆执没坐，他站在程只身边，身形挺拔，眉眼懒散又傲然，指了指倪冠爱三人，嘴角微勾，声音轻轻浅浅，却带着令人毛骨悚然的狠："你们刚才，说谁是神经病，嗯？"

保姆吓得大气不敢出，倪冠爱立刻反应过来："是我，我神经病，我有眼不识泰山，我在这里给陆小少爷道歉，对不起！"

王子怡不明白为什么自己的母亲忽然变得这么卑微，这么害怕陆执。

她本来就是为了给程只难堪的，现在局面反了过来，她哪里受过这样委屈，对着陆执说："阿执，你别被程只的伪装给骗了，她……"

"你闭嘴！"

倪冠爱立刻阻止了王子怡的话，但王子怡不服气地顶嘴："为什么呀？妈，你为什么忽然就害怕成这样，程只她就是个神经病，为什么不能说……"

倪冠爱二话没说，扇了王子怡一巴掌，焦急地说："赶紧跟陆小少爷道歉！"

王子怡捂着脸委屈得不行。

倪冠爱第一次觉得这个女儿被自己惯得不知深浅，不懂得看形势。她发了狠地瞪她："你连妈妈的话都不听了吗？"

王子怡没办法，只能朝陆执说："对不起。"

陆执一只手搭在程只的肩膀上，手背在灯光下显得更加白皙修长，隐隐能看见青色的血管。他偏头看着倪冠爱三人，笑得又冷漠又狠："跟她道歉，一个一个道歉。"

王子怡虽然知道陆执脾气不好，但从没见过他如此动怒。她的内心很惶恐，这种惶恐让她平日里的骄纵在此时被吓得无影无踪。

"好好好。陆小少爷，我们道歉。"倪冠爱说着拉着王子怡和保姆三人一一向程只道歉。

程只却不想再看见他们，只对妈妈和外婆说："外婆、妈妈，我送你们回去。"

程茵却担心地说："只只，妈妈这样回去可以吗？你在这里会不会有事？"

程只正想说不会，就听见陆绯说："阿姨，您放心，我们会照顾好只只的。"

说到"只只"二字的时候，陆绯收到陆小少爷的一个白眼，嘴角立刻勾起一个邪性十足的笑。

程茵虽然一直在村里生活，但也能感受到陆绯一行人身上不同的气质，她说："谢谢你们啊，你们都是只只的朋友吗？"

"从今天开始算是了，毕竟只只是我们陆小少爷难得倍加关心的……"陆绯瞟了陆执一眼，意味深长地说，"同桌，你们放心把只只交给我们就行，不会有事的。"

陆绯刚说完，就收到陆小少爷递过来的警告眼神。

陆绯舔了舔唇，笑容痞痞的："我安排了车，一会送你们走。"

一行人往外面走的时候，陆执看着坐在沙发上没动的陆绯，问："你不走？"

"我还有点事，想留下来跟她们聊一聊。"说这话的时候陆绯看着倪冠爱三人，后者因为他的眼神，吓得心里“咯噔”了一下。

等到客厅里只剩下陆绯和他那三个看起来一脸凶相的朋友后，倪冠爱大气都不敢出一声。

陆绯虽然嘴角挂着笑，可他的笑看起来一点都不带善意。倪冠爱发现他跟陆小少爷一样，气质里都带着与生俱来的冷傲和高高在上，一看就是十分不好惹的人物。

倪冠爱知道他们是陆家人之后，整颗心都七上八下的，尤其是听见陆绯要留下来跟她好好“聊聊”，她感觉要窒息了。

“其实也没什么好说的，就是想告诉你，以后不要让我看见程只小朋友在这个家受到任何委屈，你们也看见了，小朋友是我们陆小少爷关心的人，如果陆小少爷生气了把你们赶出去住，那我也帮不了你们。”

倪冠爱听见这话，犹豫了一会儿，才壮着胆子说：“可是当年陆家大老爷说过，我们只要需要，就可以一直住在这里……”

陆绯没想到她会拿出陆家大老爷威胁他。他挑了挑眉，笑得冷漠又邪气：“你可以试试，在这小县城里，是山高皇帝远的陆家大老爷有用，还是我说的话管用，嗯？”

陆绯这样一说，倪冠爱立刻意识到自己说错话了。陆绯说得没错，就算陆家大老爷再厉害，他也在遥远的B市。陆绯在宜城县只要稍微动动手指，他们王家人就可以卷铺盖走人，根本见不到陆家大老爷，更别说找陆家大老爷诉苦了。

“对不起，是我错了……您放心，以后我们会好好照顾程只，不会再让她受到任何委屈！”

陆绯从沙发上起身，点了点头：“希望您说话算话，毕竟我们也不喜欢跟长辈动手。”

说完，他率先走了出去，身后的三人也着走了。

5

陆绯走了之后，保姆眼尖，看见陆绯没带走的房本，赶忙拿起来给倪冠爱，但她不小心翻到了房本里的名字，发现房本上的姓氏写的是“陆”。

她心中讶异，但没吭声，将房本给倪冠爱。倪冠爱看了她一眼，飞快地把房本拿走了。

那房本其实是个复印件，但上面写的姓氏是没错的。

王家人跟陆家人的渊源要追溯到王子怡爷爷那一辈，王子怡的爷爷曾经是陆家老太爷下乡时的助理，当年陆家老太爷一直住在这里，离开宜城县之后，看在王子怡爷爷那些年鞠躬尽瘁的分上，将房子留给他们无限期居住，以至于到了现在，大家都以为这房子就是王家的。

久而久之，王家人也这样以为了。

当陆绯亮出陆家人的身份和房本的时候，倪冠爱心里终于发慌了。

就在倪冠爱发呆的时候，王子怡没察觉到母亲的异样，抱怨般地把心里的憋屈说了出来：“妈妈，你为什么那么害怕他啊？还有这房本是怎么回事啊？”

女人虚荣心重，倪冠爱不想当着保姆的面把这房子不是王家人的事说出来，只说：“你爷爷过去跟陆家老太爷关系好，妈妈这不是怕他，毕竟是小辈，妈妈总不能跟他们真的计较，对不对……”

倪冠爱还在说着，王子怡却没听进去，她满脑子只有倪冠爱说的，爷爷过去跟陆家老太爷关系好，这也就是说她爷爷跟陆执的爷爷关系好？

王子怡不由得激动了起来，这样不也进一步说明他们家和陆家是世交吗？像电视里演的那样，世交的后代不是应该顺理成章地联姻什么的？

王子怡越想越激动，她还不知道自己家跟陆执家有这么亲密的渊源，她的脑海里已经开始浮现出她长大之后跟陆执联姻，她站在陆执身边成为他女朋友的模样了。

陆绯安排了两辆车，一辆车上坐着程只、程茵和王春娇，陆执坐在后面的车上。

雨涵和陈昊陪白麋鹿先回了学校。

陆绯的打算是直接让司机开车送程茵和王春娇回乡下，但程茵和王春娇坚持要坐大巴回去，最后程只送她们到车站。

程只送她们上大巴的时候，陆执就在不远处等着。

程茵知道女儿乖巧，也没有说太多的话，只是让她在王家能忍尽量忍，不要跟王子怡母女起冲突。

第二种人格的程只哪里听得进这种话，她表面上应着母亲，其实左耳进右耳出。

程茵说完之后，看了看不远处的陆小少爷，说："只只，看见你在新学校交到新朋友，妈妈真为你感到高兴，这些年你都孤孤单单一个人，小时候好不容易有个玩得好的朋友小科，可是……"

"妈妈，大巴发动了，你快上去吧！"程茵的话还没说完，就被程只打断了。她发现程茵提起过去时，第一种人格的程只会发出抗拒的情绪。

好在程茵没发觉什么，看了一眼大巴，忙说"好"。

一直没说话的王春娇握着程只的手，说："只只要好好的啊。"

程只心里一疼，第一种人格的情绪又传达了过来。她鼻尖一酸，差点哭了出来，她说："好，外婆好好照顾身体，等只只考上大学，就接外婆、妈妈跟只只一起住！"

"好！外婆等着。"

一阵依依不舍之后，程茵搀着王春娇上了车。

程只在原地站了一会儿，或许是这种感情上的亲密关系，即使程只的第二种人格心再硬，也会受到主人格的影响而难过，她非常不喜欢这种感觉，所以再次转过身后，第二种人格已经消失不见。

程只转身，便看见站在不远处的陆执。

他正在打电话，穿着学校的校服，明明才高一，个子却非常高，他站在那儿，身姿挺拔。

白麋鹿说得没错，他太惹眼了。人来人往的车站，多少人的视线都忍不住投在他身上，只不过没人敢上前，因为少年英俊的脸上都是不耐烦和生人勿近的神色。

他似乎在接一通不怎么开心的电话。

电话是陆绯打来的，至今陆执都不知道陆绯在陆家的身份是什么。

但相较起陆家的其他人，陆执对陆绯的反感度是比较低的，或许是因为陆绯身上有一股子跟他一样的懒散气质。

“小同桌的事情我帮你处理好了，但是你得答应我一件事。”陆绯在电话那头开门见山，“回去看你老爹一眼。”

陆执听见这事就觉得烦躁，心里窝着一团火发不出去。陆绯像能透过电话看透他似的，说：“你别想朝我发火，我只是受人之托，忠人之事。再说了，你想小同桌以后在王家的生活好过一点吗？想的话，就乖乖听话。”

陆绯说最后一句话的时候，陆执觉得他像哄小孩。

“别用这种恶心的语气跟老子说话！”陆执烦躁地说。

“小孩不都喜欢人哄着？”

“老子是小孩吗？”

“高一未成年，你说呢？小屁孩。”

难得有人能治得了陆家小少爷，电话那头的陆绯笑得懒散：“其实有陆家当后盾有什么不好？如果今天你不是陆家小少爷，王家人能这么听话乖乖放了你的小同桌吗？你是个聪明人，好好想想陆家这个背景对你有没有用，虽然你不屑，但不得不说陆家的名号的确能不动一根手指，就威吓住人。”

陆绯这话点醒了陆执。确实，如果不是陆家这个背景，王家人的态度不可能一百八十度大转弯，以前陆执从没觉得陆家有什么好，可这一刻，在他忽然觉得自己有想要保护的人的这一刻，陆家的确有很多利用价值。

陆绯见陆执没吭声，就知道他想通了。

毕竟是陆家的血脉，还是很聪明的。

“想通了？”陆绯问，语气漫不经心。

陆执没回答，只是说：“没什么事我挂了！”说着就挂了电话。

被挂断电话的陆绯看了一眼手机，轻声笑了笑，表情疏懒：“简直和老爷子年轻的时候一个脾气！”

6

陆执跟陆绯打电话的时候，一直关注着程只这边的情况，见她的亲人走了之后，挂了电话就朝她走来。

“去吃点东西？”

“好。”

陆执问她：“想吃什么？”

“你想吃什么？”她说，“你帮了我这么大的忙，我也不知道该怎么谢你，就先请你吃饭感谢你吧？”

陆执挑了挑眉：“好啊。”

“那你想吃什么呀？”她问他时的声音依旧软绵绵的，好像他想吃什么，她都会很努力地请他。

陆执说：“只只请我吃什么，我就吃什么。”

程只顿了一下，说：“你别这样喊我……”

“为什么？你家人不是喊你只只，嗯？”

可是从他嘴里喊出来就很奇怪啊。

但程只没再说什么，她知道就算她说了，他也不会听的。

此时早已经过了午饭时间，能吃饭的地方只有那种简易的店。程只带他去了学校正门附近的小面馆，之前听同班同学说这家味道还不错。

“这家可以吗？”

“可以啊。”

点完餐后，程只说：“我请不起太贵的，但等我有能力了，一定补偿给你。”

程只说这话时认真又可爱，陆执看得没能移开眼。

程只拿纸巾帮他把桌子擦干净后，发现他一直盯着自己。她有点不好意思，又不敢看他。

她本以为自己坐下后，他不会再看了，可他始终没移开眼。

程只觉得很尴尬，忍不住问他：“你干吗一直看着我？”

陆执舔了舔唇，突然喊了一声：“只只？”

“啊？”程只下意识地应了一声，抬头就看见陆执嘴边慢慢勾起一抹笑，懒洋洋的，又藏着一丝戏谑。

程只知道他那股不正经劲又来了，懊恼地瞪了他一眼。她猛地起身，但没能走开，他抓住了她的手腕。

程只低头，看见他白皙又骨节分明的手，她感觉自己的手腕瞬间被灼热，脸也跟着滚烫起来。

她甩了甩手，说：“你放开我呀！”

她的声音甜糯软萌，喊得陆执心都酥了。他心里低骂了一声，哑着嗓子问：“去哪儿？”

“给你买喝的。”

陆执这才慢慢放开她。

他看着她落荒而逃的背影，眯了眯眼，手上还残留着她的温度，和握着她手腕时软嫩的触感。

他握了握手掌心，有那么一刻，若不是怕吓到她，他不想放开她。

# 第六章

## 小呆瓜

1

小面馆旁边有家奶茶店生意很好，奶茶好喝还不贵，性价比很高，以至于即使是中午，也有很多学生排队。

程只排在队伍的末尾，前面还有五个人。

这天的阳光很大，风也不小。程只站在队伍里，风吹过来，带着凉意，本是很舒爽的一件事，只是风太大，吹得她的校服裙总往上跑。

程只的校服本就是最小号，裙子也比别人的短了一截，风吹来时，几乎要走光。她不得不一直用手拽着裙子，白皙纤细的双腿笔直好看。

旁边店里坐着几个男生，看见她这副窘样，都笑着指指点点，意犹未尽的样子。

程只更觉得尴尬了起来。

就在这时，一个人影走来挡住了那群男生的视线，接着程只感觉到腰间被搭上了一件外套。她低头看去，是一件校服外套。

正在她愣怔之间，听见头顶的人“啧”了一声，哑着嗓子说：“自己不会动手，要老子帮你？”

程只没来得及反应，就看见他双手从背后环到她身前，用环抱她的姿势，将校服外套绑在了她的腰间。

隔得太近，她能感受到他身上的温度和唇掠过耳边时的呼吸声，比这夏天还炽热。

绑完之后，她感觉他顿了片刻，而后皱着眉，满脸不乐意地说：“你校服裙怎么这么短？故意改短的？”

程只被他这话说得哭笑不得：“我领校服的时候就只剩下最小码的了。”

其实程只很瘦，但她的个子比较高，再加上这套校服是特意为学校里那种特别矮小的学生定制的，所以穿在她身上就显得有点小。

“明天去学校换一件合身的。”陆小少爷下了命令。

程只很难为，学校又不是她开的，她想换就换啊？

但她知道不能跟陆小少爷争论，毕竟陆小少爷脾气不好。

这时队伍排到了程只，店员问她想喝什么，她点了两杯喝的之后，陆执“啧”了一声：“你不是帮我买喝的吗？怎么不问我想喝什么？”

程只下意识地说：“如果我问你了，你一定会说只只想喝什么我就喝什么……”

程只说完这话之后，才觉得有点不对劲，赶忙住了嘴。看向陆执时，却见他盯着自己，一张英俊的脸上都是玩味的神情。

程只咬着唇，红着脸，什么都不敢再说了。

不远处，路过几个（7）班的女生，其中有个人指着这边说：“那是陆执吗？”

“我天！真的是！”

“旁边的女生是他们班的转校生？”

“就是她！之前就听人说陆执对他们班新来的转校生好得不行，现在亲眼所见，真的是！”

“怎么就真的是了？”

“你什么时候见过陆执这么有耐心地陪女生买奶茶？以前的陆执都不屑喝这种东西的好吗！”

陆执和程只买完奶茶回来后，面条已经做好了。程只吃饭一向很快，她吃完的时候才发现陆执碗里还有一半。

陆执平日里看起来对什么都漫不经心，吃饭也慢条斯理，明明是很普通的一碗面，他吃起来，就像摆在上流社会晚宴厅里的贵族食物。

程只看着看着就忘记眨眼了，直到陆执淡淡的声音传来：“小朋友，你一直这样看着我，我会受不了。”

程只红着一张脸，借口埋单溜了。

埋单区在小饭馆的前台，程只付钱的时候，听见旁边人聊天的声音，虽然很小，但依旧能听到。

“执哥真陪她又吃面条又喝奶茶的啊……传闻果然不假。”

“执哥以前哪里屈尊降贵来过这种地方啊！”

“她身上那件校服是执哥的吧？难怪上次(7)班的甄茹茹哭得那么惨。”

“只是不知道执哥对这个转校生的好能维持多久！”

聊了这么久，那几个人才发现程只在前台，忙说：“嘘，别说了！正主在那儿！”

“怕啥啊，不过就是个转校生，也就是执哥在后面撑着，如果不是因为执哥，谁怕她啊？”

“你小声点，人家又没得罪你，干吗那么大敌意！”

程只垂眸，付完钱后，转身离开了。

2

吃完面条之后，上课时间也快到了。

程只回到座位上，陆执也吃得差不多了，她声音低低地说：“我先回教室了。”

陆执还没说话，程只就转身先走了。

他皱了皱眉，起身跟上。

小朋友结完账回来之后的心情明显有点不好，不过他没问原因，也没有追上她，只是在她背后不远不近地跟着。

一路上，来上学的学生很多，陆执这么个耀眼的人物肯定特别引人注目。

“陆执啊！好帅啊！”

“再帅也不会理你！”

“你说这话啥意思啊？”

“你没看人家前面走的是谁？”

“那个转校生？”

“没在‘墨书’上看吗？陆执现在跟这个转校生关系很好，现在看来真不假，连上学都一起来。”

“之前陆执跟（7）班那个甄茹茹不也关系很好吗？现在不还是过去了？我看啊，这个也坚持不了多久！”

程只不想面对这些眼神和议论声，不自觉地加快脚步朝教室走去。

陆执不紧不慢地跟在她身后，倒是没注意其他人的眼神。他向来是人群视线的聚集中心，早已经习惯忽略这些人的视线。此时，他的眼神正盯在程只细白的小腿上，即使腰上系了他的外套，陆小少爷还是有点不乐意，他拿出手机拨了个电话。

雨涵很快接起：“咋了，执哥？”

“下午上课之前帮我找一套新的大码女生校服。”

雨涵说：“啊？大码的？谁穿啊？”

“你管那么多？”

“不是啊，执哥，主要是我发现你认识的女生里没人能穿大码的校服，执哥，你大概不知道吧？这大码的衣服我们男生都能穿。”

陆执确实对女生衣服的尺码没有什么概念，听雨涵这么说也觉得有点道理。

见陆执没吭声，雨涵说：“执哥，校服是给新同学的吗？你放心，我肯定找一套合身的给她送过去！”

雨涵说到做到，下午上课之前把一套崭新的校服放到了程只的桌子上。

程只身上的校服确实不合身，也就没有跟他客气，只礼貌地说了一声“谢谢”。

雨涵摆摆手说：“要谢去谢执哥啊，这是执哥让我找的。”

程只看着一旁和她一起进教室后就一直低头刷试卷的陆执。大抵是因为他有一副夺目的容颜，连他认真刷题的样子都分外迷人，此刻的他身上少了那股散漫劲，多了几分专注，侧颜轮廓如水墨线条优美雅致，神情专注而沉静。

程只想起来时自己对他的态度，愧疚感涌上心头。

明明中午陆执才帮了她一个大忙，她心存感激，想好要好好报答他，结果却那样对她……

程只也不知道自己怎么了，听见那些人说的话，心里就酸涩难忍，在面对陆执的时候只想逃跑。

其实她知道，从认识陆执开始，一直是她主动找他。最初她只是想要在新环境里寻求他的保护，觉得他强大，觉得他是可以被利用的小霸王。

明明是她带着目的靠近他，现在听别人说他对她可能会像对过去他身边出现过的某个女生一样，新鲜感过了就丢弃了，她竟然有点难过。

程只也不知道这种感觉究竟是怎么回事，只是这种酸涩难受在看见陆执在这样被对待之后，没发脾气反而是沉默地接受这一切，并且还记得帮她找校服的事，渐渐变成了愧疚和抱歉。

此时的程只并不知道陆小少爷那么记挂校服那件事，完全是出于自己的占有欲。他不想让程只的大长腿被别人看见，但程只完全误会了。

程只此时看着垂眸认真刷卷子的陆执，心里的愧疚感像掉进热水里的温度计一样飞快上升。她吸了吸鼻子，软软地说了一声：“谢谢你啊，陆执。”

陆执做题的时候非常专注，听见小朋友的声音，抬头疑惑地看了她一眼，瞥见她桌子上的新校服才明白过来，脸上只出现一秒的迷茫很快变得十分严肃：“小朋友不要整天露腿、露胳膊，得穿严实一点，知道吗？”

他认真严肃的样子，程只居然觉得像个英俊帅气的小老师。

程只还没说话，一旁的雨涵和陈昊忍不住“扑哧”一声笑了出来。

雨涵没忍住说：“执哥，你什么时候变得这么保守了啊？你以前不是这样的啊。”

陆执眯了眯眼睛，轻轻地吐出一个字：“滚！”

3

这天下午三节课，第三节是自习课。

一般最后一节自习课，教室里都乱哄哄的，这天也不例外，后排一群男生又在“开黑”，玩得热火朝天。

程只觉得有点吵，中午的事情之后，她的脑子一直很乱，此时身边这么嘈杂，她也没心思刷卷子，便趴在桌子上闭眼休息。

这一闭眼就睡了过去，程只梦到了过去。

梦见了浑身是血躺在医院里插满管子的小科，小科的母亲歇斯底里地嘶吼：“我们小科做错了什么？为什么要这样对他？你这个灾星，为什么躺在里面的不是你？为什么不是你？”

梦里有一张嘲笑、鄙夷的脸指着她骂：“程只，你知不知道是你害了小科，如果他不是为了维护你，他会这么惨？”

“你这种人配有朋友吗？你这种怪胎就配进医院，有病就要去医院关起来知道吗？”

“程只，如果我是你，就直接从教学楼上跳下去了，你这种人活着有什么意思？”

梦中的声音、现实教室里后面吵闹的声音交织在一起，让程只陷入了似真似假的幻境当中，抽离不开。

正在玩游戏的陆执察觉了她的不对劲，她趴在桌子上紧闭着双眼，黛眉蹙起，似乎困于噩梦之中。

正在打游戏的雨涵见陆执游戏里的人物没动，喊了他一声：“执哥？”

陆执抬头看了他一眼，说：“让他们小点声。”

雨涵随即明白过来，对后面的男生说：“喂！你们几个小点声，打扰到我们新同学睡觉了！”

“啊？”几个男生立刻噤声。

外界的声音渐渐小了下来，程只的眉毛也慢慢松了下来，睡梦之中的她终于缓缓睁开了双眼。

她是对着陆执这边趴着睡的，睁开眼的那一瞬间，她有一种似乎还在老家念书的感觉，眼前是清秀温柔的少年，总是对她说：“程只，你有一天是要走出这里的，你不像他们，一辈子都会留在这种小地方，所以不要跟他们计较。不值得。”

少年会在所有人都觉得她是个怪胎的时候，对她说：“不用谢啊，程只，我们是朋友不是吗？”

迷糊之中，程只喊了一声：“小科……”

正看着他的陆小少爷，见她目光涣散地盯着自己，嘴里喊出一个对于他来讲非常陌生的名字，他的眼睛眯了眯，眼神变得十分危险起来。

正迷糊的程只明显感受到一抹危险，她冷不丁哆嗦了一下，渐渐清醒了过来。

趴在桌子上的她慢慢正起身，望着陆执，竟然有点害怕和心虚……

她完全不知道自己这种情绪从何而来，但就是控制不住，她竟然有点害怕他问她小科是谁。

好在陆执并没有问，只说：“累了就再睡会儿，放学了我叫你。”随后又低头玩手机。

好像所有莫名其妙的情绪只有她才有。

程只的脑子里很乱，她看了一眼时间，确实快到放学时间了，于是她干脆又趴回了桌子上。

但她怎么都睡不着了，她是背对着陆执趴着的，心思却在身后的他身上，听着雨涵等人喊他的名字：“执哥，执哥！救我！”

“执哥这操作厉害啊！”

相比他们的大呼小叫，身后的人显得特别安静。

他认真的时候很安静。

刷题、打游戏的陆执和那个跟二中人打架又凶又狠的陆执判若两人。

程只脑海里浮现出两个陆执，一个是安静时的他，一个是浑身暴戾时的他。两个人交汇一起，她居然不觉得有任何矛盾，仿佛他天生就应该是这样的，才让人情不自禁把注意力都放在他身上。

应该是这样吧，程只想，所以她此刻脑海里都是他一点都不奇怪。

她给自己想了个理由。

可程只显然低估了这种情绪的由来，接下来一段时间，她总会情不自禁将注意力聚集在陆执身上。

以前他经常旷课，程只不觉得有什么。

现在他没来上课，她总会望着他的课桌发呆，想他什么时候会来。

他来上课了之后，他趴着睡觉的时候，她听课听着听着就会忍不住朝他那边看。

有时候看见的是他背对着她的后脑勺，有时候是他沉静的睡颜，薄唇星目，沉静清冷。

接着，脑海里都是他的模样，他笑起来的时候，眉眼太野，都是邪气；不笑的时候又冷又凶。

程只觉得自己快魔怔了。

这还不止，有时她强制自己不去看他，可他换睡姿时，衣料摩擦时发出的声都能让她走神。

她以前没发现，他的同桌只是稍微动一下就对她影响这么大。

可这些事，程只都无法跟人说，只能默默地放在心里，做贼似的。

这天下午有一场年级篮球比赛。

每个班级都派出了选手参赛，这次轮到高一（2）班对高一（7）班。

程只对打篮球一点兴趣都没有，想在教室里自习。一般这种时候，教室是最安静的，因为后面最闹腾的男生们都去打篮球了。

白麋鹿回教室拿东西，看见她在教室，说："只只，你怎么不去看陆执打篮球啊？”

程只听见陆执的名字时，心倏地跳了一下。她握着笔的手不自觉地紧了紧，垂头掩饰自己的情绪，声音轻轻的：“我看不懂篮球啊。”

“现场那么多女生，谁看得懂啊！她们不都是去看陆执的吗？”白麋鹿说，“你不怕陆执被别的女生抢走啊？”

程只不懂地看着她：“什么别的女生抢走啊？”

白麋鹿恨铁不成钢地看着她，随后将她从位子上拉了起来：“来，你跟我来。”

程只被白麋鹿带到了篮球场，还没走近，她就看见许多学生往篮球场赶，女生特别多，远远地看见露天篮球场人山人海，除了比赛双方的班级，还有很多其他班的学生。

“看见陆执人气有多高了吧？”白麋鹿一脸傲娇地夸了一下。

程只问：“学校的人不是都很怕陆执吗？”

“怕是因为陆执太凶了啊，又冷又凶，可是耐不住他长得好看。”白麋鹿说，“陆执除了是我们学校的霸王，还是我们学校的校草，你不知道吗？”

程只摇摇头。

白麋鹿拍拍她的肩膀，叹息了一声：“所以，小只只，你不能一直这么淡定，要有危机感知道吗？万一有一天陆执对别的女生好了，你怎么办？”

程只愣了一下，听见白麋鹿这么说，心里很认真地考虑了一下这个问题。她想象了一下陆执以后跟别的女生同桌，保护别的女生的样子，心里竟然有点难过……

白麋鹿见她没说话，仔细考究了一下她脸上的表情，随后了然地挑了挑眉：“小只只，你不想让陆执对别的女生好，对不对？”

4

原本还挺难过的程只听见这话吓了一跳，忙说：“没有。”

她从小到大，一门心思就想着学习，根本就没想过同学之间还要考虑这种问题，被白麋鹿忽然提起，就跟看恐怖片看见厉鬼出来的那一刻一样，吓得心脏都跳到了嗓子眼。

白麋鹿笑着说："我就是随口问问，你这么紧张干吗？"

"没。"程只咬唇，否认得一点底气都没有。

"可是陆执长得好看，学习成绩又好，会保护你，会哄你，你不想要他对别的女生好，不是很正常吗？"

程只一直知道陆执很好，但听见白麋鹿这么形容，才发现他比她想象中的还要好。但即使是这样，她还是否认："没有，我没有想过这些。"

"嗯？那你平时都想些什么？"

"好好上学，考个好大学，找份好工作。"

白麋鹿被她一本正经的样子逗笑了，她说："只只，你还真是个小呆瓜啊……啊哈哈，难怪眼睛长到头顶的陆执对你好得不行，哈哈哈——"

程只不明白她在笑什么，她只觉得他们这个年龄段的人不是都应该以学习为主，好好考一个好大学吗？

白麋鹿笑了一会儿后，才说："好了，我们去看陆执打篮球吧！"

篮球场上的人太多了，好在白麋鹿人缘好，早有人给她占了位子。

白麋鹿带着程只走了过去，一行人看见程只，有人笑着说："新同学来看执哥打球啊！"

白麋鹿看了程只一眼，但由于场上太吵，她似乎没听见。白麋鹿赶紧对那人说："你们新同学害羞，在她面前别用这种揶揄的口气。"

那人瞬间明白了过来："哦，哦！"

虽然嘴上答应了，但私底下大家都对程只充满了好奇，彼此都低声议论着。

"新同学颜值好高啊！简直可以问鼎新校花了！身材也很好啊，腿又直又细又白！'肤白貌美大长腿'形容的就是这种小仙女吧？"

“啧，注意你的言辞。”

“别怪我没提醒你，那可是执哥的人。”

更有一些人为了近距离看程只，特意过来跟她打招呼。

于是刚转校来没多久的程只，忽然很多人来主动跟她打招呼。

正在场上做热身运动的陈昊看见白麋鹿带着程只来了，立刻跟陆执说：“执哥，快看，你同桌来了！”

陆执抬头，乱糟糟的看台上，他一眼就看见人堆里乖巧坐着的程只，身边有不认识的人跟她打招呼。因为陌生，她会露出短暂的迷茫眼神，但很快会很礼貌地回应。

她说话的时候眼神纯净明亮，小红唇一张一合，软软的，像个瓷娃娃。

陆执的眉头皱了皱，神色冷漠。

雨涵看到陆执的脸色，郁闷地问陈昊：“耗子，我怎么觉得执哥看见同桌来了，不怎么开心啊？”

陈昊眯了眯眼，说：“大概是珍藏的东西被别人一直看的那种不爽感吧！”

雨涵想了一会儿才理解了过来：“你说，执哥对新同学好，是认真的吗？”

“你见过执哥什么时候这样对过一个女生吗？”

“什么意思？”

“真得无法再真。”

比赛开始之后，真得无法再真的陆执将脾气都发泄在篮球场上。

学校的人都知道陆执打球厉害，但这一次比赛他们发现他的厉害完全超出了他们平日里的想象，打得特别猛，比赛分数越拉越远，对方别说碰球了，只要球在他手上，（7）班的人拦都拦不住他。

陆执每投进一个球，场上的尖叫声就会响一次，尤其是他灌篮或者投进三分球时，尖叫声都要把学校屋顶掀翻了。

中场休息时，有不少女生等在一边给陆执送水，但陆执径自走到休息位，拿着雨涵递过来的水仰头大口喝了起来。他仰起头，露出线条优美的侧颜和脖子以及上下滑动的喉结，惹得周围的女生又是各种尖叫。

一场篮球赛比完，（7）班以超大的分差输给了（2）班。

陆执下场之后，整个球场上的沸腾声持续不停。

中场休息时给陆执送水的女生依然络绎不绝，不同的是，有几个女生鼓起勇气走到陆执面前，红着脸将水递给他说：“陆……陆执，这是我给你买的水。”

陆执连眼皮都没有抬一下。

不远处，王子怡身边围着的几个女生不屑地说：“什么人啊，一点眼力见都没有，陆少是她们能送水的？也不看看自己长什么样！”

“就是！”有人推搡着王子怡，“子怡，你快上啊，狠狠打她们的脸，让她们知道只有你才配！”

王子怡自从知道自己家以前跟陆家有那么一点关系，就一直自认为她跟陆执的关系很特殊，虽然陆执对谁都一样冷漠，可她有这层关系，其他人根本不能跟她比。

在她不经意地说起下，班上的几个女生也知道她家以前跟陆家有关系，更加捧着她。

在众人的吹捧下，王子怡拿着水走到陆执面前，将水递给他：“陆执，喝我的吧？”

这一次，在众目睽睽之下，陆执依旧是连眼皮都没抬一下。

王子怡举着水的手顿在半空中，笑容慢慢僵硬了起来。

旁边已经有人在议论：“不是说校花跟陆少关系不一般吗？”

“看来也就那样！”

一旁，比赛结束后就被白麋鹿拉下来，怀里被塞了一瓶水的程只，在白麋鹿的怂恿下给陆执送水。

她走了几步，看见有几个女生已经站在陆执面前，她没多看，也没看清那人是王子怡。她停住脚步，顿了一会儿后，转身就要走。

她知道陆执的人气高，那么多女生给他送水，也不少她一个啊……

她心里有股奇怪的感觉，像吃了柠檬一样。

程只还来不及掂量这种奇怪感觉的由来，一个高大的身影站在她面前，逆着光，浑身充满男性荷尔蒙的气息笼罩着她。

程只仰头，就看见跑过来挡在她面前的陆执。他低着头，声音不紧不慢，散漫地说："小朋友，我打球打得这么辛苦，你都不给你同桌哥哥送瓶水，这么没良心？"

程只抿了抿唇，声音小小地说："明明有那么多人给你送水，偏偏说得好像是我不对一样。"

四周太嘈杂，陆执没听清她的碎碎念，不由得弯腰，俯身问她："小朋友，你在说我坏话吗？"

他忽然俯身下来，她一抬头，差点贴上他，吓了一跳。她忙后退一步，红着一张脸将手上的水递给他。他拿过扭开瓶盖后，仰头喝了起来。

大抵是真的渴了，陆执一口气喝下一大瓶。在夕阳下，他汗湿的脖颈上水珠滑落，晶莹透亮。

程只能清楚地感觉到自己的心跳声，"扑通扑通"跳得厉害，她也感觉到心里的那股酸意不知何时已经跑得无影无踪，此时此刻，心里像灌了蜜一样，甜得不行。

四周是各式各样的眼神，有人问："那女生是谁啊？陆执从没接过女生送的水，为什么她可以？"

有人说："连她都不知道？她是（2）班的新转校生啊。"

有人问："转校生有什么不一样的吗？"

又有人说："转校生没什么不一样的，但执哥对她很特殊，这算不算不一样？"

四周议论纷纷，程只已经顾不得了，此刻她的眼中只有那个黄昏下的热血少年。他长得很好看，学习成绩好，打篮球也很棒，好像没有什么是他不会的。

很久之后，程只想到这一幕，都会想那时候，她真的想对他说：“陆执，你一定不知道，你是落日余晖时天边透亮的光，这抹光不属于任何人，但在某一刻，真的曾经照亮过我。”

5

王子怡快被气死了，陆执不要她送的水就算了，居然主动找程只，当着那么多人的面喝她给的水，这简直是在打她的脸!

这天晚自习放学回家后，程只为了避免跟王子怡起冲突，和往常一样在王子怡之前赶回家。

以往保姆都会在客厅里，这天原本该亮着的灯却暗着，整个家好像一个人都没有。

程只没在意，在玄关处摁亮灯之后，正要上楼，就看见客厅沙发上坐着一个人影，吓了她一跳。

看过去，正是每次放学都要在外面玩到好晚才回来的王子怡。

程只看见她的那会儿心里确实被惊了一下，她本以为王子怡会找她麻烦，但王子怡静静地坐在那里，除了一双眼睛盯着她，并没有什么举动。

王子怡没主动，程只当然不会主动招惹她。

程只什么都没说，径自往楼上走去，快走到二楼的时候，王子怡忽然开口：“程只。”

王子怡在楼下喊住她。

程只停住脚步，往楼下看去。王子怡不知道什么时候来到楼梯口，一双眼睛幽幽地盯着她：“你是不是喜欢上陆执了？”

该怎么形容那一刻的感受，连程只自己都不清楚。

从小到大，程只根本没想过什么是喜欢一个人，在她的世界里，只有念书。

唯有好好读书，将来才能不寄人篱下，可以跟妈妈和外婆一起生活。

只有她有能力了，才能让亲人不受欺负。

她知道这些日子她的状态有点奇怪，尤其是白天发生的一系列事情，让她对陆执的一切都变得更加关注起来，就是那种情不自禁地想要关注他的感觉，他的一举一动，她都很在意。

但程只没有往这方面想，她只觉得，可能是因为她跟他是同桌，加上他又是她刚转学过来学校里的最熟悉的人，所以产生了一种依赖感。

现在，被王子怡这样直接地问出来，她心里那一道一直没有开启的朦胧情感，像被劈开了一道口子，汹涌而出。

程只第一反应居然是逃避，她看着王子怡说："你别胡说。"

王子怡的眼神冷冷的，却像能看穿她似的，要笑不笑地说："程只，你妈大概怎么都没想到，她千辛万苦把你送来这里上学，你根本没有把心思放在学习上！"

程只的脸上变换出各种神色，最后，原本想奚落程只的王子怡看见程只的眼神由不知所措变成清冷孤傲。

她站在楼上，居高临下地望着她，冷笑一声："我喜欢上了谁，干你什么事？"

王子怡知道，程只的第二种人格又出现了。

王子怡原本的趾高气扬顿时就熄火了，不知道为什么，一面对这样的程只，她就有一种惧怕感。

明明程只什么都没做，可她一个眼神，就让人像被冰冻住了一般，浑身鸡皮疙瘩都冻起来了。

程只说完，转身不紧不慢地上楼，王子怡气得在原地咬牙，可又什么都不敢做，只能恨恨地骂了一句："程只，你就是个神经病！被你喜欢的人都不会有什么好下场，想想李科，因为你，他现在还躺在医院里。"

程只没理她，径自回了房间。

她坐在房间的镜子前，看着镜子里的自己，清楚地感觉到了第一种人格的极度低落的情绪。

王子怡最后的那句话说完，程只没有出手教训她，是因为她感受到了身体内一股剧烈的颤感，因为王子怡提到了李科。

她看着镜子中的自己，挑了挑眉："我跟你说过，李科那件事并不完全因为你。"

但这样并没有让心底好受一些，她又问："真的想这么做？"

没有人回答她，但她心里已经有了答案。

她的脸上出现了恨铁不成钢又无奈的神情："算了，随你吧！"

随后程只原本冷漠的眼神渐渐柔和了下来，第二种人格的程只完全不想管她的事，在警告过王子怡之后就消失了。

程只在原地发了一会儿呆之后来到书桌前，和以往一样开始刷题。

第二天，程只照常起床出门上学，只是买早餐的时候犹豫了一下要不要买两份，最后一咬牙，只买了一份。

陆执居然来上早读课了，他看起来很困，走路都没什么精神，眼皮倦倦地垂着。走到座位上的时候，习惯性地摸了摸桌肚，但里面什么都没有。

他抬了抬眼皮，看向正在低头看书的同桌："小朋友，哥哥的早餐呢？"

程只抿了抿唇，从桌子里拿出一份早餐递给他。

陆执勾了勾唇，伸手在她的小脑袋瓜上揉了一下："乖。"

这份早餐是程只自己的，她还是没忍心让陆执饿着，把自己的那份给了他。

看着陆执慢条斯理地吃着早餐，她闭了闭眼睛，最后鼓起勇气说："陆执，这是我最后一次帮你带早餐了。"

正在喝豆浆的陆执抬眸看着她，没说话，一双沉默的眼睛深邃动人，让人看不透，却仿佛能看透她一般。

程只说："一会儿换位子，我会选择靠前一点的位子，我们就不能当同桌了，你每天自己好好吃早餐，不然容易得胃病。"

程只说这些话的时候根本不敢看他，说完之后继续低头看书。

陆执一直没吭声。

程只虽然在看书，但心思根本没在书上，都集中在他身上了。

只不过，从那时起，两人一直没说话，一直到第一节课老陈进教室。

按照以前每次月考完之后会按照排名换一次座位，大家都站到班级门外，由第一名开始依次选座位。

月考成绩第一名是陆执，和大家想的一样，陆执选了和以前一样的位子。

第二名是程只，老陈让她选位子的时候，她看了一眼班上的座位，在看见座位后面那抹熟悉的身影时，心沉了沉。

陆执挑完位子后，就坐在位子上刷题，好像根本就不关心她会不会换座位的样子。

旁边的其他学生在低声交流："程只应该还会选择跟执哥同桌吧？"

"肯定啊，谁不想坐执哥身边啊，尤其是女生，只不过没人有胆子罢了！"

"真羡慕程只，我也想靠近执哥！"

在所有人都认为程只会选择跟陆执继续当同桌的时候，程只走到教室第三排靠窗的位子坐了下来。

6

她几乎能听见外面的同学们不可思议的声音——

"程只没选择跟执哥同桌？"

"他们闹矛盾了吗？我记得早读课他们一整节课都没说话。"

"不是吧？我发现程只早上给执哥带了早餐。"

白麋鹿、陈昊和雨涵彼此对视一眼，也不知道程只什么意思。

这时，一个女生不经意地说："可能是陆执不想跟她同桌了呗，为什么陆执的同桌一定要是程只啊？"

白麋鹿看过去，说话的是宁佳，平时在老师眼中挺乖巧的女生，程只没转学来之前，宁佳一直是班上的第二名。

只不过宁佳的第二名跟程只的第二名分数相差很大，程只的第二名在全年级也是第二名，宁佳的第二名在全年级已经排在五十多名以后了。

这次月考，宁佳考的是全班第三名，程只选完座位之后，就轮到她了。

程只选完后坐在位子上发呆，接着就看见那个跟她说过陆执是坏人，不要跟他靠得太近的宁佳穿过前排的课桌，径自走到他身边，轻声说：“陆执，我可以跟你同桌吗？”

耳边是门外同学倒吸气的声音，他们没想到宁佳居然这么大胆，主动要求跟陆执同桌。

大家瞪大眼睛想知道陆执的反应，谁知道陆执一点反应都没有。

宁佳很高兴，在陆执旁边的座位上坐下来，并且有意无意地瞟了一眼程只那边。

程只触及宁佳的眼神，很快转回了头。她感觉胸口很闷，就像被人捶了一拳，压得透不过气来。

可心里有个声音说：“程只，这是你自己选择的，既然你不想跟陆执同桌，陆执同桌的位子被别人选了，你有什么好生气的？”

是啊，她有什么资格生气。

可是，以前不是有传言说陆执从来没有同桌，他不喜欢有同桌的吗？

程只也不知道自己究竟在计较什么，她深呼吸一口气，命令自己不要再想这些有的没的，既然已经决定了，就得对自己的决定负责。

她拿出卷子，开始刷题。

很快大家的座位都选好了，除了后排的位子几乎没有变动，其他人都选了自己心仪的座位。

程只身边坐的是一位戴眼镜的男同学，程只对他没什么印象，是他主动选择坐程只旁边的，他说：“我叫徐璈，是数学课代表，我能跟你同桌吗？”

程只点了点头，并没有特别排斥，反正除了陆执，她身边坐谁都一样。

徐璈倒是很热情，一直在跟程只说话：“程只同学，恭喜你这次考试取得了这么好成绩，以后我们可以在学习上多多交流。”

程只一点说话的欲望都没有，但出于礼貌，还是回了他：“好。”

陆执在重新排完座位的下节课就走了，大家见陆执都不在了，才敢围在宁佳身边说：“佳佳，你太厉害了，居然跟陆执作同桌了。”

“是啊！‘墨书’上都传疯了，说执哥现在不排斥同桌了。”

“我们以前还以为执哥非程只不可，还以为执哥对程只特别，现在看来程只只是恰好遇到执哥心情好，对同桌开放了。”

面对大家羡慕的眼神，宁佳不太好意思地说：“你们别这样说啦，我能跟陆执同桌，主要是因为他学习成绩好，以后我有什么不懂的地方可以请教他。”

话虽然这么说，但谁都能看见宁佳的小表情里是藏不住的开心。

坐在不远处一边喝酸奶一边看着这边的白麋鹿翻了个白眼：“真够绿茶的。”

白麋鹿的成绩一直在班级中游，这次选择的座位在程只的前排。

那是在程只选好座位之后，她私底下跟班上同学说程只前排的座位她要了，介于她是宜城一中的女霸王，所以没有人敢跟她争。

此刻，坐在程只前排的白麋鹿看着一直在低头刷试卷的程只，叹息了一声：“只只啊，你难道真的就这样眼睁睁地看着陆执跟别的女生同桌吗？”

“不过这陆执也是，之前不是不喜欢有同桌的吗？现在怎么就谁都能跟他同桌了？”白麋鹿郁闷地说，“只只，你跟陆执吵架了？”

程只刷试卷的笔停了停，摇了摇头。

“那为什么你不跟陆执同桌啊？”

程只没吭声。

白麋鹿本来喝着酸奶，看到程只怅然若失的神情，眼睛渐渐变大：“不会是我以为的那样吧？”

程只看着她，茫然地问：“什么？”

白麋鹿顿了片刻，一脸认真地看着程只，问：“你是在逃避陆执吗？”

7

陈昊和雨涵都没想到最近按时上课的陆执竟然在上午第二节课就翘课了。

他们很久没这么早来水吧玩了，不用面对老师的催眠，雨涵还挺高兴的。

水吧的台球桌那边还有其他班经常混在这里玩的富二代学生，其中有个白面小生看见陆执来了很诧异：“执哥今天怎么这么早就过来了？”

陆执没说话，径自走到沙发旁坐下。

那些人看见陆执脸色不好，很有眼色地问陈昊：“耗子，执哥怎么了？”

陈昊说：“跟小姑娘闹矛盾呢！”

这些人虽然不是（2）班的，但平时经常玩在一起，跟（2）班那群男生关系挺好的，陈昊也就无所顾忌了。

“小姑娘？”那人很快反应过来，“那个新转校生啊？”

最近在宜城一中，大家都知道陆执对那个新来的转校生不一般，都默认是被陆执罩着的人，即使有人觊觎小姑娘的美貌，也没人敢主动找她。

见陈昊没否认，白面小生又说：“执哥，不就是个新转校生，不值得你生气。”

“新转校生，是那个昨天在篮球场给执哥送水的妹子吗？”白面小生身边的寸头男生说，“长得挺漂亮啊，简直超过校花了，尤其是那大长腿，又白又直。”

他的话音刚落，陈昊就感觉耳边一阵风呼过，他还没来得及反应过来，就见一个黑影闪过，一拳将他揍倒在地。

莫名其妙被揍的寸头男生恼火地看过去，正要大骂，一见是陆执，整张脸都吓白了。

陆执站在原地没说话，脸上透着寒气，眼神冷冽。

陈昊见状忙出来圆场，对着被陆执打的秃头男生说："瞎说什么？执哥的人也是你能乱说的？还不跟执哥道歉！"

那人忙从地上站起来说："对不起，执哥。"

陆执什么都没说，也没了在水吧待着的兴致，又回了教室。

陆执一行人回教室的时候刚好是下课时间。

程只下课本来想出去透口气，奈何身边的数学课代表一直在问她上节课的问题，她出于礼貌，耐着性子跟他讲解。正讲着，就听见后门发出一声巨响，班上的学生都吓了一大跳，回头看去就见陆执一群人走了进来。

陆执的脸色看起来很冷，原本大闹的教室因为他的到来立刻安静下来，明明是下课时间，大家都回到了座位上。

陈昊是从前面进来的，路过程只座位的时候，拍了拍数学课代表的肩膀说："课代表，这么爱学习，不如帮我们把数学卷子都做了吧？"

徐璥虽然平时有些自负，但也很怕陆执这群人，听见陈昊这样说，他根本不敢拒绝。

陈昊挥了挥手，对后排的男生说："我们数学课代表说了，你们不想做的试卷，他都可以帮你们写完，还不赶紧拿过来给课代表？"

于是后排一群不爱学习的学生，呼啦啦地从抽屉里拽了一叠卷子一个个甩在了数学课代表的桌子上，笑着说："课代表人真好啊！记得要写完啊！"

徐璥看着桌子上堆满的试卷，大气不敢出。

陈昊拍了拍他的肩膀，笑着走了。

很快，上课铃声响了起来，徐璥被他们这么一搞，也忘了问程只问题了。

程只看他垂着头整理桌子上的试卷，转头看了看与她隔得很远的陆执。他正靠在墙壁上低头玩手机，旁边的宁佳一直在小声跟他说话，他虽然什么都没说，却也没有露出烦躁的表情。

程只看了一会儿，转过头。是她想多了吧，她竟然以为陈昊他们刁难数学课代表是因为她。

程只不知道的是陈昊刁难数学课代表确实是故意的。

回到位子上的陈昊被雨涵推了推："刚我们来的时候从窗户那看见新同学跟她同桌说话，执哥整张脸都黑了。可怎么现在宁佳跟他说话，他也不排斥，他以前不是最讨厌讨好他的女生吗？"

"这谁知道啊，都说女生的心思你别猜，执哥的心思你没得猜。"

# 第七章
## 好乖

1

分完座位之后就到了周末。

周末不用上课，周六那天，跟陆执玩的一群人以庆祝（2）班夺得了月考冠亚军为名，在水吧组织了一场庆功会。

说是庆功会，只不过是这些富二代学生找个理由出来玩而已，除了（2）班的全体学生可以自愿来水吧免费聚餐，高一整个年级其他班的学生也可以来。

周六一大早，王子怡就约好化妆师帮她化妆，下楼吃早餐的时候她遇见了程只。看见程只虽然没穿校服，但依旧是简单的白衬衫和牛仔短裤，她嗤笑了一声：“你不会打算穿成这样去水吧吧？”

程只莫名其妙地看着她：“什么水吧？”

程只虽然有班上的群，但都是屏蔽状态，她跟班上大部分人都不熟，所以都没在群里说过话，故而在水吧举行的活动，程只完全不知道。

王子怡见她的表情不像是装的，又听说（2）班换了座位之后陆执没跟程只同桌，其他班的女生都说陆执肯定是对她厌烦了，就像当初对待（7）班的甄茹茹一样。

原本大家还以为陆执对程只真的特别，现在想来也不过如此。

想到这里，王子怡的心情格外好，连针对她都显得没什么意思了。她说：“原来陆执都没邀请你啊……不好意思，你就当什么都不知道吧！”

说完绕过程只下楼了。

程只回到房间后，继续刷卷子，马上就到期中考试了，虽然这次月考考得还行，但她觉得不能因此放松，没有完成她想要的目标，她一天都不能松懈。

就在程只刷题刷得专注的时候，手机响了起来。她拿起手机看了一眼，是白麋鹿的电话。

她接起："麋鹿？"

"只只，你准备好了吗？我来接你了。"

"啊？"程只不明白，"什么准备好了吗？"

"今天我们在水吧有活动你不知道吗？"

"什么活动？"

"就是庆祝我们班拿到了月考的年级冠、亚军呀！"白麋鹿说，"你没看群消息吗？"

"没。"

"那也没关系啦！反正我在你家楼下等你，你快下来吧！"

"可是……"

程只还要说什么，白麋鹿那边已经挂了电话。

程只没办法，只能先下楼。

她一下楼就看见白麋鹿和雨涵在楼下，楼下还停着一辆黑色的私家车。

白麋鹿见程只下来了，跑过去拉着她说："上车！"

程只扯住了她："不是，麋鹿，我还得刷试卷。"

"明天刷啦！今天你可是主角之一怎么能不出现？"白麋鹿说，"以前你没来的时候，大家都看不起我们(2)班，觉得我们班除了陆执都是差生，现在你来了，和陆执一起为我们（2）班争光，这么荣耀的时刻，你怎么可以不在场！"

白麋鹿说得激情澎湃，充满了斗志，单纯的程只哪里是她的对手，趁着程只被说晕了的时候，她直接将车门打开，把她推了进去。

车门一打开，被推着坐进去的程只就看见了靠在椅背上玩手机的陆执。

待她反应过来，人已经坐在了车内。

白麋鹿把她推上车后，对雨涵使了个眼色，雨涵很有眼力见地坐去了副驾驶座。

白麋鹿弯腰，对着坐在靠窗边呆愣的程只说：“只只，往里边坐一点，我也要坐进来啦！”

于是程只不得不往座位中间挪，她尽量离陆执远一点，但是白麋鹿坐进来之后，一直说太挤，让她往旁边挪挪。

程只被白麋鹿挤着，挪着挪着就不小心碰到了旁边人冰凉的手臂。

她吓了一跳，忙缩回手。

一路开到水吧，路上基本上都是白麋鹿在说话。程只偶尔回答她，但神思总忍不住转移到陆执身上。

他一直垂头玩手机，好像根本不关心身边坐的是谁，周身散发着生人勿近的冷漠气场。

程只承认她有片刻恍惚，恍惚她跟他是同桌已经是很遥远的事情了……

明明他们曾经也没有太亲密，但程只已经把他划入了她寥寥无几的好友之中，此刻对于她来讲竟然有点陌生。

到了水吧之后，陆执先下了车，径自往里边走去。白麋鹿看着他冷漠的背影，在心里忍不住嘀咕：好不容易给他一个和小只只单独相处的机会，在车上一句话都没说就算了，下车之后也不等小只只一起，就这冰山样，也不知道为什么有那么多女生想接近他。

“只只，我们进去吧！”白麋鹿挽着程只的手往水吧里走去。

水吧已经来了很多学生，热闹万分。

陆执进来的时候，所有人都看了过来，尤其是女生。她们换去了平日里穿的校服，化了妆，精心打扮了一番，都是为了吸引陆执的注意。

大家都知道陆执的同桌已经换了，本以为在陆执心中特殊的程只也不过如此，女生们瞬间燃升起新的希望。

尤其是陆执的新同桌宁佳，在陆执没来之前，被许多女生簇拥着，问的话题一个两个都离不过陆执。

“佳佳，你是怎么有勇气主动提出跟陆少同桌的啊？”

“对啊，真羡慕你能跟陆少同班。”

“我要求不高，能坐在陆少的前排我就很开心了。”

面对其他人的问题，宁佳回答得很谦虚，言语之间表达的都是我想跟陆执同桌只是因为陆执学习成绩好，一切都是为了成绩，绝对没有任何非分之想。

这话听在王子怡等人的耳朵里就不一样了。

王子怡身边的人看着被人簇拥着的宁佳，不屑地说：“没想到走了一个程只，来了一个更有心机的货色，听听她说的话，还什么我跟陆执同桌只是因为陆同学学习成绩好，想多向他请教学习上的问题。”

“就是，这话她好意思说出口，我都不好意思听！”

“说跟阿执同桌是为了学习，可是阿执那么聪明，即使讲题，有人也听不懂吧？”王子怡说着说着笑出了声，“有人据说以前是(2)班的第二名，可是年级排名可是在五十多名，连阿执的一根手指都比不上吧？还想跟阿执一起学习？真是笑话！”

她故意提高了嗓音，引得其他人都往这边看来。

站在宁佳旁边的女生们都挺不服气的，但是碍于王子怡平日里的做派，大家都不敢明面上对她说什么，只能小声跟宁佳说：“我怎么觉得空气里一股子酸气啊，王子怡挂着校花的名头讨好陆少很久也没有得到陆少正眼看，更别说能当陆少的同桌了。她就是嫉妒宁佳。”

宁佳倒是比其他人更平静，一脸柔和地说：“没关系的，我不介意。”

在这样的对比之下，其他人更讨厌王子怡的嚣张了，不由得说：“难怪陆少不待见王子怡，如果是我也会更喜欢佳佳一点。”

这话说得宁佳心里甜滋滋的，她确实对王子怡的话不太介意，因为她已经是陆执的同桌了，在别人眼里，她现在就是陆执身边最亲密的女生。

有了这个头衔，她还介意王子怡说的话做什么？就像其他人说的，王子怡不过是酸而已。

就在这时，外面忽然有人跑了进来："陆少来了！陆少来了！"

"不只陆少来了，你们知道还有谁从陆少的车上下来吗？"

来者神神秘秘的，很快吸引了所有人的兴趣："还有谁？"

那人神秘地说："还有雨涵和白麋鹿。"

被吊起口味的群众翻了个白眼："你这不是废话吗？雨涵跟白麋鹿一直跟执哥混，他们从执哥车上下来不是很正常吗？"

"呵呵，这你就不知道了吧，从车上下来的除了雨涵和白麋鹿还有程只！"

"程只？不是说已经跟陆少闹掰了吗？怎么会从陆少的车上下来？"

"听说白麋鹿跟她关系挺好啊，也许是白麋鹿带她一起过来的吧？"

"就是啊，程只从陆少车上下来不能说明什么吧……"

陆执就是在这些人的议论声中走进来的，他一进来，整个水吧就自动静音了。

平日里在宜城一中大家都要穿校服，陆执也不例外。此刻的陆执穿着日常服，白色的卫衣，深色牛仔裤，很随意的穿搭，却因为他是天生的衣架子而显得英俊万分。他独自走了进来，步子懒散又冷漠，身边并没有跟着其他人。

白麋鹿和程只走在后面很远的地方，看起来就像那人说的，程只是白麋鹿带过来的。

王子怡想起她来之前程只根本都不知道水吧有活动，现在看见这种情况，更加坚信程只是跟白麋鹿一起来的，跟陆执一点关系都没有。

2

陆执进来之后，立刻成为聚光点。他往沙发上一坐，就有很多人过来跟他说话。

这天是高一（2）班拿下年级第一、第二名的庆功宴，但并没有人把过多的注意力放在第二名的程只身上。

之前程只的人气高涨，颇受关注，完全是因为她跟陆执之间的神秘关系。

如今，她跟陆执解绑了，关注度就少了一半。当然，其中也不乏想跟她套近乎的男生，但上次有人在水吧不过说了一句程只腿长就被陆执给揍了一顿，便没有人再敢打程只的主意了。

相较于其他人打扮得花枝招展，程只穿得特别简单。原本白麋鹿想拉着她一起去打桌球，但她对这个确实不感兴趣，便找了个角落低调地坐着。

白麋鹿一看见桌球两眼就发光，她给程只拿了一桌子好吃的之后，警告男生别欺负程只，就去玩了。

介于白麋鹿的警告，以及程只跟陆执之间模糊不清的关系，程只坐的那个位置方圆几米之内都只有她一个人。

水吧里养了一只缅因小母猫，程只喂了它一点吃的之后，它就趴在程只身边不走了。她跟小猫玩着，倒也不觉得孤单。

相较于程只这边，陆执身边就热闹多了。

他跟陈昊一群人在玩牌，王子怡和宁佳几个女生坐在他身边，玩牌输的人选择真心话或者大冒险。

大冒险是找在场的一个异性做一件大胆的事。

陆执明显没花心思玩，整个人脸上都写着“无聊”两个大字。他低垂着眼，一副没睡醒的样子，结果第一盘就输了。

陈昊几个人也不客气，直接问：“执哥，真心话还是大冒险啊？”

陆执淡淡地瞟了他们一眼，说：“大冒险。”

周围立刻传来口哨声，大家都没想到陆执会选择大冒险。陈昊也以为陆执不会理睬他们，毕竟他们执哥输了不接受惩罚，在场的人也不敢有任何异议。

“大冒险！执哥，挑选一位异性吧！”有人兴奋地说。

陈昊灵光一闪，忽然有点懂他家执哥为什么会选择大冒险了。

自从执哥没跟程只同桌，外界都以为执哥和程只闹掰了，连他最开始都以为是这样的。

结果那天在水吧，他看见执哥把觊觎程只的人揍了一顿。回教室之后，又看见执哥从窗口扫见程只跟数学课代表讲题时的脸色。他敢肯定，执哥对这位新同学绝对不一般。

所以……大冒险，执哥是想选新同学吗？

陈昊倒是很期待。

不只陈昊期待，更期待的还有王子怡和宁佳。

在场这么多异性，她们就坐在陆执身边，一左一右，加上王子怡是校花，宁佳是他的新同桌，陆执选择她们的可能性比其他人都大。

就在众人的紧张注视下，陆执忽然起身，朝程只的方向走去。

程只正在跟小猫玩，没有关注那边的情况，只觉得一瞬间大家的眼神都看向了自己。她抬头，便看见陆执朝自己不紧不慢地走了过来。

耳边有人小声说："陆少选择大冒险啊？他选的异性是程只吗？不是说他们已经闹掰了吗？"

因为现场太过安静，所以这话程只听得非常清楚。

只是她有短暂的茫然，没明白那人话里的意思，就见陆执已经走到了自己面前。

"执哥这是来真的吗？"

"不是说程只已经是过去式了吗？"

"我看呐，程只在执哥心里地位就是不一样，或许两人只是小吵了一架。"

"执哥这是去哄她了吗？"

面对周围人的小声议论，王子怡又气又嫉妒，气得眼睛都红了。

连一直备受追捧的宁佳此刻也在心里恨不得将程只撕成千万块，彻底消失在她眼前才好。

程只坐在沙发上，周围所有的声音仿佛都消失了。她的眼里、脑子里只有渐渐靠近的陆执，她看着他走到自己面前。他的表情冷淡生疏，双眸幽深，像在看她，又不像在看她。当他弯下腰时，她浑身都紧绷了起来。

不只程只紧绷，整个水吧的气氛在这一秒都紧绷了起来。大家眼睁睁地看着陆执弯下腰，与程只擦身而过，在程只旁边的小猫额头上，亲了亲。

程只感觉到他擦身而过时灼热的气息，看见他靠近她又渐渐远离的侧脸，转身离去，一句话都没跟她说，仿佛她只是空气，他来这里只是找小猫的。

有那么一瞬间，程只的眼眶酸酸的。

她低下头，没再看他，一切都是她选择的。

陆执离开之后，水吧的人才反应过来，有人打破了宁静，玩笑似的喊：“执哥，你也太赖皮了吧！亲小母猫也算吗？”

“怎么不算啊？母猫不算异性吗？”有人替陆执讲话，“也没有谁规定一定要亲人啊！”

“就是啊！”此话一出，很多女生都附议。她们原本非常期待陆执能在异性中选择自己，但经过陆执对程只刚才那个令人误会的举动，她们宁愿陆执吻的是一只小母猫，也不愿意是其他女生。

尤其是王子怡和宁佳，看见陆执吻小猫的时候，一颗心总算落了下来。

如果王子怡和宁佳现在是敌人，那程只就是她们共同的敌人。不管是她们自我安慰，还是外界传闻，在她们内心深处对于程只都有一股强烈的敌意。即使方才陆执没对程只做什么，但她们就是觉得程只在陆执心目中不一样。

面对水吧里的起哄声，陆执丝毫没在意，仿佛话题的中心人物不是他。

他没回到牌桌上，而是往水吧深处走去。

陈昊喊了一声：“执哥，你不玩了吗？”

陆执挥了挥手，他们看见他往休息室去了。

陆执在水吧有专属休息室，以往他没睡好都会来这里补觉。

休息室的隔音效果很好，即使外面闹得震耳欲聋，里面也听不见半点声音。

雨涵对陈昊说："昨天执哥没睡好。"

"因为陆家那事？"

"对啊，陆家已经派人过来，想带执哥走，但执哥没同意，就一直僵着。"

"嗯。"陈昊没再多问了，毕竟牵扯到陆执家里的事情，他也不好多说什么。

这里大多数女生都是为了陆执来的，如今少了陆执的水吧，对于女生而言，乐趣起码少了一半，好在这次吃喝玩乐都有人买单，她们倒也不会觉得太无聊。

将近中午的时候，水吧的自助餐已经准备好，大家结伴坐在各自的位子上。

白麋鹿打了一上午的桌球快饿死了，拉着程只坐下之后，拿了一堆吃的。

她坐的这一桌都是平时一起玩的同学，一共十个人，留出了一个空位："执哥好像还没醒啊，要不要喊他起来吃午饭？"

有人提出这个意见的时候，餐桌上没人接话。

大家都知道陆执有起床气，根本没人敢喊他，连一向废话特别多，唯执哥独尊的雨涵都不敢吭声。

最后有人提议说："要不新同学你去喊？"

陈昊和雨涵都没说话，他们虽然特别看不惯新同学跟执哥闹矛盾这件事，但毕竟是执哥的人，再看不惯也不能坑她。

白麋鹿却不这么认为，她觉得让程只去喊陆执起床简直是缓和他们关系的绝佳机会，于是拉着程只的手说："只只，你去喊陆执来吃饭吧？"

程只不知道陆执有起床气，自然也不知道这些人为什么如此害怕喊陆执起床。

她不擅长拒绝人，白麋鹿这样说了，她就照着做。

她往白麋鹿指的方向走。

一到休息室走廊的拐角，外面的声音就完全被隔离了，一点声音都听不见。

程只推开休息室的门，休息室比她想象中的还要大，看起来像一个星级酒店的房间。

她推开门，穿过房间的走道，入眼的是一张大床，床上陆执正侧躺着睡觉，腰间盖了一条薄毯。

3

他看起来睡得很熟，沉睡的面容上没有往日的攻击性，看起来有些乖巧。

离得近了，程只才发现他的眼皮下有淡淡的乌青，不知道是不是昨晚没睡好。

她站在床边很纠结，有点舍不得叫醒他……毕竟他睡得这么香。

可如果不叫醒，他就得饿肚子。

程只纠结了一会儿，最后还是决定叫醒她。

她轻声叫了一句："陆执？"

睡梦中的陆执连眉头都没动一下。

程只弯下腰，靠近一点继续喊他："陆执，该起床吃饭了。"

睡梦中的人还是没有反应，程只又连续喊了几声，他依旧没动。

最后程只不得不伸手碰了碰他的手臂："陆执？你醒醒啊，该吃饭了……啊……"

下一秒，她的手腕被他猛地握住，整个人被她扯过去。

程只只觉得眼前一阵眩晕，人已经躺在了床上。

她侧头看去，对上陆执尚未清醒却冷漠又锋利的眼神，仿佛她是一个无声闯进的敌人。

程只张了张嘴，艰难地发出了声音：“陆执，是我……我是程只。”

陆执的眼神渐渐缓了下来，但他只是看着她，维持着握着她的姿势。

“陆执？”

程只又喊了他一声。

陆执黑色的碎发落在额前，眸色淡若琉璃，他没动。

程只不知道他究竟有没有清醒过来，刚要再喊一声，就听见他低醇的嗓音问：“你怎么在这？”

“我是来叫你吃饭的……”她说话的声音很小，听起来格外委屈。

明明是来叫她吃饭的却被他当成敌人。

陆执没吭声。

程只被抓着一开始是吓着了，如今发现他清醒了还抓着她，脸颊慢慢滚烫了起来，她软绵绵地问他：“陆执，你可不可以先放开我啊？”

陆执才像反应过来他们两人此刻的状态，松开程只的手臂，站起身。

程只飞快地从床上站起来，站起来之后离那张床远远的，仿佛害怕那张床会吃了她似的。

气氛有片刻的尴尬，最后还是陆执淡漠地说了一声：“走吧。”随后率先往外面走去。

程只看着他的背影，之前跟他同桌的时候，觉得他虽然是霸王，但也没有想象之中那么可怕，可此刻看着他冷漠的背影，她第一次感觉到与他之间的差距，明明两人离得不远，却像遥不可及。

程只心里有点难受。没有提前跟他说明她想换座位是她的错，可是不当同桌就不能当朋友了吗？

从休息室出来之后，水吧依旧热火朝天，只不过在陆执出来的时候，所有人都停下来看向这边。

于是大家看见一脸睡意惺忪的陆执漫不经心地走了出来，身后跟着脸色通红，一直垂着头不知道在想什么的程只。

其实程只是因为心情不好，所以垂头丧气的，但在别人眼中就是另一番含义了。

雨涵一见陆执出来就朝他挥手："执哥，执哥，这边！"

陆执走过去，正要在圆桌一个空位坐下，白麋鹿立刻说："你坐旁边那个，这里是只只的位子。"

陆执无语地瞟了她一眼，坐到旁边另外一个空位上去了。

白麋鹿朝跟在后面的程只招手："只只，来，坐这里。"

程只走过去，在她旁边坐下。

白麋鹿看着她红红的脸，心里已经开始各种脑补她去喊陆执起床时不可言喻的画面了。

"来，喝杯冰水降降温。"

程只茫然地接过冰水，因为体寒，她不怎么喝冰水，平时在学校喝的都是热水，大夏天连雪糕都不敢吃。

但是白麋鹿递给她的时候，她也不想拒绝，拿着冰水贴着脸颊，让她快速降温也挺好。贴了一会儿之后，她将杯子放下，吃了一点东西垫垫胃。

陈昊见大家都到齐了，率先举杯："来，别忘了今天的重点，是为了庆祝我们（2）班在这次月考中拿下了年级第一、第二名，为了这份荣耀，我们敬执哥和程只一杯！"

说着大家都起身干杯。

程只也随波逐流，和其他人一样拿起杯子干杯。当她喝了一口杯子里的水时，才发现里面不知何时被换成了温水。

程只坐下之后，看着杯子愣了半天，直到白麋鹿小声问她："只只，你平时不喝冰水吗？"

程只点点头，看向她，一副为什么这么问的表情。

白麋鹿抬了抬下巴，示意程只看身边的陆执："你的冰水是他换掉的。"

"啊……"

白麋鹿没有忽视程只的惊讶，说："没想到吧？我也没想到啊……以前我怎么没发现陆执对女生这么细心？还是说只对我们只只这么细心？”

程只没说话，原本因为陆执的冷漠而难过的她心里的愧疚感又上升了。此刻她特别后悔为什么要冲动换座位，不就是因为害怕自己的病会连累陆执，害怕陆执会重蹈李科的覆辙吗？

可是如果再有人伤害她身边的朋友，她即使豁出了性命，也会保他周全的。

就在这时，水吧忽然涌进了一群西装革履的黑衣人。众人纷纷看过去，原本吵闹的声音立刻安静了下去。宜城本就是个小县城，这里的学生平时虽然纨绔，但本性还是单纯的，从未见过这种架势，顿时一个两个都不敢说话了。

水吧的服务员见到这种情况，忙把店长喊了过来。

这家水吧背后的老板是陆绯，但陆绯经常神出鬼没，根本见不到人。

店长出来之后，走到黑衣人面前，忙问：“各位大哥是来水吧玩吗？来，我们这边有空位。”

站在最前面的黑衣人没说话，双眼在水吧环视了一圈后，走到其中一个圆桌前，毕恭毕敬地说：“小少爷，请跟我们回去。”

他这一开口，大家都了然了，这些人是陆家的人。

陆家是个大家族，虽然大家没见过他们的庐山真面目，但在形形色色的传言里，也能得知陆家的厉害。

大家的眼神都聚集在陆执身上，但在这么多黑衣人的注视下，陆执却视若无睹。他脸上的神色依旧淡漠如初，仿佛他们不存在。

他喝了一口杯子里的清水，见周围过分安静，淡漠地扫了一眼，问：“都吃饱了？”

陈昊率先反应过来，对其他人说：“都该干吗干吗去，要是吃饱了不想在这里待着，就赶紧回家去！”

听他说完，众人收回目光，不敢往这边看，又热热闹闹的该干吗干吗了。

只不过这“热闹”的气氛相对于方才显然不够自由和洒脱，毕竟二十多个黑衣人站在那里无形中形成了压力，让人根本无法忽视。

程只坐在陆执边上，听见雨涵问：“执哥，这些人怎么办啊？”

陆执懒懒地说：“他们喜欢看别人吃饭，就让他们站着看。”

在场只有他一个人无视那些强壮又满脸写着“我们不好惹”的黑衣人的存在。

直到片刻之后，水吧的门口又传来了响动。

远远听见有人说：“里特助，陆总大驾光临宜城县，您怎么不提前说一声，我好提前做好准备啊……陆总，您这边请。”

4

从水吧门口率先走进来的是宜城县领导，走在他身后的是一位长相十分英俊的男人，五官精致端正，一举一动中都是贵气，只不过目光过于薄情冷漠，光是站在他身边就备感压力。

“这是……是我在我爸的杂志上见过的陆淮南啊？”

“就是陆家现在的掌门人，陆家太子爷？”

“好帅啊！陆家的人基因都这么好吗？一个赛过一个地帅啊！”

几个女生小声议论着，虽然心里很激动，但一个个都不敢表现得太过，毕竟比起平常看起来就不好招惹的陆执，眼前的男人更加令人只敢远观不敢靠近。

陆淮南一眼就看到了陆执，倒是也没发脾气，只说了一声：“还不过来？”音质低沉稳重，又带了一股令人无法抗拒的威严。

如果是别人早就因为陆淮南这语气吓得腿软了，但陆执还是那种痞气又不耐烦的样子：“小舅舅，你怎么来了，陆中集团要倒闭了吗？你这么闲？”

面对陆执的口不择言，陆淮南面上没什么表情，他说：“过来，别让我重复第三遍。”

陆执还是没动。

陆淮南也不跟他再客气，对面前的黑衣人说："既然小少爷不愿意自己动身，你们就帮他动身。"

领了命的二十多个黑衣人一拥而上，往陆执这边走。

其他学生哪里见过这种架势，吓得连大气都不敢喘。平日里他们见陆执打架就已经很害怕了，但陆执再怎么打架也是跟年纪不相上下的同龄人打，可眼前的二十多个黑衣人一看就是经过严格训练的，可不是宜城那种小混混能比的。

别说学生，就连宜城的领导也没见过这种架势，眼看黑衣人就要动手，他忙说："陆总，有话好好说，毕竟他还是个孩子……"

陆淮南没理他，表情很冷漠。

那领导也不敢再说话了。

就在大家以为水吧要有一场恶斗，陈昊和雨涵等人也做好了如果这些人要强制把陆执带走，他们豁出去也要保护他们执哥的准备的时候，忽然一个小小的身影站起来挡在了陆执面前。她瞪着眼前的一群黑衣人，软乎乎地开口："陆执不想跟你们走！"

陈昊众人诧异地看着程只张开双手，挡在陆执面前。比起黑衣人，她的个子简直天差地别。但她就那样勇敢地挡在陆执面前，小小的身体里仿佛都是能量，一双清澈的眼睛倔强勇敢地看着面前强壮的人群，一点畏惧都没有。

二十多个黑衣人没想到会有这么一出，彪形大汉齐刷刷地看着个子不及他们胸口的小姑娘，一时间竟然不知该怎么办。

小姑娘小小一只，瞪着人的时候眼睛又大又水灵，有些婴儿肥的脸上因为生气显得气鼓鼓的，又萌又软。

这样一个小姑娘站在面前，黑衣人们确实无从下手。

但在有"冷面阎王"之称的陆淮南面前，再软萌的小姑娘都只是个会活动的人。

跟在陆淮南身边多年的助理里邦见陆淮南没说话，便知道他心里所想。

他开口提醒："小少爷，您还是听陆总的话，跟陆总回家吧……不要为难您的同学。"

言下之意很明显，如果陆执执意不回去，眼前的软萌女同学就算长得再漂亮可爱，再令人下不去手，他们也不会对她手下留情。

可即使里邦说了这样的话，小姑娘也无所畏惧，依旧倔强地挡在陆执面前。

里邦见他们没反应，看了陆淮南一眼。后者一直很沉默，里邦在心里叹息一声，对黑衣人说："动手吧！"

领导发话了，黑衣人也顾不得眼前的小女孩，一个个走了过来。

程只依旧站在原地没动，小身板笔直地挺着，一副要跟他们斗争到底的样子。

在另一桌看着程只的王子怡原本和其他人一样，被陆家人的气势给震撼到了。

此刻看着挡在陆执面前的程只，不禁在心里嘲讽程只的不自量力，恨不得那些黑衣人把她狠狠揍一顿才好。

就在王子怡等着看好戏的时候，其中一个黑衣人伸手刚要碰到程只的肩膀，只见程只身后一个黑影迅速地扯住黑衣人的手，长腿踹在他的膝盖上，将黑衣人狠狠踹跪在地，动作稳准狠。

陆执站在程只身前，脸上满是阴寒暴戾，一字一字地说："谁敢动她试试！"

陈昊和雨涵见陆执这样子，知道他又发病了。

他们在这一刻忽然有点明白为什么陆执会对程只不一样了，自从认识程只以来，陆执的脾气没有像以前那样暴躁，也没有一言不合就想打人，他好像很长一段时间都没有发病了。

就像在校外的那场架，侯章祁故意刺激他，说了那么难听的话，换成以往，陆执早就发脾气了，可那次他只是警告了他。包括考场的那一次，把（9）班的人揍了一顿，也没有过激的行为，好像只要有程只在身边，即使他脾气上来了，也能自己控制住。

现在，整个水吧安静得掉下一根针都能听清楚，在场的学生从没见过这样的陆执，一个个吓得呼吸都不敢太重。

就在他们以为会有一场乱斗的时候，陆执的衣角忽然被一只小手轻轻拽了拽。他偏过头，就见身后的小姑娘仰头看着自己，软糯的脸上满是担忧，她说："陆执，你别生气，他们不会伤害我的。"

陆执狂躁的心在那一刻忽然安静了下来，对着这张恬静温柔的脸，他怎么都气不起来。

最后他对陆淮南说："我跟你走。"

他要往外面走，身后拽着他衣服的小手却没有松开。他回头，小朋友还是一脸担忧地看着他。他的心在那一刻柔软得一塌糊涂，以往放任不羁的慵懒声也变得温柔起来："放心，我没事，乖乖在学校等我回来。"

程只依旧没有松开，仰着一张倔强的小脸看着他。

陆执如墨般的眼睛荡着说不清、道不明的情绪，最后拉着她的手腕一起走了出去。

陆执走了之后，陆家一行人也很快离开了水吧。

水吧的学生们这才渐渐地敢开始说话。

"刚刚真是吓死我了，我以为就要打起来了！"

"我从来没见过这么多保镖，我以为只有电视上才有！"

"那个就是经常在电视上出现的陆家掌门人吗？也太帅了吧？"

在众多的感叹声之中，忽然有个女生说："但是刚刚程只在做什么？平时看她单纯、柔弱、好欺负，没想到竟然敢挡在陆少面前？那黑衣人一个手指就能把她捏死吧？"

王子怡正因为陆执把程只带走而恼火，听见有人这么说，没好气地搭了个嘴："程只单纯、柔弱、好欺负？你怕不是被猪油蒙了眼吧？眼睛用不着可以捐出来。"

那人刚要还嘴，看见说话的人是王子怡，只能悻悻地把到嘴边的话给憋了回去。

这时，一直没吭声的宁佳幽幽地说：“可能她比较想出风头吧？”

众人都看向宁佳，似乎没想到一向与世无争的宁佳会开口。

宁佳心里确实很生气，她原本以为她成了陆执的同桌，这场庆功宴不仅能打程只的脸，更能凸显她女主角的身份。

可陆执对她爱答不理就算了，最后竟然生生被程只抢去了所有的风头。

这口气她根本咽不下去，平日里她伪装与世无争的人设，在这一刻也不想再装下去了。

不过大家都没有把过多的注意力放在她的改变上，因为有人愤恨地说：“如果是这样，这程只也太爱出风头了吧？这种情况也敢站出来？她以为她是谁啊？”

“我看啊，她就是想吸引陆少的注意！”

“真是太不要脸了！”

接着一群女生被带了节奏，纷纷吐槽程只这样做太不要脸了。

就在这时，一阵冷笑声传来。大家看过去，就见坐在椅子上的白麋鹿笑看着这边：“至少程只敢站出来维护陆执，你们也可以像她这样做，以此来吸引陆执的注意，可是你们敢吗？”

白麋鹿问这问题的时候，没一个人敢吭声。她从位子上站起来，走到宁佳的身边，意有所指地说：“我觉得那些口头上说喜欢陆执，可看见陆执有危险却不敢和他并肩而行，只敢躲在一旁当鹌鹑，等危险过后再出来叽叽喳喳的人更不要脸，你说呢？宁佳？”

宁佳张了张嘴，正要说话，白麋鹿的嘴角勾起一抹冷笑：“没错，我说的就是你。你不过是陆执用来刺激程只的棋子，还真以为陆执对你特殊对待了？也不看看你浑身上下哪里比得过程只？”

说完，白麋鹿又抱歉地补了一句：“噢，对不起，我说错了，至少在‘绿茶’这一块，你比得上任何人。一边讨好陆执，一边在程只面前说陆执坏话，让程只别跟陆执走得太近的人是你吧？”

白麋鹿说完，其他人都诧异地看着宁佳：“她说过陆少的坏话吗？”

“平日里看她是个挺安静的小女生啊，怎么会做这种事？”

“所以程只没跟陆少继续当同桌是因为被她挑拨离间吗？”

“她也太会伪装了吧？”

宁佳因为白麋鹿的话和四周各种声音脸一阵红一阵青，最后一气之下直接离开了水吧。

原本还因为陆执把程只带走而生气的王子怡，看见这一幕，难免心虚了起来，毕竟程只没跟陆执同桌的前一天是她刺激的程只，程只才没选择跟陆执继续同桌的。

如果这事被白麋鹿知道了，肯定会像手撕宁佳一样撕她。

白麋鹿跟程只不一样，程只是需要刺激才会显露第二种人格，但白麋鹿，她是宜城一中的女霸王，没有人敢招惹她。

5

陆家人直接搭乘私人飞机将陆执带回了B市，一到B市，他就被带到陆家的私人医院，在病房待了一小时都没出来。

程只是跟着陆执一起来的，陆执进了病房之后，她一直在医院等着。

这一层楼都被陆家人包了，程只等的地方是本层的休息室。休息室很宽敞明亮，除了有柔软的皮质沙发和电视，还有自助零食和饮品。

两名穿着工作服的小护士在一旁随时服务。

但程只什么都没要，除了小护士给她的柠檬温水。

那两个小护士见她这么乖巧，不由小声议论：“她也是陆家人吗？我见她是跟陆小少爷一起来的。”

“应该不是吧？以前没见过啊，也没有听说过陆家有个这样的大小姐。”

“她看起来好乖啊……你有没有听见陆小少爷进病房之前，跟她说话的语气？”

“当然啊，陆小少爷说‘乖，在这里等我’，那语气特温柔。”

“不是说陆小少爷不学无术，还是病房里那位的私生子吗？可刚刚看起来，陆小少爷比想象中优秀得多啊，最关键的是陆家基因也太好了吧，一个赛一个地帅！”

“毕竟人家是名门望族啊，虽然各方面条件都很好，但豪门也很乱啊，各种争斗之类的，我觉得我要是生活在豪门，以我的智商活不过三天。”

“那倒也是，据说陆小少爷跟他爹关系非常差，他爹快不行了，他都不肯来看一眼。”

“那不然呢？他爸爸冯末当年为了娶陆家大小姐陆盈盈选择入赘，谁知道陆盈盈不能生育，结果冯末在外面跟别的女人生了陆小少爷。陆盈盈一气之下把陆小少爷从小三那抢了过来，冠上了陆姓，这等于是抢了别人的骨肉啊，据说那小三被弄得人不像人鬼不像鬼。最后，陆盈盈还把陆小少爷送到了很偏远的小县城里……”

程只垂着头，原本是在这里静静地等陆执。她知道那两名小护士在议论自己，起初没放在心上，却听她们的聊天声逐渐变大，其中又掺杂了关于陆执的事情，她不由得听进去了一点。

“这样的报复也太残忍了，先是抢了小三的孩子，然后放他去穷乡僻壤的地方自生自灭……”

“可小三不是罪有应得吗？”

“是这样说没错，就是可惜了陆家小少爷，明明他什么错都没有……”

两人的对话是被走廊外面的哭声打断的，两人对视一眼，异口同声道：“出事了？”

程只再也坐不住了，打开休息室的门，一眼便看见走廊上乌泱泱的人群。

确实是出事了，走廊上，冯家人哭得一声比一声高，尤其是冯母相比较他们哭得更加惨绝人寰。陆家的人一个个面无表情，甚至很冷漠。

其中一个气质高贵的女人面无表情地说：“哭够了吗？要哭回去哭，

别在这里丢人现眼。”

本来在号啕大哭的冯母震惊地看着高贵的女人：“陆盈盈，你还是人吗？你丈夫死了，你连一滴眼泪都不掉就算了，还在这里说风凉话。”

陆盈盈冷笑：“他背叛我的时候想过他是我丈夫吗？”

冯母愤怒地说：“如果不是你不能生孩子，冯末会出去找别的女人吗？”

这话成功戳到了陆盈盈的痛点，但她是陆家的人，陆家的人天生自带冷血，尽管言语戳心，陆盈盈依旧没有表现出半分被伤的样子，仿佛对冯母的话根本不屑一顾。

倒是一旁一直沉默的陆淮南淡漠地说了一声：“请注意言辞。”

陆淮南是陆盈盈的堂弟，两人都属于感情冷漠型，但彼此关系很好，陆盈盈和冯末的事情基本上都是陆淮南在处理。

虽然陆淮南在外有“冷面阎王”的称号，但可以看出他很维护陆盈盈。

冯家虽然家境也不错，但相比陆家相差十万八千里，否则当初他们也不会将大儿子冯末给陆家当入赘女婿。本以为冯末去了陆家之后，冯家能得到更好的发展，没想到冯末在外面跟别的女人生了孩子。陆盈盈一气之下别说提携冯家，没在经济上打压冯家就是最大的仁慈了，再加上陆盈盈抢了他们冯家的长孙，硬是冠上了陆姓，还送去鸟不生蛋的小县城，冯家一家人敢怒不敢言。

本以为随着时间的推移，冯末能够得到陆家人的谅解，毕竟是陆盈盈不能生育在先，没想到还没得到陆家人的谅解，冯末就被查出了癌症晚期……拖了几个月，最终还是没能坚持住。

冯母不敢跟目前的陆家掌门人陆淮南正面冲突，只能说：“陆先生，请理解一个失去儿子的母亲此刻悲伤的心情，我也不敢要求太多，现在冯末病逝了，他在临终前只有一个愿望，就是想请你们让我的孙子执儿回来。不管冯末做错了什么，那都是大人的错，执儿从小没有父母在身边，被放在一个谁都不认识的陌生县城这么多年，孤孤单单一个人长大，也够了吧？”

陆淮南没说话，他虽然对陆执没有太多偏见，但陆盈盈在陆执这件事上受过很大的打击，以至于陆盈盈对陆执回来这件事很偏激，一方面她把陆执从他生母手中抢了过来，一方面又把他丢在偏僻的县城不闻不问。

如果不是冯末病重坚持要见陆执一面，陆盈盈根本不会同意陆执出现在她眼前。

走廊里很久没人说话，就在冯母又要对着陆盈盈发脾气的时候，忽然角落里有人说了一句："我并不想回来。"

众人回头看去，在病房门口站着一个沉默的身影，面容沉静，双眸冷冽如半夜寒星。他倚在门框边，姿势雅痞。

6

陆执气质独特，很多人都注意到他了。只不过在陆盈盈面前，没人敢上前认他，尤其是冯家人。陆执自小就被陆盈盈送去了宜城县，他们根本没见过长大的陆执。

此刻听见他说话，冯母先是愣了一会儿，才激动地上前："执儿！你是执儿！我可怜的执儿！"

说着就要伸手去抱，陆执飞快地退了一步，一脸"别碰我"的神情。

冯母的手尴尬地悬在半空，伤心地看着陆执说："执儿，我是你奶奶啊……"

冯末的弟弟看见冯母一脸伤心欲绝的样子，说："妈，陆执刚回来，需要一个接受过程，您给他点时间，别给他压力。"

听他这么一说，冯母才连连点头："对，对，执儿，不急，你回来就好，回来就好……我的执儿都长这么大了……"

"在这里认亲大可不必。"陆盈盈厌恶地看着冯母的举动，连一个眼神都不肯给陆执，只说，"不相干的人现在可以离开了。"

这不相干的人说的是谁，陆执心里跟明镜似的。他并不想待在这个哭天抢地的地方，只觉得吵。

他径自往楼道口走去，经过程只的时候，顺便把她一起带走了。

程只一直跟着他走到了医院楼下，看着他沉默的背影，分不清他此刻的心情是怎样的，只能陪他静静地走着。

直到他先开了口，问：“饿了吗？哥哥带你去吃东西。”

他的声音和平常一样，没有半点悲伤。

程只没问太多，只点点头说：“好。”

她明明看见了所有的事情，却一句都不问。乖巧到不行的样子，让陆执忍不住伸手在她脑袋上揉了揉。

短发被揉乱的程只呆呆地看着他，看着他嘴角扬起邪痞的笑：“小朋友，你到底是吃什么长大的，怎么可以这么乖？”

## 第八章 你送我的，就属于我了

1

陆执带着程只去了医院对面的快餐店，对于他出生的这座城市，他也陌生。

点完餐后，服务员小姑娘甜美温柔地说：“请问您有我们家会员吗？如果没有，可以注册一个哦，今天可以打八折，还有水果可以送……”

陆执的表情很冷漠：“不用了。”

服务员小姑娘其实挺怕陆执的，原本看见俊男美女走了进来，她心里还挺激动的，可帅哥脸上一副生人勿近的模样，让她连说话都不敢太大声，但是想到老板给的任务，服务员小姑娘鼓起勇气说：“能不能请你们帮帮忙？今天我就差一个会员名额了，马上就要打烊了，如果今天会员数量不够，我这一个月就白干了……求求你们了……”

陆执对小姑娘的请求并没有太大反应，他这人向来铁石心肠，以前在学校，那么多小姑娘讨好他，有的甚至因为他大打出手、深夜胡闹，等等，他都无动于衷。

程只就不一样了，她见小姑娘为难的请求，拿出手机，正准备注册会员。

陆执先她一步拿出了手机，对着桌子上的二维码扫了一下，扬眉问了问：“然后？”

小姑娘见他被说动了，忙教他怎么注册会员。

注册完之后，小姑娘开开心心地拿着菜单走了。

程只看着摆弄手机的陆执说：“如果你实在不想注册，我可以来的。”

“你可以什么可以，小朋友别随便注册这种乱七八糟的东西，泄露隐私。”

程只才知道，原来陆执不是被小姑娘说动，而是因为看她心软被说动，又不想让她注册这种东西，才先她一步注册的。

很快他们点的吃的被端了上来，还是那个服务员小姑娘，将他们点的东西上齐之后，又端了一碗面放在桌子上说：“您好，我们刚刚从会员信息里看见今天是您的生日，这碗长寿面是我们送给您的，祝您生日快乐。”

小姑娘说完后就走了。

程只看着那碗长寿面，说：“陆执，今天是你生日吗？”

注册会员的时候有要求写出生日期，陆执没太在意，直接填了上去，没想到就是这天。

他向来不记日子。

“生日快乐啊，陆执。”程只说，“我都没给你准备什么礼物……”

陆执却没什么表情地将长寿面往旁边一推：“我不过生日。”

从小到大他都没过过生日，他的生日对于他而言跟普通的一天没什么区别。

陆执说得云淡风轻，程只却听得心里酸酸的。

她看着被陆执推到一旁的长寿面，又将它推回他面前说：“从今天开始就过一次啊……”

程只一板一眼地说：“面条还得吃完，希望陆执能够健康长寿，平平安安。”

对于程只的话，陆执有些哭笑不得，但他没有拒绝，没有人会拒绝小程只这么乖巧的小朋友。

面条算不上好吃，也不难吃。陆执在吃的方面要求极高，但面条是小朋友要求他吃的，所以即使没什么胃口，他还是将面条吃得干干净净。

刚吃完，陆执的手机响了。他看了一眼手机，对程只说：“我接个电话，你在这儿等我。”

好像不叮嘱她一下，她就会被坏人拐走。

程只看着他打电话的背影，想到在医院里，他独自站在病房外，像被人遗忘的影子，孤孤单单的。

学校里的人都知道他是陆家的人，知道陆家背景强大，羡慕他的身份，却不知道他其实过得那么孤独。

程只想起第一次跟他见面的时候，二中的那些人说他是陆家的私生子，他那么生气。

其实他心里还是在意的吧……

程只看了一眼门外，在隔壁有一家礼品店，程只出来的时候身上只有一点零花钱。她想，再怎么样也要送他一个小礼物啊，不然这个生日过得多潦草啊。

想到这里，程只趁着陆执打电话的时候，从快餐店溜了出去，走到礼品店看礼物。

礼品店的东西很多，但价格非常贵，因为开在医院门口，都是给那些临时没买东西探望病人的人准备的，三年不开张，开张吃三年的那种。

程只进去的时候一个客人都没有，老板娘正在玩斗地主，见有人来，一下都没动，仿佛知道她买不起似的。

程只确实买不起，她看了一眼店里的东西，上面都标了价钱，环视一圈，她觉得自己唯一买得起的就是放在架子最顶上的一个大约一米高的哆啦A梦。

“您好，请问，能不能帮我拿一下那只哆啦A梦？”

老板娘懒洋洋地瞟了一眼，说：“放得很高，难拿啊，你确定要买吗？确定的话，我给你拿下来。”

言外之意，如果不确定要买，她就懒得拿了。

程只因为老板娘的话脸红了起来，她小声地问：“是上面标的那个价钱吗？”

老板娘“嗯”了一声。

程只说：“麻烦请你帮我拿一下，我买它。”

老板娘这才从椅子上起身，用梯子爬到架子上，将哆啦A梦拿了下来。

哆啦A梦应该放在上面很久了，包装袋上都是灰尘，老板娘用抹布将灰尘擦干净后报了个价钱：“一百六十元，怎么支付？”

程只用手机支付后，抱着哆啦A梦走了出来。此时外面飘起了小雨，街道上一个人都没有，她远远地看见陆执正在对面找什么，一向冷静无畏的脸上满是着急和紧张。

程只似乎想到了什么，大喊了一声：“陆执！我在这里！”

陆执立刻望了过来，隔着一条马路，程只有那么片刻觉得，如果她就这么消失不见了，陆执一定会疯掉。

她看着陆执穿过马路，跑到她面前，冰冷的雨水打在他脸上，他眉眼上都是水珠，薄唇被冻得青白，眼神越发乌黑发亮。他盯着她，眼里都是怒气，却像一只野兽般隐忍着自己的愤怒，压着怒气问她：“你乱跑什么？”

程只听出来了，她没想到自己偷偷买个东西，会让陆执这么担心着急。她心里满是愧疚，低声说：“对不起，陆执，我不该不跟你说一声偷偷跑出来，对不起。”

2

B市的雨夜干湿阴冷，迷蒙细雨落在脸上冰凉刺骨。程只拉着陆执躲到了屋檐下，有雨珠顺着她的眼睫滑进眼里。她伸手抹了抹，没太在意，而是举着手里的哆啦A梦说：“陆执，别生气了啊，今天是你生日，要开开心心的。这是我送给你的生日礼物。”

陆执看着手里抱着哆啦A梦的她，在哆啦A梦的衬托下，她的身子显得更小了，但她看着他的眼睛水光润泽，亮晶晶的。

那片刻，陆执心里的怒气渐渐被平息，他看着程只手上的哆啦A梦问：“你刚刚离开就是为了去买这个？”

“对啊……”程只有些不好意思地说，“因为出来得匆忙，手机里也没什么零花钱，所以只能买得起这个，你不要嫌弃啊……”

陆执看着她怀里张大嘴巴笑得很开心的蓝胖子，尽管外面冰冷干湿，但他的心里像注进了一股暖流。

陆执从来不过生日，身边也没人知道他的生日是什么时候。

也许是因为他的出生本就不是被人祝福的。

过往的这一天，陆执都当成普通的一天度过，并没有觉得有什么委屈或者不好的，也许是他承受过的委屈太多，这些根本都不算什么。

再加上这天是他的生日，也是冯末病逝的日子，对于陆执而言，更不想被提起。

虽然陆执对冯末没有太多的感情，但毕竟冠上了亲生父亲的称号，心里多多少少会有低落的情绪。

可此刻看着程只小朋友这么重视他的生日，还特意跑去给他买生日礼物，他忽然觉得……不经意让她知道这天是他的生日，也不错。

那种低落的情绪在这一刻得到了安抚。

“我又不是小姑娘，给我买这个做什么？”陆小少爷典型的口是心非，明明心里无比开心，嘴上却不饶人。

单纯的程只哪里知道他是口是心非，以为他是真的嫌弃，顿时两条小眉毛纠结在了一起，她说：“你不喜欢啊……好吧……”

她说着将哆啦A梦抱了回去，陆小少爷却一把抢了过来，一只手抓着胖乎乎的蓝胖子说：“你干吗？”

“你不是不喜欢吗？”程只诧异地说。

陆小少爷扬了扬眉：“我虽然不喜欢，但这是你送我的，就属于我了。”

虽然知道陆小少爷霸道惯了，但看见他收下了生日礼物，程只心里还是蛮开心的。

外面还下着小雨，一辆黑色的商务车缓缓停在了他们面前。

里邦撑着伞从里面出来。

陆执看见他并不意外。

里邦说："小少爷，上车吧。"

陆执没动，里邦继续说："今天天气不太好，加上……"他看了一眼程只，说，"来回奔波，小少爷的同学一定也累了，陆总已经订好了酒店，让你们在酒店好好休息一晚上，明天送你们回宜城县。"

陆执还是没动，直到一只小手扯了扯他的衣角。

他低头，就见程只仰头望着自己，小声说："陆执，我们回酒店休息吧……"

她扯着他衣角的小手白皙、软乎，声音小小的、带着一丝可怜的意味，让人根本无法拒绝。

陆执总算明白为什么有人说女生撒娇要人命，就程只这无意间的撒娇，别说让陆小少爷回酒店了，整条命给她都行。

里邦开来的车往外看是个商务车，其实里面是个房车。

上车之后，里邦把两条未开封的一次性毛巾递给他们。

陆执将其中一条拆开之后，裹在程只小脑袋上，宽大的毛巾将程只整个人都裹在里面，显得她更小一只，令人充满了保护欲。

不知是不是车上的暖气开得太大，程只的小脸蛋红扑扑的，原本被冻得苍白的嘴唇也殷红一片，像被人咬了一口似的。

陆执看着心里焦躁，转身帮她倒了一杯温水，塞到了她手上，坐在对面没说话。

程只本就话不多，陆执没说话，车厢里一直沉默。

一路沉默到酒店，里邦帮两人开了两间套房，程只乖乖地跟在陆执身后。

直到走到房门口，里邦才开口说："一会儿我会让人送两套干净的衣服过来，小少爷，你们好好休息，明天九点我会安排车过来接你们。"

里邦走了之后，走廊里只剩下陆执和程只两人。

陆执看了一眼旁边的房间，将房卡递给程只："去洗个热水澡，我就在隔壁，有事喊我。"

“好。”程只应了一声后，往身旁的房间走去。

陆执抱着哆啦A梦走进酒店的房间。

房间是套房，陆执将哆啦A梦放在沙发上后，去浴室洗了个热水澡。

出来之后，一眼就看见坐在沙发上，张着大嘴朝他笑的哆啦A梦，有点傻傻的、憨憨的，就跟送它给他的主人一样。

这么早小朋友应该还没睡吧？不知道她吃饱了没有？要不要带她去吃个消夜？

陆执在沙发上跟哆啦A梦坐了一会儿，想了一会儿后，穿着睡袍出去，敲了隔壁房间的门。

敲了半天，里面都没反应。

陆执顿了几秒，拿起备用房卡打开房间门。

“程只？”门开了之后，陆执没有直接进去，先是问了一句，“在吗？”

里面依旧没有反应。

陆执侧耳贴在门上听，房间里一点动静都没有。

他直接打开门走了进去，穿过客厅，走到卧室，一眼便看见趴在床上的程只。

他快步走过去，喊了一声：“程只？”

程只闭着眼，脸红彤彤的，没有半点反应。

陆执伸手在她额头上摸了摸，温度正常，身体也暖呼呼的，没有任何生病的迹象。

“程只？”陆执又喊了一声，但闭着眼睛的小朋友依旧没任何反应。

陆执当机立断打了个电话，电话那头的里邦接起：“小少爷，有什么事吗？”

“帮我找医生，程只晕过去了。”

3

半个小时后，陆家的私人医生出现在酒店里，帮程只做了个全身检查后，眉头都皱在了一起，他郁闷地说：“小姑娘一切都正常，看起来不像是病了，也不是晕过去……反而像是……睡着了？”

陆家私人医生的医术享誉全国，退休之后都有人想尽办法排队找他看病，但他看病都看心情和缘分，因为早些年他欠了陆家一份大人情所以才在退休后答应当陆家的私人医生，平日里只给陆家老太爷看病的。

平时像这种小病都请不动他老人家亲自来，是陆执在电话里特别交代让里邦把他找来的。

既然老医生都这样说了，那程只应该是没有其他问题了。

老医生走了之后，里邦安慰了陆执几句，便被陆执赶了回去。

回到房间，陆执看着躺在床上即使这么大动静依然没醒过来的程只，很难相信她只是“睡着了”。

那一晚，陆执都在程只的房间看着她。

第二天程只在生物钟的作用下准时醒了过来，睁开眼，先对眼前陌生的环境适应了一下，刚要起身，就看见旁边沙发上的陆执。

陆执靠在沙发上睡着了，穿着酒店的睡袍，腰上盖了一条毯子，白皙如玉的肌肤裸露在窗外射进的光芒下，泛着淡淡的光泽，长睫搭在眼睑上，比平时张扬慵懒的样子多了几分安静和乖巧。

她很难见他有这么乖巧的时候，睡着的陆执真是好看又可爱。

就在程只盯着陆执发呆的时候，他原本乖巧闭着的双眼慢慢睁开，四目对视的那一刻，彼此都没反应过来。

最后是程只先反应过来的，偷看别人被人当场抓到，她的脸自动红成了番茄色。

陆执却没在意，反应过来之后，走到她面前，盯了她半晌，最后松了一口气似的说：“真的是睡过去了……”

程只没听清他说什么，仰头问：“你说什么？”

陆执垂头看着她，晨日的光晕中，她仰着头，一双黑碌碌的眼睛明润泽亮，像一只柔软又明亮的小鹿，倏地撞进了他的心。

陆执飞快地转移视线，漫不经心地说：“睡好了收拾一下，下楼吃早餐。”

程只看着他离开的背影，有些莫名，好像一下子他就严肃了起来。

果然还是睡着的陆执比较乖啊……

陆执走出程只的房间，有些心烦意乱地走到浴室，打开花洒，任由水珠冲刷下来。

即使不想承认，但心脏的急速跳动让他根本无法控制。

小朋友明明天真可爱得不行，却像只小妖精一样整天在他的心脏上跳舞，挥之不去。

陆执在浴室里冲了一会儿澡之后才换好衣服出门。

打开房门，程只已经换好了里邦给她的衣服，乖巧地在门口等着他。

有那么片刻，陆执以为自己认错了人。眼前的程只穿了一件粉白色带着长条兔耳朵的卫衣，卫衣到大腿处，下面是一条齐膝卫衣同款长袜，露着膝盖以上白皙的大腿，看得人心痒痒的。

平日里在学校只穿校服的程只哪里穿过这种衣服，加上她本就极高的颜值，连走廊里偶尔路过的客人都忍不住大赞：“好漂亮、好可爱的小妹妹啊！”

陆执却满脸不开心，甚至一张脸已经黑了下来：“这是里邦给你的衣服？”

程只其实也挺穿不惯这衣服的，但昨天的衣服被拿去洗了，如果不穿这个就没其他衣服穿了，只能点点头：“是的。”

“这货什么品位，怎么给你穿成这样！”

听到陆执的评价，程只觉得身上的衣服穿得更不舒服了，她问：“真的……很难看吗？”

陆执本不想说，但看见小朋友一脸纠结的模样，他又不忍心打击她，淡淡地说：“也没那么难看。”

何止没那么难看，那衣服穿在程只身上根本不难看，就像那路人说的好看又可爱，让人想把她私藏起来，不想被人看见。

“真的吗？”程只对陆执的话还是很相信的。她仰着小脸，认真地问。那认真的脸上一派天真，看得陆执竟然有点心虚。

他忍不住伸手在她脸上狠狠地掐了一把：“屁话真多，快点跟我下楼吃饭！”

未等程只反应过来，他率先往电梯那边走了。

陆执心里忍不住低咒，明明只是掐了一下她的脸，可她脸上那种柔软的手感，竟然让他流连忘返，他觉得自己大概是疯了。

被掐得有些蒙的程只本能地跟着陆执走到电梯口，看着少年修长挺拔的背影，丝毫没有感受到他此刻心里复杂的情绪，只觉得如果陆执那么不喜欢她穿成这样，她以后一定不会买这样的衣服。

很久以后，当陆小少爷问他家只只小朋友，为什么再也没有穿过类似当年那么可爱的兔耳朵卫衣时，只只小朋友一脸疑惑地问：“你当时不是说不好看吗？所以我就告诉自己以后不能再穿成这样，让你不开心。”

陆小少爷沉吟片刻后，俯身在只只小朋友耳边轻声说：“我不喜欢你穿给别人看，但你可以在家里穿给我看，尤其是现在……”

只只小朋友的脸立刻就红透了，一直蔓延到耳根。

4

早上在酒店吃完早餐之后，里邦来接两人去机场。

路上，陆小少爷靠在房车的沙发上，看着坐在对面一直垂着头不知道在想什么的程只，她身上那件兔子卫衣越来越让他觉得想用一个袋子将她裹起来。

坐在副驾驶座的里邦忽然说了一声：“小少爷，虽然小同学穿这套衣服真的很好看，但你也稍微收敛收敛，你都看得她不好意思了。”

陆执：“……”

他淡漠地看向副驾驶座的里邦：“谁让你给她挑这件衣服的？”

里邦问：“小少爷，你不是喜欢这种可爱风格吗？”

陆小少爷："谁说我喜欢了？"

里邦意味深长地瞄了一眼他去哪都带着的哆啦A梦，一副"这还用你说吗"的表情。

陆小少爷："……"

里邦顿了片刻，又说："不过，小少爷你误会我了，这还真不是我挑的，是归宁小姐挑的。"

陆执知道他说的归宁是跟他舅舅陆淮南走得很近的一个女生，陆执嗤笑一声："没想到冷面阎王也有人喜欢，这女生的眼光还真独特。"

"是啊，不独特的话，怎么能挑上一件让小少爷您目光都不舍得移开的衣服呢，小少爷，你说是吧？"

里邦护主那是谁都知道的事，见陆执说陆淮南的坏话，他可不管是谁，条件反射般怼回去。

但陆执是谁，是陆家除了陆淮南最难搞定的小霸王。

里邦这护主行为立刻得到小霸王的冷眼直视，里邦情不自禁颤了一下，立刻道歉："对不起，小少爷，我说错话了。"

车一路顺畅地开到机场，办完手续后，陆执和程只在机场贵宾休息室里候机。

里邦示意陆执单独出来说话。

程只听见了之后，乖乖地找了个地方坐好等他。

里邦将陆执带到走廊一旁，说："是这样的，小少爷，因为你爸……呃……冯先生病逝这件事陆家有提前做好准备，所以后续的事情都在有条不紊地进行中。陆总让我问一下你，是否确定真的不参加今日举办的追悼会？"

陆执昨天从宜城回来看见冯末之后，心里一直藏着莫名的情绪。

他看着病床上那个已经瘦得脱相的男人，只觉得陌生极了。

陆执懂事以来，便没见过冯末，只是身边一直有人明里暗里在传他是陆家的私生子，陆家人把他发配到小小的宜城就是为了让他跟亲生父母分离。

他还记得在病床上，冯末试图用那只瘦得干枯的手碰他，他退了好大一步。他没有忽略冯末眼中的痛苦和失落，他听见冯末说：“陆执，是我对不起你，是我没本事，只能在临死之前让我们父子相见。”

陆执实在无法对素未谋面的冯末产生任何亲情，当冯末临终前求着陆盈盈把他从宜城接回来时，陆执甚至未有半分动容。

都说陆家人骨子里都是冷漠的，陆执不是陆家人。可当他站在病床前，比谁都冷漠。

他看见冯末在祈求陆盈盈时，没有得到答复就忽然停止了心跳，在内心深处，他其实挺看不起这个男人的。

“其实这次表面上是冯先生要求想见你一面，但你始终不愿意来，他也没其他办法。”里邦见陆执没吭声，继续说，“对你做出硬性要求，把你带回 B 市的人其实是陆大小姐。”

里邦口中的陆大小姐说的是陆盈盈。

里邦说：“这样看来，陆大小姐对冯先生其实并非没一点感情。她这人就是嘴硬心软，别看她表面上很冷漠，其实心很软，只要你肯低头，她不会为难你。”

陆执的表情淡淡的，听着里邦的话，问：“你想表达什么？”

里邦心想不愧是陆小少爷，即使他说了这么多，都无法让他心软。如果不是知道他跟陆家没有丝毫血缘关系，他都要以为陆执就是陆家的孩子了。

里邦说：“是这样的，你也知道，把你接回 B 市是冯先生临终前唯一的夙愿，虽然陆大小姐明面上没有答应，但陆总说以陆大小姐的性格，肯定会尽快把你接回来，所以让你先做好心理准备。”

里邦又补充了一下：“小少爷，陆总是为了你好，冯先生生病的时候你一直抗拒回来，陆总亲自去宜城找你的那天，其实是陆大小姐想派人直接把你从宜城绑回来，陆大小姐想做的事情通常都喜欢用暴力解决，只是陆总不想你们之间的矛盾再加剧，所以才亲自过去接你。陆总希望这次陆大小姐接你回来，你好好配合，别惹她生气，毕竟以后她是你的监护人。”

里邦说完后，也不奢望陆执会回答，只说：“小少爷，你好好考虑吧！这边我已经派人保护你们了，陆总那边还有事，我就先走了。”

里邦离开之后，陆执在原地站了一会儿才往休息室走去。

他刚走到门口，看见一个扎着羊角辫的小女孩对着程只说：“姐姐，你长得好漂亮啊，这个兔子衣服好可爱啊，我能不能跟你合个影呀？”

小女孩长得软乎乎的，乌黑的大眼睛亮亮的，好看得像个洋娃娃，简直就是缩小版的程只。

程只本就不擅长拒绝人，见这么可爱的小女孩睁着一双大眼睛眨巴眨巴地看着自己，眼神里带着一丝祈求，她的心顿时就软化了。

她点了点头。

小女孩开心得不行，立刻拿出手机跟她一起拍照，拍了好几张才心满意足地跟她说谢谢。

小女孩离开之后，又有好几个休息室的小朋友想跟程只合影。

原来是一家六口来B市旅游，这家人带了四个小孩，都是他们家的孩子。

休息室里的人不多，总共就十几个人，大家听着小孩这边的声音，都不约而同转过头来，想看看到底是什么样的人这么招小孩子喜欢。

这一看，还真是个漂亮精致的小姑娘。穿着可爱的兔子套装，露着白皙纤细的大长腿，在小孩请求拍照的时候，没有一丝不耐烦，反而有些害羞。

但她还是好脾气地答应了小孩们的请求，跟小孩们说话时的声音又软又甜，简直太撩人了。

休息室里有几个男生看得移不开眼，眼见程只好像是一个人坐在那的，都忍不住想要上前跟他搭讪。

程只已经跟小孩们合照了很多张，一直在接电话的夫妻二人才得了空闲赶过来，见自家小孩一直嚷着要跟姐姐合照，忙不好意思地跟程只道歉，说自家小孩打扰到她了。

程只忙说没关系。

这些小孩看得出家教都非常好，即使想跟她合照都是事先请求，而且其中并没有任何过分的动作。

看得出她们是发自内心喜欢程只的。

夫妻二人跟程只说完谢谢后，带着小孩们坐回了自己位子上。

一旁一直跃跃欲试的男士终于在身旁朋友的怂恿下，走上前搭讪：“小姑娘，有缘在同一个休息室相遇，不知道能不能加个微信？”

5

程只很少单独出门，但从小到大她的颜值都很高，即使在学校里被人搭讪也不是第一次。

所以面对这种搭讪她并不害怕，正当她准备拒绝的时候，忽然一声懒洋洋中带着一丝怒意的声音传来：“小朋友……”

程只转头，看见了不知什么时候跟里邦谈完的陆执。她眼睛一亮，像个终于等到家长接自己回家的小朋友，高高兴兴地从座位上站起来朝他跑了过去。

“陆执，你来啦！”她朝他展颜欢笑，像一只快乐的小奶球朝他蹦跶而来。

陆执看着才到自己胸前的小朋友，方才因为有人找她搭讪的怒气这一刻都烟消云散。他忍不住伸手在她的短发上碰了碰，软软柔柔的，跟她本人一样，让人舍不得移开手。

那男人看见陆执先是一愣，随后嘲讽地跟身边的朋友说：“现在的年轻人都这么厉害了，小小年纪就关系这么亲密？”

男人身后的伙伴们发出奇怪的笑声，看着程只的眼神都变得怪异了起来。

其中有人说：“这你就不懂了吧，现在多的是女孩子表面看起来清纯无比，实际上私底下开放得不行。”

“啧啧，我也听说了，只要你是有钱人，想让她做什么都行。你看看她穿的这一身衣服，说不定是人家的趣味呢……啊！”

男人话音刚落，忽然惨叫了一声。

整个休息室里的人都看见那个原本跟程只站在一起的少年，大步走到男人身边，一脚将他踹倒在地。

男人惨叫了一声后，他的同伴先是愣了一会儿，随即将男人扶起，几个人摩拳擦掌就要跟陆执干起来：“小子，你找死是吧？”

其中一人正要动手，不知从哪个角落忽然蹿出五六个黑衣人挡在陆执面前，将那几个男人团团围住，其中一个人对着陆执说：“陆小少爷，您没事吧？”

陆执冷着一张脸没说话。

那几个被围着的男人都吓坏了，没想到休息室里居然藏着这么多大汉。听他们喊那个少年叫“陆家小少爷”，几个人你看看我，我看看你，心里都震惊又疑惑，他们说的陆家不会是那个陆家吧？

几人还未来得及细想，休息室的经理已经带着几名机场保安赶了过来。

休息室里的员工在看见这群人发生争执的时候就立刻喊了经理，经理赶来的时候看见乌泱泱的一群人，忙跑了过来：“各位冷静冷静，有话好好说，这里是机场，需要保持秩序……”

那群男人见经理带着几个机场保安过来了，立刻恶人先告状：“你是这里的管理者吧？赶紧帮我报警，现在的年轻人真是无法无天，无缘无故动手打人，我要报警让他赔偿我的精神损失，还要让他关进去！”

经理正要说话，眼睛瞥见了黑衣人衣服上熟悉的标识，那是陆家人的专属标识。

虽然经理跟陆家人没有接触过，但也听说了陆家最近发生的大事。陆家大小姐的丈夫病逝，这天开追悼会，B 市有头有脸的大人物都去陆家参加追悼会了。

据说这一次陆家人将一直放养在宜城的私生子接了回来，如果他猜得没错，眼前的人应该就是陆家的小少爷。

经理也是个看眼色行事的人，陆家的人哪里是他能得罪得起的。

他刚要说话，就听见一旁有人说："明明是你们刚才说话太难听，人家才动手的，现在反过来污蔑人，要不要脸？"

说话的是刚才一直请求跟程只拍合照的小朋友们的父母。

他们都是生意人，平时处事圆滑，不轻易得罪人。方才他们说那些污秽的话时，他们在一旁看了很久。此时听见他们跟经理说的话，忍不住要上前怼一句。

"我告诉你，你说话小心一点。"那男人见有人站出来指责自己，顿时怒了，指着那一对夫妻说，"你有什么证据？信不信我告你诽谤？"

那对夫妻正要说什么，经理示意他们先别说。

经理站出来，笑着对男人说："先生，大概您不知道，这个休息室里装了监控摄像头，您说的每一句话我们都有记录，您确定要报警？"

男人听他这么一说，方才的气焰顿时灭了一半。但为了不在人前丢脸，他说："有监控又怎么样？我说了什么不该说的话？"

"你说了什么话你自己心里没点数？"忽然，休息室的其他人也一个个凑了上来，你一言我一语。

"还告别人诽谤，你刚刚说的那些话才是诽谤吧？"

"就是，从没见过像你们这样没品的男人，自己思想狭隘就算了，这样说人家小姑娘，良心不会痛吗？"

"要报警就赶紧报吧！把这种人渣抓进去教育一番，也算是为社会除害！"

那群男人的气焰顿时被吞没在众人的唾沫中。

经理看着这架势，心知不用自己出面处理了。他走到陆执面前，毕恭毕敬地说："您好，您就是陆家小少爷吧？非常抱歉打扰到您休息了，请问小少爷您是几点的航班，我帮您换一间单独的休息室。"

陆执看了一眼时间，挥了挥手："不用了。"

转而对身边的程只说话时，声音柔和了不少：“走吧，我们该登机了。”

6

最后是经理亲自带着陆执上的飞机。里邦订的是头等舱，一共三个座位，陆执和程只分别一个，还有一个是给陆执随手携带的哆啦A梦。

把陆执带上飞机之后，经理在下飞机之前跟空姐嘱咐：“好好照顾，那位是陆家小少爷。”

空姐已有多年经验，之前她在飞机上见过陆家人。

她问：“是那个陆家吗？”

经理一瞪眼：“不然还有哪个陆家？”

“没……”空姐说，“我就是觉得奇怪了，陆家人坐飞机历来不都是单独包一个公务舱吗？”

即使只有一个人，也是包下整个公务舱，为了不被别人打扰。

经理朝空姐招了招手，示意她靠近一点，他才凑上去小声说：“陆家小少爷是陆家私生子知道吗？自然待遇是不一样的，不过即使是私生子也是陆家人，不可以怠慢。再跟你说件事，刚刚陆小少爷在休息室跟人起了冲突，立刻就有陆家的保镖出来护着他……我只是好心提醒你，剩下的你自己看着办吧！”

说了这话之后，经理就走了，空姐也立刻明白了过来。

虽然陆家人没有给陆小少爷最高的待遇，但听经理刚才那样说，也知道陆家人对陆小少爷很重视。

其实里邦没帮陆执包下公务舱完全是因为时间太紧，订票时间太短，其他票早已经被订完了，他把这个情况跟陆淮南说明过，经过陆淮南的同意，里邦才没有包下整个公务舱。

虽然没包下整个公务舱，但里邦订票时，将公务舱其他剩下的位子全买了下来，就是为了让陆执在乘机的过程中不受太多人干扰。

由于经理的提醒，航班上的空姐除了例行服务工作，都在有意无意地注意陆家小少爷。

飞行的过程中闲下来的时候，空姐之间难免八卦："陆家人的颜值真高啊，那小少爷还是个高中生就俊成这样，未来不知道又是哪个女生的青春。"

"哪个女生的青春，一眼就能看到啊，你们没看见他身边坐着的那个穿着兔子卫衣的女孩吗？陆小少爷上飞机后，全程所有的心思都在她身上，都没正眼看过别人一眼。"

"我居然有点羡慕那个女孩。"

"真后悔投胎太早了，应该让我妈晚生我几年。"

"……"

## 第九章 你骗我

1

一路从 B 市飞到宜城都很顺利。

昨天是周日，两人等于只旷了一上午的课。

下午程只没回家，直接去了教室。陆执没什么心情上课，把她送回学校后就走了。

周日在水吧的人已经把当天发生的事情一传十、十传百，在整个学校都传得沸沸扬扬，包括陆家人的排场，以及程只跟着陆执走了这件事。

所以当陆执带着程只出现在学校时，立刻引起了所有人的注意，但因为陆执的气场，没有人敢上来八卦。

直到陆执将程只送到教室走了之后，才有人窃窃私语："执哥怎么来了一下学校又走了啊？"

"看起来像是专门送程只来上课的。"

"这场景我有点想歪了啊，有没有觉得像家长送自家小朋友来上学？"

"这样一说真的很像啊，也太有爱了吧？不是才说执哥和程只闹掰了，连同桌都不跟她做了吗？难道出去一趟就好了？"

"你没听他们说吗？昨天程只挡在执哥面前要保护他，执哥肯定是被感动了！"

"你们说昨天执哥带程只去哪儿了？"

"你问我我问谁，不如你直接去问程只？"

结果没人敢上去问，平日里乖巧的程只跟霸王扯上关系之后，其他人对她都多了几分忌惮。

白麋鹿是上课前一分钟进教室的，看见程只，她挺意外的，直接走到程只的位子上，敲了敲她同桌的桌子："课代表，换个位子呗？"

课代表不敢惹白麋鹿，连忙拿着书本跟她换了座位。

下节课是自习课，在（2）班换座位是件非常平常的事情。

白麋鹿刚坐到程只同桌的位子上，上课铃便响了。

程只正在补上午缺课的内容，抬头便见白麋鹿坐在身边，撑着脑袋看着她。

白麋鹿的眼神迷离又暧昧，其中还带着浅浅的笑意，看得程只头皮发麻，她轻声问："麋鹿，你别用这种眼神看着我啊……"

白麋鹿眨了眨眼睛，换了另一只手撑着脑袋，问："跟姐姐说说，小只只昨天跟陆执去做什么了？"

程只说："没做什么啊……"

"是吗？我回来教室的路上可都听说了，说是陆执亲自把你送进教室的，你们和好了？"

程只一时间也不知道该怎么回答，她只是和陆执没有再当同桌，学校里就脑补了两人之间各种剧情。

见程只没说话，白麋鹿故作生气地说："怎么了？跟陆执和好了之后就不理我了？"

"没……"程只说，"麋鹿，你别误会，我不是这个意思，我就是不知道该怎么说。"

白麋鹿扬了扬眉，示意她继续说。

程只迟疑了片刻说："我昨天跟陆执去 B 市了。"

"什么？"白麋鹿顿时瞪大眼睛，"你跟陆执回陆家了？"

她的声音太大，惹得班上其他同学纷纷侧目。

程只连忙捂住白麋鹿的嘴，生怕她又说出什么惊人的话。

直到程只觉得白麋鹿冷静了下来，才松开手。在白麋鹿正要说出话之前，程只说："不是你想的那样，我没去陆家。"

"噢……你看见他爸妈了？"白麋鹿忽然淡定了下来，"我昨天也听说了，据说陆执的爸爸病逝了，你们应该是去医院了吧？"

程只并没有打算告诉白麋鹿昨晚陆家的事情，毕竟那是陆执的私事，但她忘记了白麋鹿跟陆执的关系很好，陆执家里发生了什么事情，白麋鹿肯定比她更清楚。

就在程只发呆的时候，白麋鹿叹了一口气："有时候觉得陆执也挺可怜的，从小就被人作为报复的工具遗弃。你一定不知道吧？陆执刚出生那会儿，被陆家人送来的地方还不是宜城，而是宜城下面一个特穷的乡镇，那个乡镇连初中都没有，如果不是陆执到了上学的年纪，说不定陆执这时候还在那个贫穷的小乡镇。

"你看陆执在我们班的成绩，就知道他是个很有天赋的人。他自己也够争气，以后能考上一个好大学的话，就可以从宜城县走出去了。到时候就不用靠陆家了。"说完她忽然变得好奇了起来，"对了，只只，你有什么想考的大学吗？陆执以后肯定是要去B市的，你肯定想不到，他那样的人，梦想居然是当警察，他肯定会考B市最好的警校！不是因为陆家，而是因为配得上他的大学都在B市。我和陈昊、雨涵他们也会去B市，随便找个大学上上，反正我们也不喜欢读书。"

程只听着白麋鹿的碎碎念，有点恍惚。她一直想要考一个好的大学，只为了让妈妈和外婆过上更好的生活，但她从来没想过要考去哪个城市。

"只只，你学习成绩这么好，不然也跟陆执一样考B大吧？"白麋鹿向往地说，"那样的话，我们即使高中毕业了也能一直在一起。"

B大啊……是人人都想考上的名校。程只以前也想过B大，可是自从来到宜城一中，每年都考年级第一的她只考了第二名，她就没有多想了，想着只要考上一个名校就知足了。

"只只，你想什么呢？怎么不说话？"

白麋鹿见她一直沉默，伸手在她眼前晃了晃。

程只说："B 大太难考了，我没怎么想过。"

"怎么会？你成绩这么好，怎么这么没自信？"

"不好啊……"程只说，"这次月考才考了年级第二名……"

虽然程只从没对考试的排名表露过任何情绪，但第一次考第二名她心里还是挺难受的，所以才会没受住王子怡言语上的刺激，选了一个离陆执很远的位子。

白麋鹿听她这么说，倒是挺诧异的："所以你是因为这个才不跟陆执同桌的吗？"

被白麋鹿猜中了心思，程只的脸红了红，没说话。

白麋鹿张了张嘴巴，就在程只以为白麋鹿觉得她很小心眼，连自己同桌考第一名都嫉妒的时候，白麋鹿忽然大笑着捏了捏程只软白的小脸颊："哈哈——小只只，你怎么这么可爱啊？别人都是嫉妒陆执身边讨好他的女生太多了，你却嫉妒陆执成绩比你好。"

程只被白麋鹿笑得脸更红了："有这么好笑吗……"

像白麋鹿这种根本不关心成绩的人，自然是不能理解程只的嫉妒点从何而来，她的笑也没有嘲笑的意思，完全就是觉得程只的嫉妒太可爱。

见程只脸红得不行，白麋鹿极力克制住笑意："如果陆执知道你是因为这件事跟他置气，他一定会很郁闷吧！"

白麋鹿撑着下巴，脑子里又开始冒出坏主意："真想看看他知道这件事会是怎样的表情。"

程只听她这么说，立刻摇头："你别跟他说啊……"

白麋鹿笑得很迷离，程只也不奢望她真的会听自己的。

只怪自己话说得太快，这么丢人的事，早知道不跟她说了。

2

一整个下午陆执都没来上课。

下午第三节课的时候，白麋鹿带来了一个消息："想申请住校的同学可以下课之后来我这里领申请表，三天后把申请表交给我。"

（2）班基本上都是家境非常好的富二代，根本没有申请住校的需求，所以当程只主动去拿申请表的时候引起了全班人的关注。

白麋鹿特意把她拉到一边问是不是王子怡又欺负她了，她说没有，住校是她计划了很久的一件事。

白麋鹿见她的眼神不像骗人，就没再追究，给了一张申请表给她。

从B市回来后，生活很快恢复到该有的状态，程只申请的寝室也很快下来，紧接着期中考试就要来了。

对于（2）班的学生而言，月考和期中考试的区别都不大，考不好的照样考不好。

程只例外，程只搬去寝室住之后，生活更自由了，学习也比以前更加用功了。

寝室里一共四人，都是（7）班的。

程只觉得也许是她运气好，这四个女生都是（7）班学习成绩好，眼里只有学习的女生，四人都很好相处，一点矛盾都没有。

寝室有一个小阳台，每天天没亮程只就在阳台上背英语单词，到点了就去学校上早读，晚上自习上晚一点也没事，因为寝室就在学校里面。

有时程只为了不打扰到寝室的其他人休息，会独自在教室自习到凌晨再回寝室。

分开坐之后，程只便没有再帮陆执带早餐，陆执也没说什么。如果不是宁佳代替了程只帮陆执带早餐，程只都要以为她帮陆执带了一个月的早餐这件事从没发生过。

很快期中考试那天到了，这一次期中考试是按照上一次的月考排名安排考号的，程只和陆执在同一个考场。

那天程只早早地去了考场，在座位上看书的时候，感觉到前排的座位隔三岔五会来几个女生，不是将小礼盒放在上面，就是一封信，要么就是水吧包装精致的糕点。

考场其他跟陆执同过考场的人都习惯了，每次陆执都在一号考场的第一个座位，这也是那些想讨好陆执的女生送礼物和信的最佳时期。

陆执依旧是掐着点来的，看见桌子上堆满的礼物和信，再瞥了一眼坐在他后边低头看书，仿佛他不存在的程只。

陆执踱步到程只旁，伸手敲了敲她的桌子。

程只茫然地抬头。

陆执指了指自己桌子上的一堆东西："帮我处理一下。"

程只哪里处理过这些东西，依旧是茫然地看着他。

陆执倒也不客气，指着教室角落里的垃圾桶："帮我把它们丢到那儿。"

程只撇了撇嘴巴："那是别人送给你的东西，你自己丢。"

陆执懒洋洋地坐在自己椅子上，抬了抬嘴角："我饿。"

程只才发现他一脸睡眼惺忪，没睡好的样子，心里一软，问："你怎么不吃早餐？"

陆执作势叹了一口气："自从某人没帮我买早餐，我已经很久没有吃过早餐了。"

程只当然知道这个某人说的是她，她郁闷地说："宁佳不是每天都给你带了早餐吗？"

陆执顿默片刻，双眸似笑非笑地看着他："你嫉妒了？"

他的眼神看得她心一跳。程只撇过头："你别乱说。"脸颊却偷偷地红了起来。

好在老师拿着试卷走了进来，程只忙乖巧坐好。

没想到这次监考（1）班的老师竟然又是（7）班的班主任，他看见陆执桌子上堆满的东西，果然不怎么好看的脸色更加黑了起来："陆执，你桌子上都是什么玩意？还考不考试了？不想考试就出去，别影响其他人！"

陆执没理他，吊儿郎当地坐在椅子上，眼皮都没抬一下。

（7）班班主任见他一副不在意的样子，顿时怒气直线上升："我跟你说话你没听见是吧？赶紧把你桌子上那些乱七八糟的东西弄好！"

陆执还是没理他。

就在（7）班班主任发火之际，巡查考场的教导主任路过走了进来："干吗呢这是？"

（7）班班主任见教导主任来了，二话不说就告陆执的状。

教导主任自然知道陆执的背景，他一直是偏向陆执的，但又不好在（7）班班主任面前明着倾向他，只能对陆执说："陆执，快收拾收拾，别耽误了考试。"

陆执依然是倦懒的模样，闲散冷淡地说："累，不想收拾。"

教导主任："……"

（7）班班主任看见他这样，冷笑一声："主任，你看到了吗？像他这样的学生人品不好，学习成绩再好有什么用？"

"老师，你这样说就不好了啊，为什么陆执只是没有收拾桌子，就说他人品不好？再说这些东西也不是陆执自己放在上面的。"

众人看去，这软萌得毫无攻击力的声音是坐在陆执后面的女生发出来的。她说完之后，教室里一片沉默，连（7）班班主任都没反应过来。

然后大家就看见软萌的妹子从位子上站了起来，走到陆执课桌前，将他桌子上的东西一个个拿起来放在桌腿边，将桌子清干净。

（7）班班主任嗤笑一声："主任，你看见了吗？陆执身边的女生还真不少，这简直是在影响宜城一中的校园风气。"

程只奇怪地看着（7）班班主任，疑惑地说："从小思政课老师就教我们同学之间要互相帮助、团结友爱，陆执是我同班同学，我帮他有错吗？"

3

程只问得很认真，半点没有嘲讽的意思，这让（7）班班主任想发怒都发不出来。再加上程只的声音软糯，长相漂亮又没有攻击性，让人觉得骂她都是一种罪过。

教导主任也知道这个新转来的学生，她不但颜值高、性格乖巧，而且学习成绩也很好，为学校的升学率又提供了一分希望。

教导主任顿时笑呵呵地说："说得不错，同学之间就应该互相帮助、团结友爱，大家都要像程只同学学习！好了，也不是什么大事，大家开始考试吧！"

教导主任都这么说了，（7）班班主任就算心里再有气也不能再说什么。

考试过程中没再发生什么事。

陈昊和雨涵提早交卷来教室门口等陆执，奇怪的是以往也提早交卷的陆执这次一点动静都没有。

雨涵故意在考场门前走来走去，走了两回，明明已经答完卷子的陆执却瞟都没瞟他一眼。

雨涵有点郁闷，更郁闷的是（7）班班主任本身憋着一肚子气，看见雨涵在外面走来走去更来火了，走到门口大斥一声："闲杂人等在这里瞎晃什么？你们以为你们影响到别人考试，就能提高自己的成绩？赶紧滚！"

陈昊和雨涵不知道考前发生的事，见他说话这么难听，陈昊笑了笑："老师，你想多了，我们从没想过提高成绩，不像老师您，教得再好，年级第一、第二名也在我们班。"

陈昊一语击中（7）班班主任的痛处，他当即拿起黑板擦就丢了过去。

陈昊和雨涵笑嘻嘻地躲开了。

跑得远了，雨涵才说："耗子，你刚刚怼得太好了，我就是看不惯（7）班班主任的作风，总一副高高在上的样子，欺负我们忠厚的老陈。"

陈昊"哼"了一声，表示赞同。

"不过执哥这次怎么回事，怎么喊都不出来，以往不都是提早交卷的吗？"

陈昊说："你没看见吗？"

“看见什么？”

“这次程只也在一号考场，执哥应该是在等她吧！”

“你这样一说还真有点道理。”雨涵细思恐极，“啊！会不会执哥跟程只关系好了之后，就不跟我们玩了啊？”

陈昊说：“最好做好这样的心理准备。”

雨涵：“我舍不得执哥，呜呜呜！”

陈昊：“……”

两天的考试很快就过去了，宜城一中的老师依旧很快地改好了试卷，做好了排名。

早读课，老陈拿着试卷和排名表风风火火地进了教室。

“同学们，期中考试的试卷和排名已经出来了，我就不跟你们绕弯子了，年级第一、第二名依然在我们班。”

老陈刚说完，教室里发出一片开心的惊呼声。

老陈伸手示意大家安静，等班上的惊呼声渐渐小了下去，才说：“不过这次的排名有点出乎大家意料，第一、第二名和上个月月考的第一、第二名互换了位置。”

“啊？什么意思？什么叫互换了位置？”

“老陈的意思说是这次年级第一是程只？执哥排第二？”

“我不信，我觉得这很玄学！”

在众人你一言我一语中，老陈说：“大家猜得没错，这次年级第一名是程只同学，第二名是陆执同学，不过两人就相差一分。不管怎样，让我们先恭喜两位同学！”

老陈说完，其他学生都愣住了，好半天没人鼓掌。

倒不是大家介意程只拿了第一名，而是班上除了女生，很多男生也是陆执的迷弟，他们都以陆执年级第一名为荣，没想到班上转来个新同学这么轻而易举就将年级第一抢走了？

在大家都愣神之际，白麋鹿率先热烈地鼓起了掌："都愣着干吗啊？给我们的年级第一名来个热烈的掌声啊！"

随即大家才反应过来，教室里立刻响起哗啦啦的掌声。

程只这个月虽然在课程上很努力，但是她自认为不可能超过陆执考到年级第一名，所以当下课后课代表同桌祝贺她得了年级第一名的时候，她只是轻声说了一句"谢谢"，看上去并没有太高兴。

她不经意瞥向后面的陆执，他被陈昊一群人围着说话，看上去闲闲懒懒的，似乎对于这次排名丝毫不在意。

程只看了一会儿之后，忽然起身朝他走了过去。

陈昊和雨涵正在跟陆执闲聊，雨涵说："执哥，你这次都没提早交卷怎么会考年级第二名？"

陈昊毫不留情地拍了一下雨涵的后脑勺："你是不是傻啊，这种问题需要问吗？"

雨涵一脸郁闷："怎么就不需要了？"

"摆明了执哥是故意考第二名的啊……"有人说，"还只差一分，你觉得世界上有这么巧的事吗？"

雨涵正要说话，陈昊朝他使了使眼色，雨涵没看明白，郁闷地问他："你眼睛出啥毛病了？眨什么眨？"

陈昊懒得跟他说话，看着朝这边走过来的程只走到陆执面前，用软糯的声音对陆执说："陆执，你出来一下，我有话跟你说。"

4

程只定定地站在陆执面前，眼神倔强，面上没什么表情，要不是她声音温温柔柔、轻轻糯糯的，长得漂亮又没有攻击性，看她走过来的架势，还以为她要跟陆执约架。

"哟呵……"陆执四周的男生们又发出狼一般的起哄声。

“执哥，我们年级第一名的新同学邀你出去，有话跟你说哦！”

“新同学是不是要谢谢执哥呀……毕竟执哥第一次把第一名的位子让出去……”

原本其他人都是开个玩笑，搞搞气氛，但最后这位口无遮拦的同学的话一说完，程只的脸色就变得更加难看了。她什么都没说，转身走了出去。

口无遮拦的男生还嘻嘻哈哈地说：“新同学怎么还不好意思了啊？执哥，她可真容易害羞……”

“砰——”

口无遮拦的男生话没说完，忽然被一声巨大的声响吓了一大跳。

陆执直接将身边的凳子踹倒了，他冷着一张脸，看着眼前的男生：“你是不是有病？”

男生吓得一句话都不敢说，整个教室都安静了下来，没有人再敢拿程只这事开玩笑。

直到陆执走出教室，大家才松了口气。

“刚才执哥的样子太吓人了。”雨涵说，“执哥好像从没在班上发过火吧？”

陈昊翻了个白眼，看着被吓傻的口无遮拦的男生：“谁让这货说话不过大脑，程只是能拿出来开玩笑的吗？”

那口无遮拦的男生几乎都要哭了：“我错了，我以后再也不敢了。”

陆执走出教室后，看见程只站在教室外的走廊上，一脸不开心的样子。

他看了一会儿后，踱步到她身边问：“小朋友，怎么了？”

程只抬眸，眼前的人还是那种满不在乎的神情，似乎对于这次考试和别人的话根本不放在心上，她问：“他们说的是真的吗？”

“嗯？”陆执倚在走廊的栏杆上，嘴角噙着笑，“什么真的？”

程只很生气，他明明知道她问的是什么，却故意装作什么都不知道的样子。

“他们说你是故意考差，把第一名让给我？”

陆执垂眸，看着小朋友气嘟嘟的脸，想起昨天在她脸上掐了一下的手感，插在裤袋里的手摩挲了一下，回忆了一下那柔嫩的手感。片刻之后，薄唇微启，说：“小朋友，我在你眼中这么厉害吗？都可以把第一名让给你了？”

他的嗓音慵懒。

程只迟疑地说：“可是他们都这么说……”

“他们啊……”陆执眸光清澈，凝视着她问，“小朋友是相信他们，还是相信我？”

他的目光太过于清澈，让程只感觉听了别人的话怀疑他都是她的错。

原本一时激动来质问的程只顿时一点底气都没有了，再次询问的声音都变得轻了起来：“你真的没有让我吗？”

“嗯。”陆执耐心、认真地回答她，“真的。”

不知道是不是程只的错觉，她只觉得他此刻的声音特别温柔，和往常一点都不一样，让她的心莫名其妙地跳得越来越快，像忽然闯进了许多小鹿，不停乱撞。

“好，我知道了。”她不敢再在这里停留，生怕被他看出她的不正常，低着头擦过他的身边逃似的跑进了教室。

程只和陆执分别考了年级第一和第二这件事，很快在全校传开了。

虽然陆执亲口说了这一次考年级第二名不是故意让着程只的，但基本上没人相信。

倒不是他们不相信程只的实力，而是陆执太厉害了，他每次考的分数都让人感觉遥不可及。

于是那一周，程只都陷进别人的非议当中，走到哪都有奇怪的眼神扫在她身上。

那天早操的时候，陆执不在，其他班好几个女生对着程只指指点点。

更有人直接大胆地当着她的面议论：“快看，她就是这次期中考试的年级第一名？”

“什么年级第一名啊，还不是陆执让的。”

程只从始至终没说什么，倒是站在她后面的白麋鹿瞪了那群人一眼，她们才收敛了一些。

早操结束后，白麋鹿和程只一起回教室：“只只，那些人说的话你别放在心上啊。”

程只“嗯”了一声，情绪不怎么高。

白麋鹿郁闷地踢了踢脚下的石子：“都怪我，早知道就不告诉陆执，你是因为月考考第二名才不跟他同桌的。”

程只“啊”了一声，转头看着她。

白麋鹿也挺坦荡的，说：“就是你上次不是提了一下陆执月考第一名的事吗……我跟他聊天的时候不经意说了他一下。你也知道陆执这个人什么事都不放在心上，好不容易有个让他在乎的人和事，我怎么能放过虐他的机会。谁知道说完之后，这次期中考试他居然会做出这种事！”

5

程只想起那天陆执认真地问她，是相信别人的话，还是相信他。他专注的表情，让她确实相信他说的话。

没想到还是被他忽悠了。

其实程只并不是生气，只是觉得陆执这样做让她不知所措，好像夺走了原本属于他的荣耀。

不过相比较其他班的各种流言，（2）班的人很快接受了这个事实，并且一如既往地要举办一场庆祝活动。

一大早，白麋鹿就在教室里高调地宣布了这件事，让大家放学后去水吧集合。

结果当下午所有人都在水吧庆祝的时候，年级第一名的程只却一直没出现。

程只下午请假了。

这天是周五，下午只有两节自习课，去不去上都无所谓。

同寝室的其他三个（7）班的同学是吃晚饭的时间回来的，看见程只在寝室，其中一个人还蛮诧异：“只只，你没去参加你们班的活动吗？”

程只已经在寝室刷了一下午的试卷了，听见室友这么问，她摇了摇头。

其他人也没太在意，吃完饭后，就又啃书的啃书，刷题的刷题。

寝室很快就安静了下来，只有笔在纸上摩挲的声音。

程只刷完两张试卷之后，已经将近八点了，外面的天色彻底暗了下来。她看了一眼一旁静音了的手机，里面有很多信息和未接电话，大多都是白麋鹿的，还有一个是妈妈打来的。

程只在（2）班的朋友就只有白麋鹿一个，也只有她会找自己。

程只一条一条信息看完之后，正要退出，却发现有一条不是来自白麋鹿的，也不是来自妈妈的，是一个熟悉又陌生的号，给她打了一个电话，随后又发了一条信息，信息的内容是个问号。

程只给妈妈回了一个电话之后，又给白麋鹿发了一条信息，说她有点不舒服下午请假回寝室休息了，随即她准备下楼去买点吃的。

八点的食堂还没关门，她去窗口点了一份平时喜欢吃的米线，等待的过程中，接到了白麋鹿的电话。

白麋鹿应该还在水吧里，那边音乐挺吵：“只只啊，你没事吧？身体怎么不舒服了？”

程只说：“没事，就是有点累。”

“啊？真的吗？别不是什么大毛病吧？不然我带你去医院看看？”

程只忙说：“不用，就是‘大姨妈’来了……第一天有点不舒服。”

程只这话说得倒没错，她每次“大姨妈”来的第一天肚子都会特别疼。

“噢，好吧，你现在是在寝室是吧？没事就行。那你好好休息啊……”

“好。”程只庆幸白麋鹿没问太多。

挂电话之前，程只听见身边有人跟她说话，她说："对，她在寝室……就女生每个月的那几天……"

"同学，你的米线。"窗口阿姨把她要的米线递了过来。

程只将手机放回口袋之后，拿着米线挑了个角落的位子慢慢吃了起来。

程只回寝室的时候已经八点半，因为是周五，第二天不上课，住校的学生回家的回家，出去玩的出去玩，学校里几乎没什么人了。

程只从食堂走到寝室的路上因为路灯坏了，一路都很暗。

路灯已经坏了三天了，因为路太黑，平时回寝室的女生都是成群结队的。

只有程只每次都是单独回寝室，路虽然黑，但比起以前她在老家回家的路要好太多了，所以她并不害怕。

就在她差不多走完这条黑路的时候，手腕忽然被人扯住，一股巨大的力量将她扯进了角落。

程只还来不及呼叫，就被摁在了墙壁上。

程只的背撞到了坚硬的墙上，在那一刻，她的心猛地剧烈跳动了起来，但没有再挣扎了。

她感受到他灼热的呼吸，她不敢动。

身前的少年没说话，他整个人都裹在黑夜之中。程只看不清他的脸，只能看见他棱角分明的轮廓，和平视时他起伏的胸膛。

他沉重的呼吸和沉默的气氛都在告诉她，他在生气。

四周很安静，因为快到周末了，连路过的学生都没有。

程只知道他为什么来，也知道手机里那条一个问号的短信是他发的。

她没有回复，是不知道该说什么，也有像鸵鸟一样逃避的心态。

程只在早上白麋鹿宣布要去水吧庆祝的时候，就决定下午请假。

她知道白麋鹿肯定会拉着她一起去水吧，但她真的做不到明知道年级第一名是被让出来的，还去水吧参加这样的活动。

程只平时虽然看起来柔柔弱弱的脾气很好，但她也有自己小小的倔强和骄傲。

陆执这样做，她确实有点生气。

程只一直以来都是学校的第一名，来到宜城一中的第一次月考考了第二名，她虽然什么都没说，但心里多多少少是有点失落的。

就像别人认为的那样，陆执太厉害了，她输得心服口服。

不过这也不代表她认输，即使她心服口服，也想过在未来的某一天可以凭自己的实力超过他，只要她再努力一点，肯定有希望的。

但不是以这种谦让的方式，这会让她觉得自己很没用。

宜城的夏天彻底到了，即使是晚上都有点闷闷的，热风吹在身上有点黏腻感。

半晌，程只实在受不了这样的沉默。她盯着少年的白色衬衫校服，用有些委屈的声音说："陆执，你骗我。"

6

陆执去水吧没有看见程只之后，心情的确很不好。

整场庆功会，他都黑着一张脸，一副生人勿近的模样。

就连平时喜欢往上凑的王子怡和宁佳等女生这一回都不敢主动去惹他。

其他人见他脸色很不好，或多或少也知道是程只的关系。

陈昊几个人都尝试调节他的心情："执哥，刚程只跟班长回信息了，说下午请假了身体不舒服，班长跟程只打的电话也通了，程只说她在寝室休息，现在已经没什么事了。你就别担心了。"

说完，对刚打完电话的白麋鹿说："是吧，班长？"

"对，她在寝室，就女生每个月的那几天……一会儿要不我去看看她吧。"

"对对对，一会儿班长去看看程只应该就没什么问题了。"雨涵也说，

“执哥，跟你说个开心的事，今天不是XX游戏世界比赛冠军夜吗？我们的XX战队获得了最后的冠军，这简直是值得庆祝的一件事啊！”

“XX战队这么牛吗？不愧是我一直支持的战队！”

其他人你一言我一语，都试图讨陆执开心。

一直很郁闷没敢坐在陆执旁边的王子怡忍不住插了一句话：“阿执，能不能别因为程只不开心，我看着心疼。”

王子怡身边的好闺密也忙说：“就是啊，执哥，为了程只那样的人不值得啊。”

“她也太不识好歹了吧！执哥都把第一名让给她了，她连庆功活动都不来参加，摆明了一点不给执哥面子啊！”

在众人你一言、我一语中，陆执忽然起身，虚指了指那几个女生，眼神里都是冰冷和阴鸷：“别让我再从你们嘴里听见程只的名字。”

陆执说完之后一脚将面前的茶几踹开，直接走了。

几个女生吓了一跳，王子怡更是脸都白了。

看着陆执走了之后，好半天那女生才弱弱地说：“刚刚执哥好吓人啊……连子怡都凶。”

女生这么一说，王子怡的眼眶顿时红了起来，眼泪止不住地往下掉。

虽然陆执平时对她很冷漠，爱搭不理的，但从来没向她发过这么大的脾气。

王子怡顿时什么脾气都没有了，只有伤心和难过。

王子怡的闺密团见她哭了，忙安慰她：“子怡，你别哭啊，执哥肯定不是故意凶你的。”

“对啊，都怪那个程只太祸害人了，如果不是她，执哥才不会这样对你。”

白麋鹿在一旁听着，翻了个白眼：“你们别忘了陆执走之前警告你们的话，虽然别人有不打女生的原则，但陆执可没有。”

白麋鹿说完，便去舞池玩了。

被她警告的女生心里虽然不服气，但再也不敢提程只的名字。

陆执出了水吧之后直接去了学校。

学校的女生寝室是禁止男生入内的，陆执觉得自己大概是疯了，在不确定能不能找到程只的情况下，在这条路上一直等她。

结果真让他等到了。

看着刚从食堂出来，慢悠悠回寝室的程只，陆执只想将这个没心没肺的小朋友拎过来狠狠教训一顿。

可当他真的将她拽到角落，却一句责备的话都说不出。

尤其当她委屈地说“陆执，你骗我”时。

也许是太委屈了，她的声音有些哽咽，哽咽得让他的心都揪了起来。

他垂眸看着贴在墙壁上的小姑娘，双眸里都是化不开的浓墨。他张了张薄唇，轻声对她说：“程只，我不在乎排名，只要是你想要的我都可以给你。我只希望下一次选择座位时，你可以随心所欲地选择你心仪的位子，但你的同桌只能是我。”

陆执让出第一名不是因为白麋鹿说的那些话，而是只有他考第二名，才能在她选完座位时，他可以选择坐在她身边。

## 第十章

## 我想过来陪陪你

1

程只不知道自己是怎么回到寝室的，坐在自己的床铺后，发了一会儿呆。

想起回来的时候，陆执忽然将一个袋子滑落在她的食指间。

此刻，程只看着搁在桌子上的袋子，里面是一杯奶茶。她打开，浓郁的红枣牛奶香扑面而来，

是热热的一杯红枣红糖牛奶。

程只握着那杯牛奶，温暖的热度从掌心传到身体里，肚子仿佛都没那么疼了。

回来后的程只喝着牛奶刷了一会儿题后，寝室里其他人都上床睡觉了。

她轻手轻脚地拿着洗漱用品去寝室外的洗漱间洗漱。

洗漱完后，她回到寝室，从桌子上的镜子中看了一眼，而后摸了摸自己的肚子，明明还有点疼，脸却止不住红了。

耳边仿佛还残留着他炽热的气息……

那一晚程只没睡好。

半夜三点她就醒了，在床上翻来覆去了一会儿，怕吵到睡觉的室友，干脆起床去阳台上背书。

一直到七点，才去教室上早读课。

早读课后的第一节课就是重新安排座位的时间，程只一直挺紧张的，

这种莫名的紧张导致她即使从三点多就开始背单词，也没背进去几个。

白麋鹿是打着哈欠进来，她把程只的课代表同桌又赶走了：“只只，你的身体好了吗？”

程只点了点头：“没那么难受了。”她因为白麋鹿的关心，心里很感动，忍不住说，“谢谢你啊，麋鹿，但是也要跟你说声抱歉，昨天没去参加班上的活动。”

白麋鹿很大方地说：“这有什么好抱歉的，傻丫头，不舒服就是应该好好休息啊。我是没什么，倒是我们执哥啊……自来水吧之后一直绷着一张脸，心情坏到不行。”

白麋鹿不知道陆执离开水吧之后去找了程只，程只自然也不会主动说。

听见她这么说，程只心里顿时对陆执又多了几分说不清道不明的情绪。

早读课来的学生不多，白麋鹿没说多久就趴在桌子上补觉了。

早读课过了之后，班上其他学生才陆续到来。

第一节课铃声响起，老陈例行将班上的同学都喊了出去，大家按照期中考试的成绩排名站在走廊上，程只站在第一个，陆执慢悠悠地走过来站在她身后。他似乎也没睡好，看起来有点冷漠，径自绕过她靠在她身后的墙壁上，仿佛昨天在楼下堵她的人不是他。

这次第一个选座位的人是程只。

老陈让她选座位的时候，她走到空荡的教室看了一眼。

其他同学也很好奇她会选哪个位子，他们从窗口看着她走到教室最里面的过道，再往后面走，最后在教室最后一排的课桌停了下来。

“那是宁佳的位子吧？”有人小声说。

“什么宁佳的位子啊，最开始就是程只的座位啊！”有人反驳。

排在第三的宁佳看见程只选的座位，脸色顿时变得很难看。

“你们说执哥还是坐以前的位子吗？”

“应该是吧，执哥从没换过座位啊。”

第二个选座位的陆执在众人的注视下，直接走到程只旁边的位子坐下，外面的同学见状忍不住发出惊呼声。

尤其是后排的那群男生，直接吹起了庆祝的口哨。

惹得老陈一顿训斥："吹什么口哨？现在是上课时间，其他班还在上课，注意场合！"

老陈的声音淹没在惊呼声中，大家都沉浸在这一幕："所以执哥和程只和好了？"

"我还是觉得执哥跟程只同桌看得更顺眼啊！"

"对啊，俊男美女太养眼了！他们简直就是我们班的国宝啊！"

"国宝就应该坐在一起才对。"

宁佳在众人的议论声中，脸色越来越难看，连老陈几次喊她选座位都没听见。

还是她身后的女生推了推她说："宁佳？轮到你了。"

宁佳才回过神，走到教室，没有看坐在后排大家艳羡的两人，选了第二排的位子坐了下来。

程只没有在意其他的声音，从她选择了这个座位开始，整个人都是蒙的。

好像做了一件很叛逆却很遵从自己内心的事情。

当她坐下之后没多久，看着陆执走进来，不紧不慢地朝她这边走了过来，分明她心里已经知道他的选择了，可当他坐在她身边时，她的心才彻底安定。

这天的天气很好，阳光倾泻而入，微风轻拂，窗外的树上有小鸟喳喳叫。她听见身边的少年用清雅的声音对他说："小朋友，我们又是同桌了，以后多多指教。"

2

期中考试过后的一周，老陈在班上宣布要开家长会。

"家长会在周六晚上八点，大家记得提前跟家长说一声，让他们空出一点时间。"

班上都是学生哀号的声音，虽然平日这些学生都不爱学习，也不在意分数，但还是很害怕开家长会，毕竟家长送他们来上学并不是让他们来学校玩乐，尤其是平时在班上表现不好的。

虽然老陈不会在家长面前点名说学生的坏话，但不代表其他老师不会。

老陈说："好了，希望到时候你们的家长都到场，否则我不得不打电话邀他们单独来学校找我一趟。现在上自习课，程只，你出来一下。"

老陈说完就出去了。

被点名的程只在众人的注视下走了出去。

老陈在外面等着，见她出来，一脸和善地说："程只啊，我知道你家里的情况，这一次你是喊你妈妈来还是爸爸？"

老陈虽然教学不算顶级，但对教的学生都很负责，班上每个学生的情况他都做过功课，了解得很清楚。

"我应该会喊妈妈来。"程只说。

"行，这次你考得很好，你妈妈知道后肯定会很高兴。"老陈笑呵呵地说，"不要因为家里情况有什么压力，好好学习，以后考上一个理想的大学，未来都是希望。"

"我知道，谢谢老师。"

"好好加油，争取下次继续拿年级第一名！进去吧！"

程只回到教室后，在位子上坐了下来，眼睛盯着书，看起来在看书的样子，然而是个人都看得出她的心事重重。

坐在前面正在涂指甲油的白麋鹿转过身小声问："只只，老陈喊你出去说了什么啊？"

程只实话实说："老师问我家长会谁来开。"

白麋鹿也知道程只家里的情况，小声说："别看老陈说得那么恐怖，就算你不找家长来，他也不会真的说什么的。你看陆执，次次家长会都没人来给他开……"

白麋鹿说到这里停了停，看了一眼陆执，笑眯眯地说："陆执，我这样说你应该不会生气吧？”

陆执一只手撑着脑袋一只手拿着笔刷题，没搭理她。

就在这时，老陈又在门口喊了一声：“陆执，你出来一下。”

陆执放下笔，慢悠悠地走了出去。

雨涵郁闷地问陈昊：“老陈喊陆执出去又是问那事吧？”

陈昊：“那不然能有其他事？”

程只看着他的背影，没忍住问白麋鹿：“陆执每次都没有人来给他开家长会吗？”

白麋鹿“嗯”一声：“他家长在B市嘛，你上次去过也知道他们家什么情况，如果真的有人关心他也不会把他从小就丢到这边，啧……更别提陆家人都是豪门贵族，怎么会特意过来给陆执开家长会呢！”

白麋鹿说完又说：“好在陆执心理素质强大，也都习惯了吧……”

是真的习惯了吗？程只不知道。

白麋鹿这话说得没心没肺的，陆执方才的表现也好像根本不在意，但程只不是这么想的。

谁愿意习惯从小就被丢弃，不被人在乎，放之任之，不闻不问？

3

陆执慢悠悠地走了出去，老陈朝他招了招手：“来来，陆执，我们聊一下。”

比起女同学，男同学在老陈这里随意很多。

他试图哥俩好似的将手搭在陆执的肩膀上，陆执却后退了一步，毫不留情地拒绝了。

“抱歉，我不喜欢跟别人碰触。”

礼貌又淡漠的道歉，让老陈眼巴巴地收回了手。他搓了搓手，笑着说：“陆执啊，我就是想问问，这次家长会，你还是不打算跟家里人说吗？”

陆执“嗯”了一声。

“老师知道你家里的情况，也不想勉强你，只是老师想给你一个意见啊……”老陈说完，停了片刻，见陆执没什么反感的神情，才说，“你要不要试着跟家里人说说？也许情况并没有你想的那么糟糕？他们其实是关心你的。”

对于老陈的话，陆执无动于衷：“不用。”

他靠在走廊的栏杆上，周身散发着懒散与冷漠，似乎是耐着性子听老陈讲话。

老陈叹息了一声，妥协似的说：“好吧，既然这样，我也不勉强你，还有一件事就是……这两天，陆家那边有派人过来说你转学的事……所以这次家长会可能是你在这里的最后一次家长会。其实吧，你要转学，作为老师我挺舍不得的，但站在另一个角度而言，B市的重点高中肯定比我们小县城的高中要好得多，不管是学校环境、教学水平还是师资力量，都是我们这里不能比的，所以老师还是很替你高兴……”

老陈说了许多，陆执忽然皱眉打断他：“你刚刚说陆家人在帮我办转学手续？”

“对啊。”正说得起劲的老陈被他这么一问，愣了一下，诧异地说，“你不知道吗？”

陆执垂眸，掩藏了眼底的桀骜和阴郁：“现在知道了。”

他说：“没其他事我先进去了。”

说完，也不等老陈回答，径自回了教室。

老陈看着他的背影，半天才反应过来，最后叹了一口气。

也不知道陆家人是怎么想的，这么优秀的孩子放养在这么个小地方，不闻不问。

像陆执这样的孩子要是生在一个普通家庭，哪个父母不得把他当成宝啊？

陆执回到教室之后，白麋鹿转过头，一脸同情地看着他。

就连程只都没忍住，停下刷题的笔，看向他。

陆执被看得哭笑不得，俊脸上划过一个好笑的表情，对白麋鹿说："你那什么眼神？"

白麋鹿装作难受的样子："我就是觉得我们孤苦伶仃的执执很可怜，有点伤心。"

陆执神情平静地看着她："你的演技太差劲了。"

白麋鹿"哼"了一声，没理他，转过头继续涂指甲油去了。

陆执瞥了一眼眼神一直在自己身上的程只，有些无奈地问："别跟她学，你这又是什么眼神？"

程只也不知道为什么，听他们说完陆执的事，心里特别难过。

尤其是看到陆执这种云淡风轻的表情，总觉得其实他并没有别人想象中那么毫不在乎。

但她什么也没说，把脸转了过去，继续刷题。

陆执看着小姑娘明明很替他难受又一声不吭的模样，第一次心里有了不一样的情绪。

大概是第一次被人这样放在心里，第一次有人这么在意他的事，关心着他的情绪吧……

眼睛回到试卷上，心思却没回来的程只，听见身边的少年低缓温和地说："小朋友，我没事。"

也不知道这句话哪里刺激到了她，她忽然转头看着他说："陆执，我们一起努力吧。"

她没有说得太明白，可陆执已经明白了她话里的意思，他嘴角勾起一抹浅笑，说："好啊。"

程只也笑了起来，重重地点了点头："一言为定。"

不为任何人，只为了自己努力拼搏。

一起约定成为那个最好的自己，自律且自由。

4

尽管（2）班大多数人都不希望家长会的到来，但家长会这一天还是如约而至。

七点多，陆续有学生带着各自的家长来到学校。

这天是整个高一年级开家长会，其他年级周末放假。

这一次的家长会跟以前完全不一样，是由校长主持，各班班主任轮流上台发表讲话，所以家长们的位子统一安排在露天操场上。

高一（2）班的学生们提前一小时领着家长来到操场上，平日里调皮捣蛋的男生都老实了很多。

雨涵带着他爹来开家长会，一直听着他爹的念叨："这次期中考试你可别又给老子考年级倒数第一，年年考倒数第一，你让你爹我的脸往哪儿搁？要是这次你还是这个成绩，就准备回去挨老子的抽，老子辛辛苦苦赚钱给你上学，是为了让你给老子丢脸的？你说你老爹这么聪明，怎么就生了你这么个蠢儿子？"

雨涵觉得自己快疯了，平时面都见不着的老爹，非要来给他开家长会，从见面开始到到学校一直不停地念叨他。

"爸，你说这么久了，渴不渴啊？我去给你买水喝吧？"

"喝喝喝！这次要是又被你们老师点名批评，我让你以后都喝西北风！"

雨涵再也不敢说什么，因为此刻他老爹已经走到座位上。操场上摆的都是椅子，椅子旁边放了两瓶水，每把椅子上面都放了这次期中考试的年级排名表和班级排名表。

雨涵在老爹拿起排名表的时候就赶紧溜了，溜得老远还能听见他老爹振聋发聩的声音："雨涵！你怎么又给老子考了倒数第一！"

雨涵溜到操场边刚好遇到程只带着她妈妈走了过来，他打了个招呼："程阿姨好啊！"

程茵笑着说："你好。"

程茵是下午赶来县城参加程只的家长会的，以前程茵也参加过程只在镇上的家长会，第一次参加宜城一中的，规模还这么大，心里难免有点紧张。

再加上她之前就听说程只班上的同学非富即贵，害怕自己会给程只丢脸。

雨涵问："程只，看见执哥了吗？"

程只摇摇头："之前不是说他的家长不会来吗？"

"是这样的没错，但学校要求学生都必须到场，以往每年执哥都会来的。"雨涵说完，又听见身后老爹的怒喊——

"雨涵，你给老子滚回来！"

雨涵连忙跟程只说："我先溜了，溜了！"

程只看着雨涵火急燎原地跑到操场的角落那边，那边有一群男生，远远看去好像看见了陆执的身影，但那边太暗了，程只没法确认。

"只只，我们走吧？"程茵将程只的思绪喊了回来，程只点了点头。

程只带着程茵往（2）班的方向走，没走几步就遇到了王浩。

王浩是来给王子怡开家长会的，虽然平时王浩在家的时间很少，但从小到大王子怡的家长会，他再忙都会空出时间来参加。

他看见程茵和程只，很大方地打了声招呼："来了？"

倒是程茵显得很局促，虽然她来这里之前特意打扮了一番，但她已经好几年没买好点的衣服了，身上穿的还是两年前的款式。好在她颜值高，即使穿得不怎么样，也不会太差。

"嗯。"程茵应了一声。

王浩身边站着王子怡，上次的不愉快事件，导致王子怡非常讨厌程茵。她挽着王浩的手说："爸爸，我们快点走吧！马上就要开始了。"

王浩瞥了她一眼："急什么？"

随后，他对程只说："我刚刚下飞机就赶了过来，程只，你这次考得怎么样？子怡刚跟我说她考了年级第二十名。"

程浩虽然表面上是在问程只考得怎么样，但言语里都在赞赏王子怡的考试成绩。

他又说："还有上次的月考，子怡才考了年级前三十名，还好这次进步了十名，也不枉费我高价请了家教帮她补习。我还没问程只考得怎么样，程只刚来宜城一中肯定会不适应，但没关系，只要你肯努力，以后考个二本是没问题的。后期，如果程只有需要，我也可以帮她请家教……"

王浩一直说个没完，王子怡都恨不得装作不认识他。

王浩平时根本不关心程只，自然不知道程只来宜城一中的第一次月考考了年级第二名，这一次更是年级第一名。

王子怡扯了扯王浩的衣袖，小声说："爸爸，真要开始了，我们快走吧！"

这时广播里也响起了声音："家长会马上就要开始了，请高一年级的同学们带着各自的家长尽快入座。

王浩这才说："好了，有什么话等开完家长会再说。我们先过去了。"

程茵点了点头，说："好。"

看着王浩和王子怡走了之后，程只才说："妈妈，我们走吧。"

"好。"程茵跟着程只来到高一(2)班，(2)班的家长基本上都到齐了。

座位是随意打乱的，但在座位上面贴了学生的名字。

程只带着程茵找到了贴有自己名字的座位，刚坐下来。

背后就有人说："你就是程只的家长啊？"

5

程茵一回头，赞誉的声音就传来。

"你女儿真厉害啊，这次考了年级第一名。"

那人一说话，周围的几个家长都看了过来："这就是年级第一名的家长？太厉害了，平时是怎么教孩子的啊？快跟大伙分享一下经验，我家那个年级排名正数都找不到，要从倒数找。"

"我家的也是，请了好几个家教了，就是教不好，脑子不灵光！"

几个家长凑到一起，你一言我一语，很快就将程茵带进了话题里。

他们注意到程茵旁边的程只，好几个学生的妈妈打量了程只几眼说：“小姑娘不但学习成绩好，长得也这么好看，要是我有个这样的女儿该多好啊！”

“就是啊，相比较之下，我生的是个啥玩意？”

“小程同学啊，有空多教一下我的女儿啊，我女儿叫白麋鹿，你认识吗？”

程只心里小小诧异了一下，没想到眼前的人居然是麋鹿的家长。

“小姑娘，有空也教教我儿子啊，我那儿子真的是，气死我了，从小到大稳坐年级倒数第二的宝座！”

“你儿子叫陈昊？”一个胖乎乎的男人把脑袋凑了过来。

陈昊的爹说：“你是？”

“嗐，别提了，我儿子雨涵，从小到大稳坐年级倒数第一的王座。”

“幸会幸会。”

“幸会。”

家长们如同找到了知音，想到别人家的孩子，满眼羡慕，再想到自家的孩子，泪眼汪汪。

程茵原本还怕自己不够好，让女儿在班上为难。

谁知她想多了，（2）班的家长们都很友好。

程只看见妈妈跟他们聊到了一块，也放下心来。

家长会正式开始后，学生们都在操场外等着。

雨涵跟程只分开后就找到了陆执，陆执和一群男生在看台上的一角。

雨涵一过去就听见被自己老爹老妈训斥了许久的男生们聚在一起，感同身受地说：“为什么世界上会有家长会这种东西的存在？简直是反人类！”

“别提了，我妈看见我的成绩，这个月的零花钱给我扣光了！”

“你才一个月，我这个学期都没有了，让我怎么活？”

雨涵郁闷地走过去，说：“比什么惨，能有我考倒数第一惨吗？”

众人看见他黑着脸就知道肯定是被家长批评了。

陈昊笑着说："那确实，在这方面谁都没我们涵哥惨。"

雨涵瞪了他一眼："你得了吧，就你考个倒数第二还好意思嘲笑我！"

说完看着坐在栏杆上玩手机的陆执，小声问陈昊："执哥没让陆绯来？"

陈昊说："你觉得呢？"

让陆绯来代替陆执的家长出席家长会是雨涵提的建议，陆绯是陆家人。虽然目前身份神秘，但他跟陆执的关系看起来挺好，所以雨涵才提出这样的意见。

陆执没有接受也在意料之中。

他们执哥向来不怕别人议论自己，他们执哥有的是底气，即使次次没有人来开家长会又怎样，成绩还不是名列前茅！

6

家长会正式开始后，程只来到方才雨涵跑过去的看台。走近了，她看见那边好多男生坐在一起聊天，有的是（2）班的，有的是其他班的，但大多数都是跟陆执玩得好的。

雨涵率先看到了她，走过来问："程只，怎么了？"

程只想了想问："陆执在吗？"

"刚刚还在这里，你来之前的一秒，他去水吧买水喝了。"雨涵说，"你要不在这里等他回来，很快的。"

"嗯，不用了，我就随便问问。"

程只说完就走了。

陈昊走了过来，问雨涵怎么回事。雨涵摇摇头："不知道啊，程只找执哥，我说执哥去买水了，让她在这里等会儿，执哥就回来了。她什么都没说就走了。"

陈昊"嗯"了一声："大概也是关心执哥有没有家长过来开会吧！"

"是这样吗？"雨涵想起上次月考后，程只跟陆执分开没当同桌的那件事，郁闷地说，“我还以为执哥对她的好她看不见呢！还好执哥没白疼她，我可从没见过执哥对哪个女生这么好。”

程只离开看台之后，不自觉地往水吧那条路走。

家长会开始的时候，她特意留意到写着陆执名字的位子一直没有人来，也就是说真的没有人帮陆执开家长会。

程只说不出来心里是什么感觉，只觉得闷闷的，像被几十斤的石头压着。

程只是在水吧门口的小巷子里看见陆执的。他一个人半蹲在那儿，面前是一只浑身通黑的小猫，他正在喂它吃东西。

他穿着黑色的短袖T恤、牛仔裤，头顶的路灯将他和小猫包裹在橙黄色的光晕当中，好看又孤独，像一幅画。

程只不知道为什么自己的心在那一刻抽痛了一下，也是在那一瞬间，程只觉得在别人面前什么都无所谓，高高在上的学霸陆执其实并没有想象中那么快乐。

甚至，他像是夜空中的那一轮月，看似皎洁明亮，却是孤独静谧的。

程只觉得眼前的这个画面太让人心疼了，她忍不住想要打破，喊了一声：“陆执。”

画中垂头的少年侧头看了过来，目光疏朗幽静，似乎没想到会在这里看见她。他微顿了片刻后，眉宇微扬。

他站起身，修长的身影倒映在地上，将小小的她包裹住。他慢慢地走到她身边，看她时的眼神比平时温暖平和。他手指抵在唇边，扬起嘴角，笑容勾人心魄，他说：“小朋友，你是特意来找我的？”

程只这一次没有回避他的眼神，她仰头望着他，乌黑的瞳孔里倒映出他的身影和夜空中微微闪光的星辰，她说：“是啊，陆执，我害怕你难过，我想过来陪陪你。”

# 第十一章

## 小朋友，我没事

1

陆执带着程只去了水吧，这天水吧的店长在。由于在开家长会，水吧没其他学生。他看见陆执进来还挺诧异的，尤其看见他还带了个小姑娘，难免调侃道：“小少爷来了，还是第一次看见你亲自带小姑娘过来，想喝点什么？”

陆执回头问程只，程只知道水吧的东西贵得不行，摇了摇头。

陆执点了两杯喝的和一些吃的，带着程只去里边坐着。

吃的上来之后，陆执有一搭没一搭地吃着，忽然问程只：“小朋友，你以前都在哪里上学？”

程只没想到他会忽然问这个，想了想说：“就在我们镇子上的幼儿园和小学。”

“宜城县下面的二渡镇？”

“对啊……”程只点点头，没有奇怪陆执是怎么知道的。她从二渡镇转学过来的，知道她是二渡镇人也很正常。

“上幼儿园的小程只是不是也像现在这样呆呆的，有问必答？”

程只茫然地看着他。

陆执眯了眯眼睛，有点受不了她这种呆萌的神情，皱了皱眉，说：“程只，以后除了对我，不要对其他人露出这种让人一看就想欺负你的神情，知道吗？”

程只点了点头，又摇了摇头：“没人能欺负我的。”

“嗯？”

程只说：“因为我是小霸王的同桌啊，大家看在小霸王的面子上都不会欺负我的。”

看气氛太冷，很少会开玩笑的程只试图将气氛调暖。

陆执第一次被她拿出来开玩笑，一瞬间竟然有点不知道该说什么，随后忽然想到了什么，他墨色的双眸中似乎有什么东西沉静了下来。

程只见他没吭声，以为他不喜欢这样的玩笑，小声地道歉：“对不起。”

陆执玩着面前小盘里精致的蛋糕，他点的蛋糕没吃几口，基本上都被戳成蛋糕泥了。

水吧里的蛋糕贵得很，他点的这个尤其贵，但他一点都不在乎，就像他平时的作风一样，对什么都无所谓，随心所欲。

“小朋友，你以后想去哪座城市？”陆执戳着蛋糕问，问得很随意。

程只没注意到他眼底的暗沉，说：“没有特别想去哪座城市。”

“哦。”

“不过，上次麋鹿跟我说希望我考B大，她说你们高中毕业后都会去B市，她希望我能一起。”

“嗯，你怎么想的？”

“我在学校没什么朋友，麋鹿和你是我为数不多的两个朋友。”程只说，“以前我对这些都没什么概念，但现在觉得有朋友的感觉很好，所以……”

她顿了顿，像是下定决心一般，说：“我会在未来的两年多时间里很努力，希望能考上B大，继续和你们做朋友。”

陆执戳蛋糕的手顿了顿，最后松开叉子，叉子掉在细碎的蛋糕渣里。

“家长会时间差不多了，我们过去吧。”

正说得十分认真的程只听见他这么一说，忙点头：“好的。”

程只跟着陆执回到学校的时候，家长会因为音响出了问题，暂时停止了，现场正在修音响，各班的老师正负责跟各班家长交流，一时间下面都是聊天的声音，除了有向老师问自家孩子近况的，也有家长单独聚在一起聊天的。

陆执和程只路过（7）班的时候，正巧有家长在谈论他们："高一（7）班虽然是高一年级最好的，但第一名次次都不在（7）班，这两次考试更是，连第二名都被别人抢了。"

"刚刚年级主任不是在上面说了吗？年级第一和第二名都在（2）班，据说是除了（9）班最差的班，我看着也没那么差啊，不然怎么第一和第二名都在他们班上？而且据说这次期中考试的第一名程只还是从乡下转来的。"

"我看着第一、第二名每次跟第三名的分数拉开的距离很大啊，从乡下转来的这么厉害吗？"

几个家长议论这些事时，王浩的脸色一直是铁青的，还好这些人并不知道程只跟他的关系。

他怎么也想不到程只这两次考试居然是年级第二和年级第一，他之前虽然知道程只在乡下上学的时候成绩很好，但他以为乡下的教学质量肯定比不过县城的。加上王子怡一直是他的骄傲，从小他就把她当成儿子一样培养。

王浩从小学习成绩不好，他的父母生了七个孩子，王浩排最末，往上数有两个姐姐五个哥哥。他们的孩子不是考个倒数就是在班上属于中下游水平，根本比不上王子怡。所以王子怡对于王浩来讲，一直是王家人的骄傲，在谁面前都忍不住吹嘘一番。

他想起之前还在程茵面前吹王子怡学习成绩有多好，程茵表面上没说什么，心底肯定在嘲笑他吧？

王浩看了一眼身边闷不吭声的王子怡，小声说："看我回去怎么收拾你！"

那边（7）班的家长还在议论："据说这两人还是同桌，那个陆执你们知道吧？陆家的私生子，成绩一直名列前茅。"

“陆家私生子这事我知道啊，据说是小三生的孩子，从小就被陆家人丢弃在我们这边！”

“什么啊，我们这里又不是垃圾回收站，什么人生的孩子都往这边丢！”

“我好像没看见陆执的人来参加家长会啊？”

“这谁好意思来啊，就算年年考第一名又有什么用，还不是一个私生子！见不得光啊！”

就在（7）班的家长诋毁一个学生诋毁得很投入的时候，一个听着轻柔，却铿锵有力的声音响起——

“你们的孩子知道自己的家长聚在一起诋毁一个同年级的学生，不会很失望吗？”

几个家长看过去，是个长相漂亮，看上去软萌的女孩。明明看起来那么小，却瞪着漂亮的大眼睛愤怒地盯着他们。

2

在学校大门口，两辆低调的挂着B开头车牌的黑色宾利商务车停了下来，前面的车里走下来四个穿着黑衣的男人，后排的司机下车后打开后座的门，一只穿着黑色高跟鞋的脚先落地，一个气场冷漠且强大的女人从后排走了出来。

站在身旁的助理毕恭毕敬地说：“陆小姐，这里就是宜城一中。”

女人看着灰旧也不气派的宜城一中大门，什么都没说，直接走了进去。

操场上，程只站在（7）班的家长们面前。

程只是很生气的，她没想到都这个年代了，居然会有人用这种事攻击一个什么事情都没做错的学生。就算陆执的身世不耻，那也是父母那一代的恩怨，跟他有什么关系？

几个家长要么是公司里的大老板，要么是领导，平日里都是被手下使劲拍马屁说好话的主，哪里听得了一个小女孩在这里训斥他们。

顿时就有人生气了："这是哪里来的野孩子？有家长教吗？"

王子怡正因为王浩的话郁闷，看见程只主动送上门，为了转移王浩的注意力，立刻走了上去："程只，你怎么跟叔叔阿姨说话的啊？虽然你从小没有爸爸在身边教，但也不能这样顶撞大人啊。你这样很不礼貌，会让人质疑你家里人没好好教你的。"

王子怡这话一出，顿时（7）班的家长都炸开了："果然是从小没人教的野孩子，难怪会替陆家那私生子说话。"

王子怡心里乐开了花，表面上却对着那家长说："阿姨，您别这样说程只，她这次考了我们年级第一名，肯定没阿姨您说的那么差。"

"什么？她就是那个考第一的程只？我看也不怎么样啊，就算成绩再好，没有礼貌，长大了也成不了气候！"

"呵……"就在这时，一声冷笑传来。

那笑声太冷太讽刺，让人不由得打了个冷战。众人看了过去，就见程只身边站着一个黑衣少年。他一直沉默着，整个人都笼罩在黑夜当中。他长相俊美，肤质冷白，双眸幽沉如水。对于这些家长们来说，他年纪尚轻，明明站在那什么都没说，只是蔑笑一声，就让人感觉到一股森冷的寒意。

"你配得上她对你礼貌吗？"

那家长本被他的气场镇住，听他这么一说，顿时气得不行，指着他说："这又是哪来的野孩子？"

"陆执，你在这里做什么？这里是（7）班，你不回你的班？"刚刚在跟其他家长聊天的（7）班班主任被人告知这边有家长起了冲突，连忙赶了过来。

一过来就看见陆执在这里，（7）班班主任很自然地将罪魁祸首认作是他："平时你在学校里胡作非为就算了，现在在别人家长面前也想表现自己？你是来这里丢人现眼的吗？"

"什么？这就是陆家私生子？"有家长立刻嘲笑了起来，"我说呢，这陆家私生子果然……"

“果然什么？”

有人接下了那家长未来得及说完的话，那家长正要顺着那话说下去：“果然没……”

旁边的人扯了扯那家长的胳膊，示意她别说了。

那家长似乎也感受到了四周骤降的气温，转头看去，就看见一个气场强大的女人朝她走了过来，她身后跟着四个高大的黑衣男人。

四周忽然安静下来，大家都看向这边，那个女人就像刚从王位上走下来的女王。

四个黑衣人拨开人群，她径自走过陆执和程只，面无表情地站在（7）班班主任面前，对那个家长说：“我在问你话。”

女人气场太过强大，那家长一时没反应过来，倒是（7）班班主任迟疑地问：“请问，你是？”

在场的人或许没多少人能认出她，但程只知道她是谁，她见过她。在B市的医院里，那个在丈夫死了之后，半点眼泪都没有掉过的冷漠女人。她是陆家的大小姐，陆盈盈，也是陆执现在的监护人。

程只没想到，陆家人竟然会在这个时间点出现在这里。

所以，她是来帮陆执开家长会的？

程只不由得看向一旁的陆执，自陆盈盈出现，陆执并没有表现出任何诧异的神色，甚至一丁点波澜起伏的表情都没有。

他只是沉默地站在那里，看陆盈盈的眼神像在看一个毫不在意的路人。

面对（7）班班主任的询问，陆盈盈精致美丽的脸上非常淡漠。她说：“我是你们口中陆私生子的监护人陆盈盈。”

她将“陆私生子”四个字说得特别重，似乎是故意说给眼前这些人听。

（7）班班主任仗着自己教学好，一直自视甚高，谁都不放在眼里，此刻在陆盈盈的面前，他竟然被威慑住了，半天才说：“你好。”

陆盈盈问：“你是陆执的老师？”

（7）班班主任说：“不是，我不是陆执的老师。”

“噢。”陆盈盈说，“那么，您是？”

（7）班班主任说：“我是高一年级最好的班级（7）班的班主任。”

“最好的班级？”陆盈盈似笑非笑地看着他，“最好的班级怎么连个第一第二名都没有？”

（7）班班主任一时无语凝噎。

陆盈盈说完，转头正对着（7）班的其他家长，如一个高高在上的女王一般打量着他们：“刚刚我来的时候，听见你们一口一个陆家私生子……”

陆盈盈嗤笑了一声，指了指陆执：“他啊，确实来路不正，我们陆家也从来没有对外隐瞒过这件事，不过，他虽然有身世缺陷，但你们这些一本正经说着一个孩子坏话的家长教出来的孩子要不要出来跟他比一比？”

陆盈盈说完，在场所有人都没吭声，更没有人会真的将自己的小孩拿出来跟陆执比。因为他们心里都知道，他们的孩子跟陆执根本比不了。

“没人？”陆盈盈挑了挑眉，最后嘴角的笑容完全消失，“那么，就闭上你们的嘴。与其在这里说一个孩子的是非，不如多花点时间教教你们的孩子，怎么超过我们陆家的这个私生子。”

最后，她阴着一张脸，冷漠地看着这些人，警告道：“陆执虽不是我生的，但他已经冠了陆家的姓，岂是你们这些外人可以诋毁的？”

3

陆盈盈那天的出现，成功地让大家知道，陆执虽然是陆家的私生子，但并不是没人管的私生子。

那日之后，陆执一周没有出现在学校。

据说有知情的人不小心在老师办公室听到老师讨论，说陆家人在帮陆执办理转学手续。

陆执没来学校之后，整个（2）班也低迷了许多。起初陈昊和雨涵那群男生还会来上课，后面几天渐渐都不来了，顿时教室空旷也安静了很多。

这本是程只转学来最想要的学习环境，真的安静下来之后，她却一点都不适应。

周五下午的自习课，白麋鹿喝着酸奶看着后排空荡荡的座位，郁闷地说：“以前怎么没发现陆执是我们班的班魂呢？他一不在，整个班的气氛都低迷得不行。

白麋鹿撑着脑袋看着一直低头做试卷的程只：“只只啊，你就一点都不关心吗？”

程只停下笔，看着她问：“关心什么？”

“陆执啊，他们都说陆家人在帮他办转学手续。”

提到这个，程只没吭声。

“不过，偷偷告诉你，这转学手续一直没有办下来，据说是陆执本人不同意。”

白麋鹿眨了眨眼睛：“你知道为什么吗？”

程只摇了摇头，没忍住问：“为什么？”

白麋鹿脸上露出一个得逞的笑容，“小只只，你是不是也担心陆执？”

程只还没回答，白麋鹿就说：“你别不承认，我可发现了，自从陆执没来上学，你经常看着他的座位发呆，以前你可不会这样。”

程只其实也没想否认，她的确很不适应现在的状态，就像白麋鹿说的那样，陆执不在，像少了什么似的，让她的心思总是无法凝聚，即使刷题注意力也不能做到百分之百地集中。

她本以为一两天就会适应，谁知道时间越长，越无法适应，想他的时间越来越多，甚至有一次在刷试卷的时候，满脑子都是他的样子，回过神来后才发现草稿纸上写满了他的名字。

程只很想知道陆执究竟发生了什么事，可她不知道该怎么开口，如今白麋鹿问了，程只不想再装作什么都不在乎，她想知道他的近况，非常想知道。

程只抿了抿唇，睫毛轻颤，轻声问白麋鹿：“麋鹿，陆执他还会回来吗？”

她的眼中藏着害怕、畏惧和小心翼翼，也许她心中早已知道答案，但还是想从白麋鹿这里得到希望。

这些白麋鹿都看在眼里，只觉得眼前的小姑娘我见犹怜，她说："只只，说实话，我也不知道陆执会不会回来，陆家人想要给他办转学手续那是分分钟的事，但迟迟没有成功就是因为他不同意。我听说，陆家人把他禁足在家里，逼他就范，所以这一周他才无法来上课。"

为了不让程只太失望，白麋鹿又补充道："现在陆执还在宜城县，说明还有希望，他那么厉害，肯定会想到办法回来的，对不对？"

程只轻轻地点了点头："嗯。"

白麋鹿深呼吸一口气："好了，先刷题吧！我们就静静地等陆执回来继续当他的霸王！"

程只没再说什么，低头继续刷题。

白麋鹿撑着脑袋喝着酸奶，看着她刷题的样子，心里不禁想着另一种更大的可能——如果陆执回不来呢？

4

这周周六是白麋鹿的生日，和往常一样，白麋鹿在水吧举办了一场派对，邀请了（2）班全班同学和平常跟她玩得好的其他班的同学。

程只送给她的是一幅画，那天白麋鹿收到了一大堆礼物，回家之后才打开程只送的礼物，礼物是一副星空下的麋鹿图，非常漂亮，连她爸妈看了都忍不住称赞她的品位高，以为她是从哪个名家手里买回来的。

白麋鹿很骄傲地说："这是我同学送的，是她亲自画的！"

"哎哟，小鹿的同学居然这么厉害？是哪个同学？"

"程只啊，我好朋友。"

白麋鹿的母亲想到那日家长会看见的小姑娘，连连点头："啊！是那个小姑娘啊，眉清目秀的，长得着实乖巧！没想到学习成绩那么好，画画也这么厉害，小鹿啊，你可要跟人家多学习学习。"

以往如果母亲说别人，白麋鹿根本懒得听，可她现在说的是她家小只只，她倒是不介意多听点。

当然，这是后话。

在生日会上，白麋鹿还是被闹得有点不开心。

因为宜城二中的人竟然不请自来。

宜城二中的候章祁上次被陆执教训了一顿之后，已经很久没闹事了。

这次听说陆执将要被陆家人强制转学，也就是说以后整个宜城县的中学，是他们宜城二中的霸王的天下。

忍声吞气了很久的侯章祁终于忍不住带着他的小老弟们来宜城一中示威了。

不过他们还算给白麋鹿面子，没怎么闹，放了几句话之后，几个人就在旁边玩去了。

生日会一直持续到八点多，白麋鹿见程只一直坚持到现在也没说要走，知道程只是因为不想打扰到她的兴致，才一直留在这里。

“小只只，你不是要回王家拿点东西，要不你先回去吧？”白麋鹿说，“这些人还不知道要玩到什么时候呢。”

她知道程只不喜欢这样的活动，也不想勉强她。

程只刚想摇头，白麋鹿又说：“今天你能来参加我的生日会我就很开心了，你跟他们不一样，他们平时就玩得很疯，明天上不上课都没关系。你就不一样啦，我们小只只是好学生，明天还得早起上课，我可不想等陆执回来之后，发现我把他的人带坏了。”

提起陆执，程只心里那股低落感又倾袭而上，她最终同意了白麋鹿的提议，自己先回去了。

白麋鹿提出要送她，程只说不用。

最后是一直坐在程只不远处的数学课代表自告奋勇：“我送程只同学回去吧？”

数学课代表看上去着实没什么安全感，好在人老实，也是个男的，白麋鹿认真叮嘱："一定要把程只安全送回家，不然我唯你是问。"

数学课代表连连点头。

程只和数学课代表走到水吧门口的时候，程只说："你不用送我了，我自己回去就行。"

在里边的时候，她怕白麋鹿不放心她一个人回去，才答应让数学课代表送的。

数学课代表推了推鼻梁上的眼镜："那不行啊，我答应了白麋鹿要安全把你送回家，如果没做到，她肯定不会放过我。"

课代表把白麋鹿的话亮了出来，程只也没法说什么，只能让他送了。

两人在公交台上等了一会儿公交车，上车后，车上没什么人。

从水吧到王家并不算特别远，到站后下车，数学课代表很尽责地将程只送到王家小巷，刚要进去的时候，程只说："好了，就送到这里吧，我自己进去就行。"

数学课代表看了看虽然有路灯但空荡荡的巷子，说："要不，我还是送你到家门口吧！"

"真不用了……"

"没事的，程只同学，说实话，我在宜城上学这么长时间，也换过不少同桌，虽然我们只同桌了一个月，但你是我所有同桌里，让我感觉相处最舒服的。"

程只："谢谢。"

"我知道你比较喜欢和陆执同桌，学校没有人不喜欢陆执。"数学课代表说，"可是他不会回来了。"

程只："你怎么知道他不会回来了？"

"他们都说他家人在帮他办转学啊，再说陆执本来就不属于我们这种小城市。"数学课代表说，"程只，你就忘记他吧！"

数学课代表也不知道怎么的，说得激动，朝程只走近了一步。

程只条件反射地退了一步。

“哟，这是赶上了一出好戏吗？这陆执才没上学几天啊，新同学就和别人这么好了？”

小巷子外，宜城二中一群人站在那里，以侯章祁为主。他身边是王子怡、“骚猪”和“猴子”，还跟着两个程只没见过的人，但都是出现在白麋鹿生日会上的人。

“新同学，你可让我们在这里好等啊。”“猴子”笑着说。

“骚猪”摸了摸后脑勺：“我可还记得你那天给我后脖子上来的那一块石头，小姑娘看上去柔柔弱弱的，偷袭倒挺熟练啊？”

程只想起那日在学校里迷路了，无意间跟着王子怡一行人走的时候，撞见陆执和侯章祁他们在打架，当时“骚猪”从后面偷袭陆执。她脑子一热，害怕陆执出事，眼见身边有几块石头，想也没想，拿起一块就朝“骚猪”扔了过去。

其实程只应该早就想到，既然侯章祁等人会不请自来白麋鹿的生日会，肯定不会放过曾经被陆执保护过的她。

毕竟他们第一次为了王子怡在学校堵她就遭到了陆执的“反杀”，这么长时间里，她一直在陆执的庇护下，所以他们才没敢再找她麻烦。

王子怡嗤笑：“以前阿执在，你所有的麻烦都被他挡下了，现在他不在你身边，我看你怎么办！”

数学课代表哪里见过这种架势，他虽然听说过学校里陆执那群人经常闹事，但听说归听说，他从未见过。

像他这一类人，每天只知道上课、回家，两点一线。眼前这架势把他吓了一跳，一声不敢吭。

侯章祁笑了笑，朝程只走了过来。

数学课代表咬了咬牙，伸手挡在程只面前：“你……你想怎样？你们这么多人欺负一个小姑娘，传出去也太没面子了吧？”

“陆执的人怎么能叫小姑娘？”侯章祁笑道，“我还就怕没人传出去，让陆执知道这件事。”

说完朝身后的人挥了挥手，一群人朝程只走了过来。

5

王子怡在后边说："课代表，我看你是个老实人，趁着我们还没动手赶紧走。"

数学课代表看着黑压压的一群人，心里早已经有了退意。在王子怡说了这话之后，他再也忍不住，拔腿就跑，一边跑还一边不忘大声说："程只，我去找人来救你！等我！"

程只看着眼前的人，那呼之欲出的第二人格早已按捺不耐。

她嘴角勾起一抹笑："自从有陆执保护她，好久都没有我什么事了，今天你们来了，正好给我练练手。"

她晃了晃脖子，动了动胫骨，一双眼睛里早已没有平日里程只的柔软甜糯。她朝他们勾了勾手指，眼底都是挑衅痞痞的笑意："来，为了省事，一起上。"

"猴子"和"骚猪"几人对视了一眼，他们虽然也在王子怡那听说过程只有两种人格，但从来没见过。

此刻看着眼前仿佛换了一个人的程只，浑身上下都是桀骜的痞气和不耐烦，他们竟然在她身上看见了陆执的影子。

"猴子，你们愣着干什么？就算她再怎么厉害也是个女的，你们几个人连个女的都对付不了？"

王子怡见"猴子"几个人被程只的样子吓到了，气不打一处来。

她一开口，几个人才反应过来。他们也奇怪，不就是个小姑娘，他们几个大男人居然被她忽然转变的气场吓了一跳。

侯章祁看见了，也是无语，一掌拍在他们的脑门上："怕什么？给老子上！"

几个人再也没犹豫，朝程只冲了过去。

王子怡和侯章祁在一旁看着，王子怡越看越气，她没想到这些人加一块居然打不过程只一个女生。

最后看着四个人被程只打趴在地，她扯着嗓子对侯章祁说：“阿祁！上啊！快上啊！”

侯章祁本来也是来找程只出一口恶气的，没想到他的人竟然反过来被教训了一顿，顿时无语又愤怒，二话没说，直接走上去，对程只说：“我从不打女人，但你嚣张得让人受不了。”

程只冷笑：“废话怎么这么多？”

侯章祁再怎么说也是宜城二中的霸王，被她这样羞辱，二话没说直接开干。

侯章祁是二中的霸王，实力自然不差。

但程只看过陆执打架，程只的第二种人格十分擅长模仿，只要看过一次，就能够记住。

程只和侯章祁较量了一会儿之后，双方都没占到什么便宜。

侯章祁抹了抹嘴角：“不愧跟陆执关系好，陆执连打架都教你。”

别人看不出，但侯章祁跟陆执较量过多次，程只的每个动作，侯章祁都觉得无比熟悉。

对于侯章祁的话，程只“哎呀”一声，说：“看来刚刚下手还是轻了一点啊，没把你打到不能说话，是我的失误。”

侯章祁从没见过程只这样的女生，一句话就能轻易将他的怒火点燃。他擦了擦嘴角的血渍，放下狠话：“刚才让你三招，现在别怪我辣手摧花，手下无情！”

程只翻了个白眼：“废话真多。”

侯章祁气急，再也不说什么，伸手就是一记拳头，程只轻松躲开。

在一旁观战的王子怡和四个受伤的人看得目不转睛。

四个受伤的人看着看着竟然聊了起来——

“没想到女生打架还有这么厉害的，我觉得自己快疼死了，我这条手臂都断了。”“猴子”瘫坐在墙角，手臂根本无法动弹。

“别提了，也不知道她是不是替陆执报仇，我感觉我的背脊骨也断了。”后背被程只打折的“骚猪”趴在地上惨不忍睹。

其他两人的情况也不容乐观。

王子怡越看越生气，眼睛瞄到地上一块大石头，那石头有人头那么大。她灵机一动，趁着没人发现搬起那块大石头。

其他四人的注意力都在战场上，没有注意到王子怡的举动。

侯章祁和程只较量得如火如荼，更不可能注意到她。

只见王子怡小心翼翼绕到程只背后，举起石头就要往她身上砸去:“程只，你给我去死吧！”

程只听见声音，抽空回头，就看见王子怡举着一块大石头朝自己砸来。

程只根本无暇顾及，眼看那石头就要砸中自己。

一抹黑影飞快地挡在她面前，将她揽进怀中。

程只只感觉耳边一阵凉风，虽没看清眼前的人，但熟悉的气息、久违的亲切感，无知无觉地传进她的观感中。程只在那一刻只觉得脑子一片空白，心脏开始剧烈跳动，她感觉第一种人格呼之欲出。

她正恍惚，头顶传来少年一声闷哼，那石头结结实实地砸在了他的背上。

“阿执？”王子怡诧异地喊道。

程只看着那块砸中陆执的石块滚落在地，她只觉得脑子充血，完全控制不住的暴躁感倾泻而出。她朝王子怡踹了一脚，火冒三丈地睥着她：“陆执也是你能砸的？”

王子怡哪里受得了她这一脚，整个人趴倒地上，半天都起不来。

“程只！够了！”脑子里有个柔软的声音喊道。

刹那之间，那呼之欲出的第一种人格闯了进来。

程只转身，就看见站在身后的陆执。

明明只有一周不见，可程只觉得仿佛过了千年。

他就站在那里，穿着白色的衬衫。许久未见，他瘦了一些，却依旧英俊挺拔，双眸如月光清亮，犹如南天星辰，深邃流光。

6

直到程只看见陆执穿着的白衬衫后面显出了一丝血渍，她才反应过来，脸上又是担心，又是自责："陆执，你没事吧？我们去医院吧？"

她的眼里只有陆执，陆执伸手在她小脑袋上揉了揉，示意她不用担心："小朋友，我没事。"

与她说话时，他的声音有一种独特的宠溺感。

这个声音听在王子怡耳里，只觉得又悲愤又生气。她从地上站了起来，捂着被程只踢疼的肚子，正要说话却被其他声音打断。

"老师！就在那，他们就在那！"远处，一个男声传来，众人回头一看，竟然是数学课代表带着年级主任、老陈还有（7）班班主任跑了过来。

三人看见这种情况，立刻就明白是怎么回事。

年级主任又着急又生气，说道："你们这是在做什么？这么喜欢闹事要不要给你们去武术学校报个名？"

王子怡灵机一动，捂着肚子蹲了下来："老师，我好疼……"

王子怡一副马上就要晕倒的样子，老陈和（7）班班主任忙扶住她，就听见王子怡虚弱地说："老师，程只她打我，我好疼……我……"

话未说完，王子怡便晕了过去。

老陈吓了一跳："怎么回事？

（7）班班主任指着程只："这是要翻天了吧！当街殴打同校学生，王子怡同学要是出了什么事，你等着被退学吧！"

老陈忙说："兴许是有误会，程只同学在学校一向乖巧懂事……"

"乖巧懂事能做出这种事？"（7）班班主任根本听不进去，"别以为考了个年级第一名就能无法无天！"说完，见老陈还要辩解，（7）班班主任瞪了他一眼。

年级主任看见了，一边打着 120，一边说："你们差不多得了，人都晕过去了，还不赶紧送去医院，在这里吵什么！”

十五分钟后，救护车来了，把晕过去的王子怡、惨不忍睹的二中学生一起打包带走了。

医生帮王子怡全身上下都检查了一遍。

王浩和倪冠爱赶过来，听（7）班班主任说完事情经过之后，王浩满脸失望地看着程只：“没想到你会做出这种事。”

倪冠爱更生气，上前就要甩程只一巴掌，被挡在程只前面的陆执拦住。

陆执眼神冰冷地望着眼前的女人：“注意你的态度。”

倪冠爱恼火得不行，陆执虽然年纪不大，拦挡时用的力道却不小。倪冠爱知道陆执是陆家人，有陆家在背后撑腰，天不怕地不怕，加上他们现在住的别墅还是陆家的，更不敢跟陆执正面起冲突。

倪冠爱指着程只说：“你等着！如果子怡出了什么事，我一定不会放过你！”

说完转身看着王浩，几欲崩溃：“阿浩，子怡从小身体不好，我只有她这么一个女儿，她如果出了什么事，我也不想活了。”

王浩抱住她安抚道：“先别担心，我们等医生给子怡检查完再说。”

“怎么能不担心啊……子怡从小没吃过苦，是被我们捧在手掌心里长大的，别说是打了，平常我们都不舍得大声跟她说一句话，可是今天，她却被一个外人打了，这口气我怎么咽得下去啊！”

王浩说：“都是我的错，当初就不应该把这个不孝女从乡下接回来，如果子怡出了什么事，我也不会放过她！”

王浩咬牙切齿的模样，仿佛只有王子怡是他的亲生女儿，程只是捡来的。

## 第十二章 他一直在，在保护着她

1

数学课代表一直在旁边看着，忍不住走到程只身边小声说："程只，你怎么不解释啊……明明不是他们说的那样。"

全场只有数学课代表能给程只作证，事实并非是王子怡说的那样，但在所有人都指着程只说是她挑起这场"斗争"的时候，数学课代表只在一旁看着，什么都没说。

除了数学课代表，在场的侯章祁等人都是王子怡的人，自然是站在王子怡那边的。

程只不是一个喜欢解释的人，在所有人将责任推给她的时候，她保持了沉默。

数学课代表询问的声音又小又委屈，仿佛是程只先不替自己证明清白，所以他才无法帮她一样。

程只没说话，她站在陆执旁边。从他出现开始，她的眼里、心里只有他，别人怎么诬陷她，她都不想说一句话。

甚至刚才倪冠爱想打她的时候，她都没有半点躲避的意思。

在见到陆执的那一刹那，她心里仿佛有什么发芽了，似乎知道为什么陆执不在的这一周她会如此失魂落魄，好像心里少了什么。

"小朋友？"就在程只一直发呆的时候，一个清润的声音喊了她一声。

程只抬头，便见陆执垂眸看着自己，眸色如墨，一脸担忧。

程只望着他，轻声说："陆执，我没事。"

她知道他在担心自己。倪冠爱的指责、王浩的话、所有人的误解，她根本就不在乎，这一刻，只要他在她身边，她什么都无所谓。

帮王子怡检查完，医生终于从病房走了出来。王浩和倪冠爱忙迎了上去："医生，我女儿怎么样了？"

医生说："病人目前没任何问题。"

倪冠爱不相信："没问题？医生，你是不是搞错了？我女儿明明疼得都晕过去了，怎么会没问题？"

医生说："确实没有问题，我们帮病人做了全身检查，尚未发现她晕过去的原因。"

王浩也坐不住了："没发现晕过去的原因是什么意思？"

倪冠爱发散思维，震惊地说："难道说我们子怡有什么查不出来的绝症？"

王浩被倪冠爱这样一说，脸色也难看了起来。

倪冠爱见自己丈夫脸色那么难看，立刻就觉得自己猜对了，眼泪立刻倾盆而出，抓着王浩说："阿浩，你一定要救救子怡，你一定要救救子怡啊！"

"我会的，不管她得了什么绝症，我就算倾家荡产也会救我唯一的女儿。"

医生头疼地看着两个人，说："两位能不能听我说一句？"

王浩和倪冠爱同时看向他，医生说："据检查，你们的女儿没有大碍，也没有什么绝症，也许只是吓晕了。如果你们不放心，可以带她去其他家医院做检查。"

医生说完就走了。

王浩和倪冠爱互相看了一眼。

最后还是（7）班班主任说："两位家长先去里面看看王子怡同学吧，

医生既然这样说，应该是没什么大碍，如果你们实在不放心，可以进去看看。”

王浩和倪冠爱这才反应过来，往里面走去。

他们进去之后，（7）班班主任看着程只和陆执，对年级主任说：“主任，不管王子怡同学有没有事，在校外闹事这种事影响极其恶劣，这次你一定不能偏袒程只同学，一定要让她受到应有的惩罚，别让我们学校的校规成了摆设！”

年级主任本来是想偏袒程只的，但目前这件事确实严重超出了他的控制范围，最后他只能说：“这件事我会如实跟校长汇报，具体应该怎么做，等校长做决定吧！”

年级主任话刚说完，医院走廊里就响起了一阵脚步声，为首的他们不陌生，正是那日开家长会跟在陆盈盈身边的助理宋奇。

宋奇带着两个黑衣人，直接走到陆执面前说：“小少爷，请跟我们回去吧。”

陆执没动。

宋奇说：“不要为难我们了，你逃出来这件事已经让陆小姐很生气，她已经知道了您方才发生的事情……”

陆执还是没动。

宋奇也不着急，他似乎知道陆执会这样，倾身小声在他耳边说了一句话，陆执的眉宇微动。

宋奇说：“陆小姐正在酒店等您。”

陆执垂眸，片刻后，他转身对程只说：“小朋友，别担心，我会处理好一切。”

程只知道他这是要走了，脸上露出着急的表情。原本在陆执面前一直保持着分寸的她，这次冲动地拽住了他的手腕，一张小脸上都是迫切的表情。她朝他拼命摇头，不希望他走。

看着她这样子，陆执的心像被人用刀猛刺了一下，疼痛不已。

他望着她，眼神静默如夜，其中夹杂着眷恋，他问："小朋友，还记得我们的约定吗？"

程只说："记得。"

"乖。"陆执俯身，在她耳边说。

感觉到她身子颤了一下，陆执轻笑出声，在她耳边又说了一句话。

陆执说完这句话之后，就跟着宋奇走了。

2

陆执那天从医院离开之后，便再也没有出现过。

学校也没有关于他的任何消息。

学校里都在传那日程只打架的事，仿佛每个人都亲眼看见了，传得绘声绘色。

"你们是没看见，据说程只一挑五，把二中那群人揍得满地找牙！"

"看不出来啊，程只外表柔柔弱弱的，竟然这么厉害？"

"你们不知道吧？我听说啊……程只得了一种病，患有双重人格，那个很会打架的就是她第二种人格……"

被程只一挑五弄进医院的王子怡，在医院里整整住了一周才出院。

据说她每天都胸口疼，但医生每天检查都检查不出什么，身体正常得很。

王浩夫妻俩甚至带着王子怡去了省里的医院检查，同样什么都没检查出来。

倪冠爱爱女心切，甚至抱怨现在的科技不发达，连女儿的病都检查不出。

即便这样，王子怡还是放话，这次一定不会轻易原谅程只，一定要让她得到学校的处分。

王浩也直接站在了王子怡这边，带着倪冠爱在校长办公室大闹了一场，要处分程只。

就像王浩在医院里说的那样，他只有王子怡一个女儿。

相比学校其他人的闹腾，程只显得安静多了。

她每天一如既往地上学刷题，生活节奏完全没有受到干扰，如果非要说有什么变化，那就是比以前更努力了。

除了沉浸在书海，程只还剩一件事就是等待学校的处分，但处分一直迟迟未下来。

直到一周之后，学校宣布——

高一（2）班陆执同学因为在校外闹事，致使本校王子怡同学在内的五名学生受伤严重，影响恶劣，学校给予开除处分。

程只知道这事，还是在周一的早操结束后，年级主任在台上宣布的。

年级主任刚宣布完，整个操场就沸腾了。

“不是说人是程只打的吗？怎么开除的是陆执啊？”

“执哥这是替程只背锅了吗？”

“我的天，凭什么啊！执哥做错了什么啊？”

“程只真是个扫把星，她一来我们学校，陆执就把第一名让给了她，现在还顶替她被学校开除了，我真的忍不住想骂人！”

一直十分有把握让程只在宜城一混不下去的王子怡听见这个，几乎惊呆了。

她抓着一旁同学的胳膊，说：“主任说什么？开除的人是阿执？”

那同学被她掐着胳膊掐得疼死了，但又不敢反抗，只能忍着疼说：“是啊，子怡，主任说开除的人是陆执。”

王子怡难以置信。

年级主任也感受到了台下所有人的沸腾，这在他的意料之中，他叹了一口气：“很遗憾陆执同学不能跟我们一起度过剩余的高中时光，希望大家以此为戒，此后我不希望在任何地方听见我们宜城一中参与打架斗殴的事情。家长送你们来学校是为了上学，不是送你们来虚度光阴的！好了，今天的早操到此结束，大家散了吧！”

散操之后，这天轮到在前排领操的白麋鹿跑到后排找程只，才发现没看见程只的人影，问及其他人，他们也没发现程只是什么时候走的。

白麋鹿正要去找程只，就见雨涵和陈昊朝她跑了过来，见白麋鹿一脸着急，忙问："怎么了？"

白麋鹿说："只只不见了。刚刚你们听到了吗？年级主任说陆执被学校开除了，我怕只只出什么事。"

雨涵说："我们赶过来也是为了说这事的，难道我们晚了一步吗？"

陈昊看起来比他们两人冷静得多："程只看起来不像那么冲动的人，应该不会出什么事，她会不会去找年级主任了？"

陈昊这样一说，其他两人都觉得非常有道理，陈昊说："这样，我跟雨涵去主任办公室找她，你去教室看看程只在不在，不管谁先找到她，都先稳住她。"

于是三人分两头去找程只。

3

散操之后，年级主任和几个老师一边走一边聊天。

"原本我们高一年级有两个学霸，今年的竞赛我还想让他们一起去参加，帮我们学校拿冠亚军回来。"

"你们说陆执和程只，到底谁更胜一筹？"

"这不好说，程只虽然刚转来没多久，但她是很有潜力的，只不过她之前的学校教学水平不高，能教出她这么优秀的学生，我已经很吃惊了，后期只要教学质量跟上，她会比现在提升更多。陆执嘛，所有人都看在眼里，他本身就非常随意。"

"可惜了啊……"老师连连叹气，"陆执就是有个毛病爱打架，我就说这早晚得出事，看吧！现在闹出这么大的事，据说（7）班受伤的那个女同学的家长一直在跟校方闹，要重重处罚不可，这次校长都无法包庇。"

一直没吭声的年级主任在心里摇摇头，那可是陆家人，如果不是他自己想退学，来一个家长就能把人给逼退学了？况且王子怡根本就没受伤，连医院都出鉴定书了，只不过没对外传开而已。

年级主任刚走上楼，就看见（2）班的程只在办公室外等他。

年级主任并没感觉到诧异，他平静地走到程只身边说："程只同学，快到上课时间了，赶紧回去上课吧！"

程只是跑过来的，好不容易等到了年级主任，怎么会轻易离开。小姑娘倔强地挡在年级主任面前，问他："老师，明明打架的人是我，开除的也应该是我，为什么是陆执？"

年级主任说："程只啊，我了解你家里的情况，你能来宜城一中上学不容易，你和王子怡的情况我也是知道的，王子怡不肯放过你，你们家的人又都站在她那边，现在这个结局是最好的不是吗？你就安心在宜城一中好好上学，别辜负了陆……"

最后的话年级主任及时止住没说出口。

程只却精准地抓到了他未说出口的话："别辜负了什么？老师？"

年级主任挥了挥手："别辜负了你母亲对你的期待，老师也知道这件事的错不在你，但是……总之你好好读书，以后考个好大学，离开这个小地方，你和陆执一样，都属于更大的地方。"

程只还想说什么，赶来的陈昊和雨涵看见她，忙跑了过来："程只，原来你在这里啊！已经上课了，老陈正在找你，快跟我们走吧！"

年级主任见有人来找程只，连忙说："对，快上课了，快带程只回去吧！"说完忙走进办公室。

程只正要跟上，被陈昊和雨涵拦住。

陈昊低声说："程只，别闹了，你想要知道的，我们都可以告诉你，你再这样闹下去，执哥为你做的一切都白费了。"

听见陆执的名字，程只才停下来，望着陈昊和雨涵，眼神里的疯狂渐渐平息下来。

陈昊朝雨涵使了个眼色，带着程只走了。

此时已经是上课时间，学生们都在教室里，走廊里空旷无人，安静极了。

陈昊和雨涵带着程只去了楼顶。

刚上楼，程只就迫不及待地问："到底是怎么回事？"

陈昊说："是关于执哥退学这件事。"

在程只迫切的眼神里，陈昊说："那天你们在小巷子那里发生的事情，当时的监控都拍下来了，我和雨涵都知道这件事与你无关。"

"那你们也应该知道这件事跟陆执无关啊？"

"是这样的没错，但是这个视频被陆家人拿走了，没办法证明你们的清白，他们用这个威胁陆执主动提出退学，否则就让你退学。你也知道王子怡不依不饶，非要让学校开除你。"陈昊说，"执哥想要拿到那天的监控录像，但陆家的人看守得特别严格。之前陆家人不是一直想让执哥转学吗？但执哥没同意，两人一直僵持着，这件事也算是给陆家人钻了空子，他们用这件事威胁执哥，如果执哥不帮你顶了这事，到时候要退学的就是你。"

说完，陈昊看着程只脸上茫然又难过的神情，他叹了一口气："你也不用太难过，如果你退学，麻烦就大了，但是是执哥的话，陆家人会在B市给他安排一个比这里更好的学校，他会有更好的学习环境。所以程只，为了不辜负执哥，你一定要振作起来。"

程只默了片刻后，才小声问："所以陆执不会再回来了吗？"

陈昊虽然心里也很难过，但他不得不承认："今天陆家人带着执哥坐早班飞机回B市了，执哥他……不会再回来了。"

4

那天之后，程只没有再问过什么。

倒是王子怡因为陆执这件事找到（2）班，带着学校里陆执的粉丝团跟程只闹了一场。

那是周五下午的一节自习课，全校老师开会，王子怡和粉丝团直接冲到了（2）班的教室后门，大叫道：“程只，你给我出来！”

程只淡淡地看了她一眼，没动。

程只不出来，王子怡等人准备直接进去，但还没进门就被坐在后门的男生拦住：“同学，这可是我们（2）班，你们班在（7）班，直走往左拐，谢谢。”

（2）班后排的男生个个长得人高马大，王子怡心里有点畏惧。但她太生气了，明明是想教训程只一顿，结果她一点事都没有。

她站在（2）班教室门口，干脆不进去了，直接在外面说：“反正程只不怕丢人，我怕什么！程只，你这个私生女，你妈舰着脸来我们家求我爸收养你，我爸供你吃，供你喝，供你住，供你上学，你竟然恩将仇报设计我，打我！现在还让别人帮你顶罪，你良心不会痛吗？”

王子怡说话的声音太大，引得隔壁班自习的学生纷纷从教室里探出头来。

王子怡要的就是这个效果，她要让程只身败名裂。

“王同学，你确定是我们班同学设计你？”陈昊靠在后面的墙壁上，正在跟雨涵玩游戏，“说话要经过大脑，到时候打脸就不好了。”

王子怡生气地说：“陈昊，亏你还是阿执的好兄弟，怎么？阿执走了之后，你就成程只的狗腿子了？迫不及待想替她说话了？你这样对得起阿执吗？”

雨涵嗤笑了一声：“只有龌龊的人才会有龌龊的想法，程只是我们班同学，我们耗子哥见不得本班的人被龌龊的人欺负。”

“你说谁是龌龊的人？”

雨涵笑：“说你啊。”

“你！”

王子怡怒极反笑：“程只，你真厉害啊，阿执离开了之后，你连他的兄弟都不放过，是不是下次你做了什么事，他们也可以出来帮你顶罪？”

程只原本不想搭理她，只觉得她是个疯子，但她不依不饶，程只最终从教室里走了出去：“王子怡，你究竟想做什么？”

“我想做什么？我想让你受到该有的惩罚，退学的不应该是陆执，应该是你！”

王子怡这话一说出口，后面的粉丝团坐不住了，都说——

“支持程只退学，还给我们陆执！”

“支持程只退学，还给我们陆执！”

“支持程只退学，还给我们陆执！”

白麋鹿走了出来，站在程只面前，冷哼一声：“一群笨蛋，王子怡说什么你们就信什么，自己看吧！”

她将手机里的一段视频放了出来，视频正是那日在王家巷子口的监控录像。大家都能看到起初是程只和（2）班的数学课代表从公交车上下来，接着便是王子怡带着二中的一群人出来。

视频上的画面和说话声都格外清晰，究竟是谁引起的矛盾，一目了然。

陆执答应退学，陆家人把监控录像给了他。白麋鹿手机里的视频正是陆执发过来的。

方才还叫喧着的粉丝团一个个露出诧异的表情，王子怡更是没想到白麋鹿手中居然有当日的监控视频，顿时脸上一阵青一阵白。

“王子怡，我真是小看你了，平日我只觉得你不要脸，没想到竟然是不要脸中的战斗机。那天你故意让二中一群人出现在我的生日会上，其实就是为了等落单的程只。明明设计一切的都是你，现在反过头指责程只，啧啧……你不去演戏，都浪费了你这么好的天赋。”

王子怡被白麋鹿说得脸色铁青，她看向程只：“程只，你别得意，就算有视频又如何，你踹我的那一脚是结结实实的！”

“程只为什么踹你，你自己心里没点数？”白麋鹿指着视频说，“笨蛋们，睁大你们的眼睛看清楚，王子怡偷袭程只没成功，被陆执挡下来了，程只见陆执受伤才踹了她一脚，你们不是陆执的粉丝？怎么？现在还跟着害陆执受伤的人来讨伐无辜的程只？”

白麋鹿这样一说，其他人纷纷开始指责王子怡：“你好恶毒！居然搬弄是非！”

“我们差一点就错怪了好人！”

“该退学的不是程只，是你！”

王子怡原本是要来讨伐程只的，现在被所有人指着鼻子骂，她狠狠地瞪了程只一眼：“程只，我不会让你好过的！”

不会让程只好过的王子怡最后让王浩停止给程只生活费，王浩在倪冠爱母女的软硬兼施下居然同意了。

程只那一日在医院里，已经对王浩彻底失望，他会选择这样，她并没有太难过。

她本身对这个父亲就没有太多感情，她的主人格虽然温婉但不圣母。

程只从王家搬出来的那一天，倪冠爱让王家的保姆监视着她搬东西。

王家保姆一边嗑着瓜子，一边说：“也不怕你知道，我们夫人让我监视你，就是怕你从家里偷偷拿走贵重的东西。”

程只没说话，王家确实没有她需要收拾的东西，她拿了自己的画册和书就下楼了。

倪冠爱和王子怡坐在楼下客厅等着她，见她往大门口走，倪冠爱喊了一声：“站住！”

程只停下，倪冠爱说：“把你书包里的东西都倒出来，让我看看你带走了什么，是不是偷拿了我们家的东西。”

什么叫欺人太甚，这种事也只有倪冠爱才做得出来吧。

程只站在原地没动，脸上已经露出了厌恶的神情。她很少对一个人这么深恶痛绝，倪冠爱母女是为数不多的两个。

“妈，她那个书包看着真刺眼。”王子怡忽然开口，对保姆说，“阿姨，帮我把她的书包抢过来！”

因为那书包上绣着陆执的签名，王子怡觊觎很久了，这次终于得了把它抢过来的机会。

当保姆正要动手的时候，程只抱着书包冷冷地看着她，那眼神冰冷无比，似乎只要她敢动手，她就会毫不犹豫废了她一只手。

这时，倪冠爱喊了一声："愣着做什么？小姐要的东西，还不赶紧拿给她！"

保姆一咬牙，正要动手。

"好大的口气啊！啧啧……"就在这时，从外头传来了一道戏谑的声音，"我差点就要以为这是抢劫了，别人的东西什么时候成你们王家的了？"

说话的人是陈昊。

雨涵和陈昊走了进来，走在前面的人是陆绯，所以两个人都有底气了很多。

除了他们三个，身后还跟着一群黑衣人。

雨涵走到程只面前，对她使了个眼色，小声暗示："程只，不用怕，我们还有绯哥！"

倪冠爱没想到陆绯会出现，她瞪了保姆一眼，似在责怪她没有让外面的门卫守好，把他们放了进来。

保姆一声不敢吭。

倪冠爱完全没有了之前的嚣张，笑盈盈地走上前，对陆绯说："陆先生，您怎么来了？"

5

陆绯没吭声，他身旁的男人面无表情地看着她，也不跟她多话，开门见山地说："陆小少爷让我过来收房，你们在这里住得也够久了，从今天开始搬出去吧。"

倪冠爱不可思议地看着他，再看看陆绯："陆先生，您这是在跟我开玩笑吧？"

陆绯的嘴角勾起，还真笑了出来，只是那笑邪性十足，看得人心里毛毛的，他朝身后的黑衣人示意："让她看看是不是开玩笑。"

话音刚落，后面的黑衣人就开始搬东西，先将客厅里的东西一一往外搬，他们人高马大，搬这点东西对他们而言轻松无比。

倪冠爱看他这架势，忙说："住手！你们住手！"她指着陆绯，生气地说，"就算这房子是陆家的，也跟你没什么关系，你们凭什么搬我家的东西？你们这叫私闯民宅知道吗？我要报警！"

陆绯耸耸肩，做了个"请随意"的动作。

就在这时，从外面回来的王浩看见客厅里站了一群人，还有人在搬东西，忙走进来："你们这是在干什么？"

他的愤怒在看见陆绯的一刹那，顿时收住："陆……陆先生？"

倪冠爱见他来了，觉得自己找到了靠山，对王浩说："阿浩，快把这些人赶走，他们私闯民宅，还要搬走我们的东西！"

"就是啊，爸爸，这些人都是程只带来的，爸爸，你快管管！"即使在这个时候，王子怡还不忘往程只身上泼脏水。

相较两人激动的情绪，王浩在看见陆绯的那一刻，整个人都变得唯唯诺诺了起来："陆先生，有话好好说……"

陆绯说："好啊……"他笑了笑，"王先生，我也是没办法，你们家里的人欺负陆执的人，陆执当然要替他的人讨回公道。虽然陆执不在宜城县，但是他还有我这个做哥哥的可以出面，从今天开始，你们王家从这栋房子里搬出去吧。"

王浩说："我们没有欺负陆小少爷的人啊……陆小少爷的人……"

他念叨了半天，才发现陆绯说的是程只，立刻就变了脸色："程只是我的亲生骨肉，我怎么可能欺负她？"

程只在心底笑，现在知道她是他的亲生骨肉了，上次在医院里他可不是这么说的。

然而王浩已经忘记自己在医院里说过自己只有王子怡一个女儿这样的

话了，他小心翼翼地讨好程只："只只，你跟陆绯说说，爸爸没欺负你，对不对？"

看见王浩对程只那么小心翼翼，王子怡急了，她指着程只说："爸爸，你干吗对她这么好，你怕她做什么？你忘了她欺负我的事了吗？"

"你给我闭嘴！"

王浩大吼一声，吓得王子怡一愣一愣的，回过神来才委屈地掉眼泪："爸爸，你以前从来不舍得凶我，你居然为了程只凶我！"

倪冠爱看见王浩对着女儿大吼，也气急了，说："你凶什么凶？子怡刚从医院出来没多久，她要是再有什么事，我跟你没完！"

王浩也气极了，在陆绯面前他没有话语权，在自己妻女这还要受气。

王浩只觉得怒火攻心，一个巴掌甩在倪冠爱的脸上："你给老子闭嘴！再多说一句，给老子滚出去！"

倪冠爱被他这一巴掌打蒙了，半天才反应过来，却不敢再顶撞王浩。

最后倪冠爱母女抱在一块哭。

陆绯却见不得他们这种苦情戏码，他说："王先生，你们的家庭矛盾可以留到以后慢慢解决，总之现在你要做的事情是从这里搬出去，如果你们不想自己搬，就只能我们的人动手了。"

王浩知道陆绯的做事风格，说一不二，他争取道："一定是现在吗？"

陆绯挑眉："对。"

"好。"王浩没办法，只能找人来搬东西。

好在王浩这么多年还是有点积蓄的，在宜城县也买了不少房子，一时之间去处还是有的。

等到王浩将东西都搬走之后，陆绯将一个信封递给王浩："这个是你帮程只支付过的这一个学期的学费以及生活费，从此以后程只跟你没有任何关系，她未来的学费等一切费用都将由陆家人承担。"

王浩看了程只一眼，什么都没说，将那封信收了就准备走。

王子怡哭完，瞪着程只满脸不服气。

陆绯又开口："等等，还有这个。"

陆绯又将一份资料交给王浩："这里面是关于你女儿的转学资料。"

"什么？"王浩一时间没明白过来。

6

陆绯说："陆小少爷不希望在学校里有人打扰到程只学习，而你的女儿就是打扰因素之一，所以只能请你女儿转学了。"

王子怡气得眼睛通红，她拉着王浩的胳膊说："爸爸，他们太过分了！你一定不能同意！"

王浩却接过陆绯手中的文件，低声说："我知道了。"

"爸爸！"王子怡尖叫了一声。在她眼里，王浩一直是个成功人士，她哪里见过他这么低声下气的模样，气得不行。

随即王浩训斥："你给我闭嘴！"

王子怡眼睛猩红地盯着他。

王浩没再管她，只对陆绯说："陆先生如果没什么事，我们先走了。"

陆绯做了一个"请随意"的动作。

看着王浩等人走了之后，雨涵才说："真是大快人心啊！我还从没见过这种家长，都说虎毒不食子，这个王浩连个动物都不如。"

陈昊说："程只，以后你在宜城县有什么事情尽管找绯哥。"

"对啊，以后有事就找绯哥，这是执哥临走前交代的。"雨涵说，"我们绯哥就是执哥的保姆，来宜城县就是为了保护执哥的，绯哥掩藏得太好了，我们也是今天来之前才知道。"

陈昊和雨涵两人在一旁嘻嘻哈哈，但程只始终没说话。

小姑娘抱着书包站在原地，看起来并没有特别开心。

据白麋鹿说，陆执离开之后，小姑娘再也没有笑过。

陆绯看着一直沉默的程只。他的脸很英俊却很冷酷，不说话的时候看起来有点不好惹，但也许是因为陆执，他跟程只说话的时候，像个邻家大哥哥。

他说：“陆执离开之前把你所有的事情都安排好了，你只管安心上学，其他的事不用管。”

程只抱着书包点点头，小声说了句：“谢谢。”

陆绯说：“你可以继续住在这里，房子里的一切我会让人安排好。”

程只却摇摇头：“不用了，我住在寝室就行了。”

陆绯也没有勉强她，像个大哥哥一样拍了拍她的肩膀，说：“很多时候，重要的人不在身边，我们更要好好生活，等有一天，所有都准备好的那天，以最好的状态去与他重逢。”

程只倏地抬头，她从陆绯的轮廓中，竟然看见了一丝陆执的影子。

她晃了晃脑袋，将眼中的迷茫晃去。眼前的人还是陆绯，可她因为陆绯方才那句话戳中的心却止不住地疼。

这么长时间以来，虽然她什么都没说，但心里一直放不下陆执。即使每天强逼着自己更努力地学习，可每当夜深人静的时候，依旧感受到无尽的失落与痛苦。

有一次她陪白麋鹿去水吧，路过学校后门时无意间看见一个跟陆执背影很像的人，她立刻冲了过去，把那人吓了一跳，那人转头时，她才知道那不是陆执。

白麋鹿跑过来问她怎么了，她失魂落魄地摇摇头。

白麋鹿见她这样子，心里替她难过，但也知道说再多安慰的话也没用。

浑浑噩噩地过了一周，直到此刻陆绯的话像点醒了她一般。

她忽然想起那日在医院里，陆执在她耳边说的那句话：“小朋友，记住你的话啊，如果有一天我们走散了，你也要努力拔尖，我们在最高处相逢。”

他早已经对她做了暗示，她直到现在才明白。

自那日开始，程只彻底从别墅搬了出来，与王家人也没了联系。

王子怡被迫转学，即使有以前看程只不顺眼的人想要找她麻烦，也在暗地里被人解决了，直到学校里再也没有人找程只的麻烦。

生活每天照常过着，又似乎有一点跟以前不一样了。

好像即使他不在她眼前，她也能冥冥之中感受到他的存在。

他一直在，在保护着她。

# 第十三章

## 我每天都很想你

1

两年后的高考，程只以全省第一的成绩被 B 大警校录取。

这年的高考题特别难，宜城一中最好的（7）班高考成绩很不理想，反倒是没被人期待的（2）班，大部分都考上了本科。

以往年年被评为“领袖教师”的（7）班班主任这回栽了跟头，头衔被学校颁给了老陈。老陈教书这么多年不争不抢，对学生确实尽责尽心，拿到这份荣誉的时候，四十好几的男人居热泪盈眶。

毕业晚会在水吧举行，一群（2）班的人都玩疯了。

也不知道是谁说了一句：“如果执哥在就更好了。

那应该是两年后，第一次有人提及陆执的名字。

陆执离开，程只跟侯章祁打过一架之后，宜城一中再也没出现过校霸，二中的人也没再来挑衅过，一切都变得很平静，仿佛大家一瞬间都变成了好学生，连白麋鹿、陈昊、雨涵他们都开始认真学习了起来。

只是陆执的名字仿佛是大家的禁忌，没人敢提。

他成了禁忌，也成了宜城一中下届学弟、学妹眼里的传奇。

毕业晚会上，有人提到他的名字后，水吧整个气氛都安静了下来。

有人说：“不知道执哥这两年在做什么。”

“执哥那么厉害，高考应该考得很好吧？”

“执哥好狠心啊，虽然说转学了，但毕竟在宜城县待了这么久，都不来看看我们。”

“对啊，就算不来看看我们，也应该来看看程只啊……”

这人话音刚落，就被白麋鹿一个眼神给打断。

白麋鹿看着身边一声不吭的程只，轻声问：“只只，没事吧？”

程只也喝了一点酒，她毕业了，年满十八岁了，即将是大学生了，也想尝试一下平时没有尝试过的东西。

只是她实在不擅长喝酒，才喝了一点，整个人就晕乎乎的，听见白麋鹿问，她傻傻地笑了笑：“没事。”

白麋鹿看着又心疼又难过。

在水吧聚餐完之后，程只因为寝室近，是独自回去的。

这是她在寝室的最后一晚，第二天她会回老家待一个暑假，直到警校开学。

去寝室的路上，又经过了一段之前路灯坏了好长时间的小道，如今小道上的路灯已经修理好，只是已经放暑假了，道上还是没什么人。

程只因为喝了酒，跟白麋鹿他们道别花光了她所有的清醒，此时整个人仿佛踩在云端上，飘乎乎的。

走到一半的时候，她觉得脑子太晕了，干脆在一旁的花坛墩上坐下。

正坐着感觉到手臂上有毛茸茸的东西蹭了过来，她回头一看，竟然是水吧的缅因猫。

水吧的缅因猫周围的人都认识，它没事的时候喜欢在学校里溜达。

程只眨了眨眼睛，反应迟钝地看着它。大猫蹲在花墩上也看着她，一人一猫大眼瞪小眼了一会儿之后，程只伸手将它抱在怀里，舒服地眯起眼睛：“软绵绵的，好舒服……”

大猫像个毛绒玩具一样被她抱着。

程只抱了一会儿之后，忽然有点难受地说：“大猫，我好想他啊……”

缅因猫性格很好，任由她抱着没动。

程只说：“他怎么这么狠心啊，都不回来看看……如果他知道我考上了他想考的大学，他会是什么心情啊……”

以前的程只对于考哪所大学没有特定的目标，只要是好大学就行，在白麋鹿告诉她陆执的梦想是B大警校之后，连她自己都没有发现，她渐渐有了确定的目标。

这个目标在陆执离开之后变得更加坚定，她想跟陆执在他梦想中的大学重逢。

“可是……”程只有些茫然地看着地面，喃喃，“大猫……我知道他有他的难处，可是他怎么都不回来看一下呢？”

程只其实也有些犹豫的，毕竟，陆执想考B大警校是白麋鹿跟她说的，两年过去了，万一他忽然又不想考了，或者又有别的理想大学了呢？

就在程只望着地面发呆的时候，眼前忽然出现一双修长的腿。

程只盯着那大长腿发了好一会儿呆，不知怎么的，鼻尖开始泛酸，眼泪“吧嗒”地滴落了一颗，接着止不住的泪水掉下来。

直到头顶上传来熟悉的声音：“傻瓜，哭什么啊，我这不是回来了吗？”

2

程只直到被陆执连猫带人地揽进怀中，还感觉自己在做梦一样。

她将脸抵在他宽阔的胸膛前，怀里隔着一只大缅因猫。大猫一脸莫名地仰头看着他们，似乎也觉得自己当电灯泡不合适，挣扎了几下，从她怀里跳了出去。

程只犹豫了片刻，最后仗着酒劲，伸手环抱住他的腰，哽咽地问：“陆执啊，你是真实的吗？还是我喝多了，出现了幻觉？”

他没回答她，只是稍微移开了身体，食指轻轻抬起她的下巴，看着她兔子般红彤彤的眼睛，轻轻在她小脸蛋上掐了一下：“憋好久了，一直想这样做。”

陆执声音沙哑，有点蛊惑人心：“还有这样。”

他低头，在她额头上吻了一下。

程只整个人都蒙了，她一定是喝多了吧，否则陆执怎么可能吻她？

可下一秒，陆执俊美的脸越发近了，她垂眸便能看见他浅红的双唇。

她竟然还在这种时候迷迷糊糊地问："陆执，你想干吗？"

"小朋友……"陆执的声音离她很近，轻轻地，却哑得不行，他问，"想跟哥哥接吻吗？"

程只不知道别人的十八岁是怎样的，她只觉得自己的十八岁大概把十八岁之前所有不敢做的事情都在同一天做完了，喝没喝过的酒，拥抱喜欢的人，接没接过的吻……

当他的唇贴上她的时候，她只觉得脑子里一嗡，接着便一片空白。

陆执虽然当年在学校里传言身边有过很多女生，但接吻的时候才发现他很生疏，但即使再生疏，在丝毫没有经验的程只面前，也显得有经验得多。

不知是不是吻的时间太长，程只忍不住轻吟了一声，就是这一声，让原本就不太受得了她的软糯的陆执眸色更深，直接将她摁在墙上，细细地吻着。

直到程只如水一般瘫在他的怀中，他才肯放过她，低声在她耳边有些霸道又漫不经心地说："小朋友，之前我就想对你这样做了，但是怕吓坏了你。现在我们都成年了，你得把过去我忍住的一切补偿给我。"

程只迷迷糊糊地靠在他怀里喘着气，觉得这一刻跟梦境没有任何区别。

此刻的程只完全区分不开现实与梦境，只觉得他在身边，她迫不及待地想告诉他："陆执，你离开之后，我每天都很想你，我再也没有换过同桌，你的位子也再也没有人坐过。一开始我以为我会那么想你，只是因为你刚离开，我不适应，后来才发现不是的。我觉得我这么想你，是因为我喜欢你。"

一直压在心里的话终于有机会说出来了，高考的压力，每日每夜的想念……程只绷紧的神经在这一刻终于放松了下来。

3

第二天，程只醒过来的时候，是在寝室里。

她感觉头痛欲裂，躺在床上好一会儿才缓过神来，随之像想到了什么，猛地从床上坐起来：“陆……执？”

寝室里空空荡荡，没人回答她。

直到寝室门被打开，程只看过去，是室友回来了。

见她醒了，说：“只只，你醒啦！我给你带了午饭！”

程只迷茫地问：“已经到中午了吗？”

“对啊！”室友说，“昨晚你回来的时候都醉得不行了，昨天你们班毕业晚会玩得挺嗨的吧？”

程只从床上下来，看着室友给自己带的午饭，问，“昨天晚上我是一个人回来的吗？”

“对啊。”室友问，“怎么了吗？”

程只恍惚了一下，整个人好像对什么都失去了兴趣，摇摇头：“没什么。谢谢啊……”

室友鲜少见她这样，不由得担心：“只只，你真的没事吗？”

程只再度摇摇头。

那天程只走遍了校园里的每个角落，都没有发现陆执来过的痕迹。

她给白麋鹿打过电话，问陆执是不是回来过。

白麋鹿在电话那头诧异地说：“没有啊……”

陆执回来不可能不跟白麋鹿、陈昊还有雨涵他们联系的。

程只失落地挂了电话。

昨天明明那么真实地看见他回来了……难道真的只是一场梦吗？

程只回寝室收拾东西的时候，又看见水吧的缅因猫在小道上溜达。她想问它昨天是不是也看见了陆执，一切都是真实的，不是她幻想出来的。

可是大猫不会说话，昨晚，除了她自己，没有人可以证明他曾经回来过，仿佛她昨天真的只是做了个梦。

九月一日。

程只去B大警校报到，到了学校，她第一时间就去找陆执。

她在各个专业的新生名单里一遍遍地找他，跑遍了警校所有的专业楼，可是没有一个叫陆执的新生。

直到她在大太阳底下中暑晕了过去，白麋鹿知道情况后立刻赶到了警校看她。

那时候的程只已经醒了，靠在床上，整个人失魂落魄。

白麋鹿实在看不下去，才对程只说："只只，你别找了，陆执没考B大警校，你再怎么找都找不到他的。"

程只却不为所动，她找遍了整个警校，都找不到他，心里已经知道了这个事实，只是一时间根本接受不了。

她努力了那么久，就是为了跟他考上同一所大学，为了与他重逢。

她还记得他曾说过："如果有一天我们走散了，你也要努力拔尖，我们在最高处相逢。"

什么才是高处？这还不算吗？

还是说，她从始至终都理解错了他的意思？

当初他只是随便说说而已？

白麋鹿不知道她心里所想，只说："只只，对不起，我骗了你。毕业晚会那天晚上，陆执确实回来过，他去找你了……但很快就被陆家的人带回去了。他不让我跟你说，怕你难过，因为这一次，他真的不知道什么时候可以再回来找你。他不想耽误你。"

一直没动的程只，这才看向白麋鹿，问："什么是不想耽误我啊？"

只听白麋鹿说："陆家的人要陆执跟关氏千金订婚，陆执一直拒绝，双方不断僵持着。他这次能回到宜城市就是以这个作为代价，为了见你一面，他答应陆家人联姻的要求……"

所以……毕业晚会那晚的那个吻，如果是真实存在的，那又算什么呢？

白麋鹿正说着，却见程只脸色越发苍白，以往灵动的眼睛里渐渐失去了神采，直到她无神地望着前方。

白麋鹿才发现了她的不对劲，她吓了一跳，喊了一声："只只？"

程只没说话，白麋鹿又喊了几声，程只还是一点反应都没有。

白麋鹿吓了一大跳，正要喊一声，就听见一抹冷寂的声音响起："她走了。"

白麋鹿看向程只，只见眼中的纯真遗失殆尽，此刻看着白麋鹿时多了一丝冷一丝魅。

她看着白麋鹿，歪了歪头，有些邪魅："麋鹿宝贝……只只躲起来了，现在是会打架的程只，你喜欢吗？"

那日之后，主人格程只再也没出现过，唯有第二种人格的程只一直存在着。

白麋鹿不知道这事究竟是好还是坏，程只以第二种人格存在之后，很快在警校成为女霸王，所有人都知道，警校侦查专业有一个打架特别厉害，一天不打架就手痒的女生，名叫程只，是个典型的暴戾少女，只要能用打架解决，从来不浪费时间讲道理。

起初还有一些人不服气，毕竟考上警校的人里，或多或少都会一些拳脚功夫。

但一个个跟程只较量过之后，程只女霸王的名声渐渐享誉全校，甚至周边学校的人都知道有这个特别厉害的人存在。

生活依旧这样不紧不慢地过着，第一种人格的程只躲起来了之后，在第二种人格身上，白麋鹿从没看见过任何她思念陆执的影子，仿佛陆执这个人在她的世界从未出现过。

白麋鹿以为日子会这样按部就班地过下去，没想到消失了两年的王子怡忽然出现了。

4

原来王子怡考上了B市的本科类学校，并且跟警校的一个男生正在交往。男生平时气焰嚣张，目中无人。

王子怡自从知道程只也在这个警校，就跟男友诉说过去程只“欺负”自己的种种，甚至把她被迫从宜城一种转学这件事也安在程只头上。

男友听说自己的女友受了这么大的委屈，又愤怒又心疼，哪里能受得了，于是在一个夜黑风高的晚上，约了几个兄弟去围堵程只。

原本只是想给程只一个教训，没想到几个大男人被程只打得惨不忍睹。

这原本是一件脍炙人心的事，不料那受伤的男生将这件事情发展成“斗殴”事件，扩大影响，加上这个男生在B市有一点背景，动用了一点手段，让程只被学校开除了。

白麋鹿知道这件事之后立刻赶去警校找程只，却被告知程只已经离开了。

她打程只的电话，电话一直无人接听。

她找了程只一周，甚至去了程只的老家。她见到了程只的妈妈和外婆，没敢告诉她们程只发生的事，但从她们的表现上来看，她们并不知道程只所发生的事情，说明程只没有回来过。

程只彻底失踪了。

白麋鹿再也坐不住，要去找陆执，却被陈昊和雨涵拦住了，他们告诉她：“执哥已经知道了这件事，程只去了一个适合她的地方，你不用担心。”

白麋鹿却不懂：“什么叫我不用担心？程只去哪里了？你们这话是什么意思？”

陈昊和雨涵也知道这事瞒不住她。陈昊说：“就是程只双重人格一直是很严重的病，她的主人格现在一直不出现，将所有的怨气都转移到第二种人格身上，导致第二种人格比之前还要暴戾。执哥一直在找医生想要把程只的病治好，但还没有找到，就发生了王子怡这件事。”

陈昊叹了一口气：“或许这也是一件好事，如果不是王子怡，以程只第二种人格这种性格，早晚也会出事的。如今执哥已经帮程只找到一个更好的去处，你就放心吧！这么多年了，你还不相信执哥吗？”

白麋鹿摇摇头：“我就是太相信他了，当初才会答应他对只只撒谎，说毕业晚会那天他没有来过宜城县，你们没看见，当只只知道真实情况之后，她当时的表情……她一定是太绝望了，否则怎么会把自己的主人格藏起来，再也没出现过？”

雨涵说：“班长，执哥也不想这样啊……这不是害怕他一走了之什么交代都没有，更伤害程只吗？这些年执哥一直在暗中护着程只，你也是看见的，你还怕执哥会害程只吗？”

雨涵说的这一番话，让白麋鹿无法反驳。

因为她知道，即使这些年，陆执忍着没有跟程只见面，但没有人会比程只在陆执心里更重要。

自那以后，白麋鹿再也没见过程只。

只听说王子怡和她男朋友不知道因为什么原因，自动申请了退学，并且被人下了指令，再也不准踏入B市一步。

虽然陈昊和雨涵没说，但白麋鹿总觉得这件事跟陆执有关。

她没有去问，她只希望，程只真的像陈昊说的那样，找到了一个更适合她的地方，开心地生活着。

5

“傻瓜，哭什么啊，我这不是回来了吗？”

夜色浓郁，沉睡的梦里，眼角的泪沾湿了枕头。

程只醒来的时候，才发现是一场梦。

她望着天花板发了很久的呆后，从床上起来。

半夜四点，训练室里已经有人在训练了，看见程只进来，打了一声招呼，对着沙袋就是一顿猛捶。

程只走近一台跑步机，戴上耳机，开始跑步。

三年了，每当程只梦见他的时候，不管多晚都会来训练室，消耗多余的精力。

当年高考之后，她考上了B市最好的警校，只因为白麋鹿曾经说过，他想当警察。但在大一时因为违纪被勒令退学。

退学之后，她刚走出学校，就有一个男人找到她，再然后，她就进入了眼下这个组织。

该怎么形容这个组织，说它不正规，它却是B市市政府亲自创办的神秘调查组，名为X调查组，属于国家性质的。说它正规，但市面上并没有人知道它的存在。

X调查组就是专门收集特殊人群的组织，比如组织里有患有先天性抑郁症，但是脑容量比普通人高两百倍的脑力天才；比如像程只这种有双重人格，在第二人格爆发时，战斗力很强的特殊人群，为其所用。

在没有出勤任务的时候，X调查组表面上是一个私人保镖公司，但所谓私人保镖可不是随便什么人都能联系上的，只有极少部分的豪门贵族通过特别渠道能请得动。

程只在训练室锻炼了三个小时后去食堂吃饭。

平时她不住在寝室里，因为调查组说这天上午有会要开。她昨天临时来调查组办点事，由于时间太晚了懒得回家，所以在寝室休息了一晚。

吃完早饭之后，程只准时去了会议室。

会议室里没有人，程只是第一个到的。可是等到会议时间，整个会议室里也只有她一个人。

门被打开，X调查组的教官走了进来。

程只起身，给教官敬了个礼。

教官示意她坐下。他拿了一份资料递给程只，资料上面写着“陆上集团”，她微微一怔。

“最近调查组没什么事，闲着也是闲着，就接了一份‘外卖’，这是雇主的资料。”教官所说的“外卖”就是充当掩护的保镖工作。

“陆上集团在B市很有名了。”教官喝了一口茶，慢慢地跟她说，“雇主就是陆上集团的继承人陆执，我们的工作是保护他三个月的人身安全。这个陆小少爷啊，最近因为家族矛盾，被人威胁了……”

程只恍惚地听着教官的话，在听见“陆执”两个字的时候，心狠狠地沉了一下。

“这个陆小少爷的绯闻不少，身边的女伴一个换一个。他旗下的子公司之一‘陆上娱乐’经营得风生水起，被他一手捧红的女艺人不下十个，个个跟他有绯闻，所以我们可以从这里下手，我们的人可以扮成他旗下将要捧红的艺人，这样每天跟在他身边，别人只会以为这陆小少爷又跟旗下艺人传绯闻了……当娱乐圈艺人肯定是需要一点颜值的，所以我觉得你是最合适的……Z？”

程只回过神，见教官看着她，喊了好几次她的代号。

在X调查组，每个人都是以代号相称，同事之间没有人知道彼此的真实姓名。

当初教官问程只用哪个字母代表她的时候，她想了一会儿，说：“Z。”

Z，“执”的拼音首字母大写。

程只说：“我知道了。”

“好，一会儿会有人帮你打扮，以陆上娱乐新人的身份在陆执身边贴身保护。”教官说完就走了。

程只在会议室里坐了一会儿，看着教官给自己的关于陆上集团的资料。众所周知，陆氏家族在B市创建了一个商业帝国。目前，除了陆家二少爷陆泽漆独自垄断的药材市场，就是陆淮南手中涉及房地产、服务业，等等的陆中集团，以及陆淮南的侄子陆执即将接手的涉及娱乐、文化产业，等等的陆上集团。

由于陆执太年轻，加上他给人的感觉是妥妥的纨绔子弟，陆上集团董事会的那些老头都十分不看好他，处处挑他的毛病。

由于他是陆盈盈的独子，虽然是私生子，但陆执接手陆上集团已经是陆盈盈公布的事实。这些年有人一直想要暗中处理掉他，所以陆执身边每时每刻都有保镖随行。

最近一段时间他的处境越发危险，于是才通过特殊渠道联系上了 X 调查组。

程只在会议室等了一会儿之后，便有人带她往外面走。

那人带她去了化妆室，换了一套衣服后，带到化妆师面前。

化妆师看了程只一眼，说："你们是捡到宝了吧？就美女这颜值，直接素颜去陆上娱乐都可以，肯定会有人认为她是明星。"

化妆师说不用化妆，让人把程只直接带去了陆上娱乐。

6

X 调查组的人将程只带到陆上娱乐大门口，有专门的人接待她。看见她下车，笑着说："你就是陆少爷马上要捧的新人啊？陆少爷的眼光真好，小姐姐长得真好看，我叫本宫，以后就是你的助理了。"

程只朝本宫礼貌地笑了笑。

"来，我带你去训练室。"

程只跟着本宫往里走。

陆上娱乐虽然只是陆上集团的一家子公司，但一进大门就能感受到它的大气磅礴、富丽堂皇，无处不在炫耀：本公司特别有钱！

由于公司里经常有当红的艺人进出，门口的安保也十分严格。

本宫拿着身份卡和上级领导盖的章才通过一层层安检进去。

她带着程只来到训练室，对程只说："每个新人第一个来的地方都是训练室，今天姐姐来得格外是时候，因为陆少待会儿会亲自请这次的新人吃饭，这可是历年来新人从没有过的待遇。"

本宫不知道程只的真实身份，公司只告诉她，程只将会是陆少在新人里力捧的一个女孩。

此刻，在陆上集团最顶层的办公室内。

雨涵诧异地说："执哥竟然要亲自请新人吃饭？这是为什么？执哥之前捧那些菲菲啊、糖糖啊的时候，也没特意请她们吃过饭吧？"

对于这一点，陈昊也表示好奇："据说这次执哥又有想捧的新人了。"

"是吗？"雨涵说，"刚火得不行的沁沁，执哥又跟人家分手了？"

雨涵郁闷："不是我说啊，执哥你好歹榨干她身上的价值再分吧，这要分了，万一沁沁被别的公司挖走了怎么办？她可是目前最火的女星。"

雨涵的话音刚落，办公室内书桌上的手机响了起来，上面的号码数字非常好，一看就不是普通人用的手机号，但这部手机主人连人家的名字都懒得存。

雨涵和陈昊都对这电话很熟悉，因为这个电话每天都会打进陆执的手机，并且不会被接听。

"关氏千金的电话啊……"雨涵看了办公桌后面的男人一眼，"执哥，你不接啊？"

陆执正在看这个月的财务报表，瞟了一眼桌上的手机，拿起，将手机丢给雨涵："你接？"

差一点没接着手机的雨涵冒出了不少冷汗，最后又将手机搁回原处："执哥，我这还不是为了你好，怕你不接电话，关氏千金又跑去跟陆阿姨告状让你为难嘛！"

陆执回到B市之后，陆盈盈就掌控了他的全部生活，上什么样的学校，读什么样的专业，别人读高中需要三年时间，陆盈盈要求他一年内学完高中全部内容参加高考。考上大学后，陆盈盈要求他两年之内拿到学位证毕业，进入陆上集团从底层做起。

就连未来跟什么样的人交往，陆盈盈也早已经准备好。

关婷婷，关氏唯一的千金，是陆上集团一直以来的合作伙伴，从第一眼见到陆执，就喜欢上了他，一直穷追不舍。

陆盈盈谈不上有多喜欢关婷婷，但和关氏集团联姻，有助于陆执未来的事业，为陆执未来接手陆上集团添砖加瓦，所以陆盈盈一直强迫陆执跟关婷婷交往。

陆执倒是没有正面反抗，但他一手创建了陆上娱乐，三天两头跟公司旗下的女艺人传绯闻，身边从来不缺女性伴侣。他是少有的不是明星，却经常上娱乐头条的商场大少爷。也因为这样，陆上集团那些董事会的老头特别看不上他，觉得他就是个不学无术的纨绔子弟，暗地里都觉得要不是陆盈盈膝下无子，也轮不到他这个私生子继承家业。

可惜即使所有人都不看好，陆执依然稳坐陆上集团继承人的位子。

董事会老头抛出的各种刁难，他一一接招，至今为止，那些看不上他的人拿他一点办法都没有。

程只跟着本宫去了陆上娱乐的训练室。

里面很多练习生在训练，见本宫带着人走进来，都回头看了一眼。虽然明面上没说什么，但眼里都是敌意。

陆上娱乐将要捧新人这事虽然没有明着通知大家，但小道消息总是传得飞快。在这个利益至上的社会，加入陆上娱乐的实力，练习生们谁不想被力捧出道，都说陆上娱乐是所有娱乐公司里唯一一个不靠背景，只靠运气的公司。

但凡有背景的新人到陆上娱乐都没有用，只有陆上娱乐的陆小少爷看中的新人才能受到力捧。

所以没有背景但自身条件十分优秀，想往娱乐圈发展的新人第一个选择的公司就是陆上娱乐。

陆上娱乐每个季度捧一个新人，并且只要是陆上娱乐想捧的人，都会在他们所规定的时间里红起来，这让很多新人无比期待。

这一季度陆上娱乐增加了力捧名额，比过去多了一个，也就是这一季度陆上娱乐一共要捧红两名新人。

本以为上一次捧的新人沁沁红了，这次两个名额她们终于有机会了，谁能想到居然空降了一个新人，她们直接少了一半的机会，这些新人能不恨程只吗？

7

训练室里弥漫汹涌澎湃的杀气，程只一进去就感觉到了。

不过她并没有放在心上，反倒是本宫怕她吓到了，小声安慰道："这些都是陆上娱乐的练习生，每年都在等捧红的机会，有的人等了两三年，有的人是刚进来的，谁都想红，所以对空降的你充满了敌意，也是能理解的。你不用害怕，我们有陆少爷做后盾，他们不敢对你怎样的！"

对于本宫的安慰，程只只是淡淡地"嗯"了一声，并没有太大反应。

本宫偷偷打量她，没想到陆少爷这次要捧的居然是个"冰女神"。女神不仅长得好看，而且自带一种沉静冰冷的气质，仿佛什么事对她来讲都是小事，根本不值得她放在心上。

这跟陆少平时捧的新人完全不一样，陆少平时捧的新人都是乖巧软糯的，一看就很好欺负的那种……

现在这个却是可盐可甜，明明看着软萌，长相漂亮且毫无攻击性，可她不说话的时候，又攻气十足。

本宫带着程只在训练室里溜了一圈，就见有人从训练室门口走了进来："来，来，姐妹们，我昨天说了，今天我们陆少请所有练习生吃饭，这件事大家还记得吧？"

那人说完，所有人都停止了训练，就见他看了一眼手表，说："现在还有半小时，大家要换衣服的赶紧去换衣服，大巴会在十分钟后在公司门口等大家，半个小时后所有人在大巴上集合，我们准时出发！"

那人说完，所有练习生立刻一哄而散。听说会被老板请吃饭，所有人都用了毕生所学打扮自己，只为了在饭局上能得到陆少的注意。

娱乐圈就是这么残酷，有的人在陆上娱乐当了两三年的练习生，连陆少的面都未曾见过，但有的人刚来陆上娱乐没几天，可能就被陆少看中，选为当季力捧对象。

当大家以最快的速度赶上大巴的时候，程只已经在大巴上等了三十分钟。

她来的时候穿的是在X调查组穿的训练服，一身黑色的皮衣皮裤，在B市深秋的天气倒是十分抗冷。虽然是一身简单的黑色，但紧身的皮衣皮裤包裹着她饱满的身体，在一群穿着各种礼服，花枝招展的练习生里显得独树一帜。

她扎着简单的马尾，面无表情地坐在大巴第一排的位子，任由上车的每个练习生用各种眼神观察。

她本就长得极其好看，上学那会儿长得好看却稍显稚嫩，长大后的她五官长开了，清纯之中多了几分美艳。

像透彻的清泉，又似神秘的火焰。

这样的人，是令对手都害怕的人。

其他人对她虽有不服气，但都不敢上前主动招惹。

直到有两个练习生走到她面前，其中一个人对着她颐指气使："你起来，把位子让给佳佳吧，佳佳晕车。"

这个叫佳佳的练习生是这个季度大家认为最有可能拿到捧红名额的人，因为她漂亮的长相和软糯甜美的气质，都特别符合陆少往日的喜好，再加上她来陆上娱乐之前就已经是个小网红，在网上颇具人气。更有意思的是，这个佳佳身边的人不经意间透露过，佳佳以前跟陆少是同一个高中的，并且她曾经是陆少的同桌。

佳佳就是当年高一（2）班的宁佳，宁佳也没想到能在这里遇上程只。

不过程只既然装作不认识她，她自然不会去主动跟她打招呼。

宁佳本身长相和气质都不差，加上成年之后会打扮，也算是个顶级美女。

她在大学的时候就尝试在网上发视频，渐渐吸引了不少粉丝，成了网红。后来为了靠近陆执，进了陆上娱乐。

练习生里有的人见她潜力大，想尽办法跟她搞好关系，希望等她红了之后，能提携一下自己。

刚刚跟程只说话，让她让位子的人就是一直巴结宁佳的练习生之一——林潇。

林潇资质一般，来陆上娱乐当了两年练习生，除了在网剧中当个十八线的龙套，也没什么成绩。她对自己的期望也不高，成为一个爆红女艺人的闺密就是她的终极目标。

朋友优秀了，自己也不会差到哪去。

但过往爆红的练习生跟林潇都没多少交情，直到遇到了宁佳。从宁佳来到陆上娱乐，林潇听说宁佳曾经是陆少的同学兼同桌之后，她特意去打听过，要知道陆少虽然因为家庭原因，从小被流放在乡下，但他从小性格不羁，在高一之前从未有过同桌，高一时共有过两个同桌，其中之一就是宁佳，这说明宁佳跟陆少关系肯定不一般。

所以林潇抱紧了宁佳这个大腿，她觉得空降来的程只是宁佳敌对的人。宁佳表面上没说什么，但林潇看得出宁佳不喜欢她，讨好宁佳的林潇自然就想方设法针对程只。

林潇见程只不为所动，冷笑道："再说了，你是一个后来者应该喊我们佳姐一声前辈才是，前辈都没坐第一排，你凭什么坐第一排？"

程只还是没有理她。

大巴上已经陆续坐满了人，大家都看热闹似的看着这边，谁都对程只不服，但只有林潇是第一个敢招惹她的。在这么多双眼睛的注视下，林潇怎么能让自己在一个新人面前丢了面子？

她见程只一副无视自己的样子，气不打一处来："你这丫头敬酒不吃吃罚酒！"

说完伸手就要把程只从座位上拉起来。

# 第十四章

## 好久不见，我的小朋友

1

林潇的手还没碰到程只，就被一把抓住手腕。她还来不及喊疼，已经被程只甩到了一边。

林潇根本没想到程只力气这么大，她被甩得整个人撞到了大巴前门上，好在前门关了起来，否则她整个人都要被甩出去了。

程只依旧坐在椅子上，周身的气场森冷阴戾。她身都没起，只是坐在那里，徒手就将林潇甩了出去。

林潇震惊地看着程只，半天不敢再说话。

不只林潇，在场的所有人顿时都沉默了。谁都没想到从来陆上娱乐就没说过话的程只，竟然这么狠戾。那一刻，她们似乎在她身上看到了一丝杀气。

整个车厢都安静了下来，所有人都不知所措地看着这一幕。

直到宁佳打破了这份安静，她笑着对程只伸了手：“程只，好久不见啊。”

对于宁佳的主动打招呼，程只连眼皮都没抬一下。

宁佳嘴角的微笑尴尬地留在了嘴角，伸出去的手更是尴尬得故意拢了拢耳后的头发，假装不在意程只的忽视。

“叩叩。”

大巴的门被敲响，一旁看愣了的司机这才反应过来，摁了自动开门键。大巴门打开，从外面进来一个西装革履，神色严谨的男人，所有人都认识他，他是陆少的贴身特助陈锦。

陈锦走上车，眼睛在车上环视了一圈，所有练习生都紧张地坐好。陈锦的眼神在她们身上停顿了半秒，她们都为此感到心跳加速，期待着他能走向自己。

然而陈锦在环视一周后，最终将视线停留在林潇和程只身上。

其他人纷纷诧异，为什么陆少的贴身特助会来车上找程只？难道是他看见了刚刚程只甩人，所以上来警告她？

一定是这样，虽然林潇有做得不对的地方，但作为新人，程只一上大巴就占据了大巴最好的位子不说，对林潇和宁佳这样的前辈一点礼貌都没有，像这样的人怎么能坐上力捧的位子？

就在大家准备看好戏的时候，陈锦走到程只身边，弯下腰，毕恭毕敬地说："程小姐，陆少给您安排了私人专车，请您跟我来。"

陈锦说完，所有人诧异了。

这是什么待遇？陆少居然帮她准备了专车，还让自己的贴身特助亲自来请人？

之前已经红透娱乐圈半边天的沁沁也没受到过这么高级的待遇吧？

最关键是，在这么好待遇之下，程只依旧没什么表情地说："不用了。"

她们没听错吧？程只拒绝了？

陈锦也似乎没想到程只会拒绝，愣了一下，才说："好的，程小姐，我知道了。"

陈锦说完之后便下了车。

大巴发动，朝饭店开去。

陈锦离开了之后，车厢里安静了一会儿，才开始有人小声议论，基本上都是跟程只有关。

程只则是戴上了耳机，放着音乐，闭眼休息。

陈锦下了车之后，直接朝一辆黑色的宾利商务车走去。

车窗缓缓降下，男人正低头看资料，英俊精致的侧脸如被神精心雕刻过。

陈锦站在车门前，低声说："陆少，程小姐不肯下来。"

男人似乎已经料到，并不觉得诧异，只是漫不经心地应了一声："嗯。"

车窗摇上，黑色宾利缓缓向前方行驶。

二十分钟后，大巴停在了陆上集团旗下奢华型酒店外，大巴门打开之后，身后的练习生们似乎有默契般，不约而同地没有动。

倒是第一排的程只不紧不慢地收起耳机，起身下了大巴。

大巴里的练习生们这才陆续下了车。

因为事先有准备，酒店的门口安排了很多保安，路人看见从车上下来的女生们穿着各种礼服，不知情的人还以为她们在走红毯，却不知她们穿得这么花枝招展只不过是为了吸引陆少的注意。

饭厅安排在顶楼的自助餐，虽说自助餐，但还是安排了三张饭桌，练习生本来有二十个人，但因为有一个生病没来，所以只有十九个，分十人一桌，九人一桌。还有一桌空着的是主桌，大家都知道那是留给陆上娱乐高层坐的。

练习生们一进去就按照自己的名字找到了位子。

唯独桌子上没有程只的名字，直到有个服务员样的男人走到她面前说："请问是程只，程小姐吗？"

程只点头。

那人说："您的位子在主桌，由于现场人还没到齐，我们跟您安排了嘉宾休息室，请您跟我来。"

那男人说这话的声音正常，在程只旁边的几个练习生都听见了，但都没表露出什么情绪。

直到程只淡淡地说了一声："不用了，我坐这里就行。"

说完直接走到了那个生病没来的练习生的空位上。

2

坐在程只身边的几个练习生都没敢说话，离程只远一点的就忍不住小声咬耳朵："陆少对这个新人也太好了吧？什么都安排好了。之前捧沁沁她们的时候也没这么好过啊？"

"程只还不知好歹不接受，也不知道是故作清高还是其他什么……"

"肯定是欲擒故纵，为了吸引陆少的注意呗，电视剧的套路不就是这样的吗？越表现出难以征服的样子越能吸引男人的注意，别看她表面上什么都不说，心思深沉着呢！"

关于别人的议论，程只即使听见了也不会放在心上。

手机上传来了那边用乱码发过来的信息，上面写着："坐主桌，保护目标。"

程只看完就删了。

在外面办事的时候，通常统称调查组为"那边"。

半小时后，自助餐厅的门口传来骚动的声音，有出去探风的练习生急急忙忙地跑了过来："陆少来了！陆少真的来了！陆少可真是帅呆了！"

在所有人期待的目光中，他被人簇拥着走了进来。

五年了，他离开宜城一中之后，除了毕业晚会那场真实却被他否定掉的见面，这次是程只五年后第一次认真看他。

他比高中时更加高大挺拔，整个人也沉稳了许多。但即使这样，也挡不住他眉宇间的矜贵和与生俱来的痞邪不羁。

身旁的人正在跟他说话，他边走边听着，目光散漫，依旧是那么漫不经心。

比起餐厅里各种穿着隆重、打扮精致的女孩，他穿得更加随意，简单的白 T 恤，外面套了件短皮衣，下身穿着深色牛仔裤，看起来好像真的只是来吃一顿饭。

他被陆上娱乐的高层簇拥着走到主餐桌前，高层们看见他落座了之后，才各自坐了下来，都坐下后还空着两三位子。

一个高层不知情，正要对服务员说把空的座椅搬走，就见一个穿着黑色皮衣的高挑女孩走了过来坐下。

虽然女孩长得漂亮，但那高层不知道她的身份，以为她是陆上娱乐的练习生，对她说："姑娘，坐错地方了，你的位子在那边……"

程只没动，那高层郁闷了一下。这姑娘看着年纪轻轻，长得也好看，怎么耳朵有点不灵光？

正要继续重复一遍，就听见一抹低沉的声音响起："只只，过来。"

众人看去，只见陆执指了指他身边的位子，示意女孩过去。

这可是从没发生过的事，以往不管开会或者饭局，陆少的左右两边都是不坐人的，因为陆少不喜欢身边有人靠得太近，据说陆少上学那会儿，就没有同桌。

如今陆少竟然主动让异性坐他身边，大家都十分好奇这女孩究竟是谁。

直到有人小声在那高层耳边说："据说这是陆少这季度捧的新人之一，宠得不行。"

高层看向女孩，她跟平时陆少捧的女孩不一样。说不一样，她身上又有一点陆少平时喜欢的灵动乖巧，除此又多了几分冷冽、几分清冷，像手边近在咫尺的香甜清茶，又像远处触不可及的高岭之花。

只是这朵高岭之花听见陆少的话竟然无动于衷，仿佛没听见一般，静静地坐在原处。

桌上的气氛有一瞬间的尴尬，大家都不敢说话。因为不知道这个女孩忤逆陆少的意思，也不知道他会不会生气，毕竟陆少脾气不好是尽人皆知的事，经常吓得手底下的人给他汇报工作都要做好久的心理建设和准备。

就在高层们以为这个女孩会被陆少当场赶出餐厅的时候，却听见陆少郁闷又无奈地说："好吧，你想坐哪儿就坐哪儿。"

他们什么时候见过陆少这么委曲求全的样子？就连面对他的监护人陆盈盈，两人一见面也是吵得不可开交，每次两人所在的地方就是要殃及一片无辜的战场。

众高层虽然心中震惊，诧异这女孩到底是何方神圣，能让陆少如此。但毕竟是久经沙场的老将，面上他们还是装作若无其事的样子。

相比而言，另外两桌的氛围则正常很多，练习生们不知道这边发生的事情，还处在自己的八卦圈中——

“我就说程只有心机吧！你看陆少一来，她就迫不及待地坐到那桌去了！”

“可惜啊，即使把她吹得再好，还不是不能坐在陆少的身边，据说陆少的身边是从来不坐人的！陆少可是个从上学就不允许有同桌的人。”

“那可不，又不是谁都能像我们佳佳，能成为陆少的同桌。”林潇这时候找到了底气，音量不禁提高了几分，“佳佳可是在场所有人里唯一一个曾经在陆少身边坐过的人。”

林潇这话说出口，有的练习生表面上附和：“就是，程只根本跟佳佳不能比！”

也有的人在私底下笑：“是不是同桌就凭她一张嘴而已，再说了，即使以前是同桌怎么了，现在还不是连跟陆少同一张桌子的资格都没有，还不如人程只呢！”

有女人的地方就少不了钩心斗角，何况还是在娱乐圈这种谁都不服谁的地方。

3

虽然是自助餐，但陆执向来不喜欢吃这些东西，这一桌他点了几个菜让主厨做。

服务员将菜一一端上来的时候，由于是陆执个人点的，所以都搁在了他面前。将最后一碗汤端上来时，那服务员不知道怎么的，明明端得很稳，却在放下的那一刻，手一歪，大半碗汤都洒在了陆执身上，服务员当即吓得脸色一阵惨白，忙说：“对不起，陆少，对不起！”

说着就要动手帮陆执清理，一双纤细白皙的手猛地将服务员即将碰触到陆执的手拂开，服务员没有防备差点摔倒，好在身后的人扶住了她。

服务员抬头看去，就见一个身材高挑的女孩挡在陆执面前，表情森冷地看着她。

服务员说不出那是什么感觉，明明眼前的女孩长得极好看，但她有一种，她再碰陆少的话，就会被眼前的女孩把手扭断的错觉。

服务员并非错觉，对于接受任务要保护陆执人身安全的程只而言，这些年经过“那边”的训练，已经在潜意识里对四周任何有可能伤害被保护人的人有下意识的反应。

众人没想到程只会忽然做出这番举动，皆是诧异地看着她，半天没回过神来。

直到陆执的助理陈锦小声说：“陆少，要不要去换一身衣服？”

陆执才懒懒地“嗯”了一声，墨色的双眼却盯着程只。

这家酒店是陆上集团名下的，陆执偶尔会来住，顶楼的套房是长期专门为他准备的。陈锦跟着陆执正要往外面走，谁知道程只却跟了上来。

陈锦犹豫了一下，他心里清楚程只对陆少而言肯定是特别的存在，否则陆少爷不会专门让他准备私车接程只来酒店。他毕竟是陆执身边的人，不蠢。

陈锦掂量了一下，问：“陆少，程小姐也一起吗？”

陆执：“嗯，一起。”

等到陆执三人离开了之后，这一次不止练习生那边炸锅了，高层这桌也炸锅了。

“什么情况？这个新练习生究竟是什么身份？”

有年纪偏大，在陆上集团也有点地位的老高层不由得说：“虽然我知道陆小少爷血气方刚、正值年少，弄点花边新闻也很正常，但这毕竟是公司内部的聚餐，还是得注意一点形象。”

有人在心里不免唾弃：陆执走了你才敢这样说，他在的时候你怎么不说？

表面上还是应承着：“就是就是！”

练习生那边则议论得更火热——

“程只刚才那是在干吗？一副女主人的架势，她是不是有点飘了？”

“还跟着陆少一起去更衣室，这也太主动了吧？”

大多都是吐槽程只太主动的，也有人看不下去，说：“有的人就是吃不到葡萄说葡萄酸，程只主动怎么了，陆少还不是什么都依着她？”

“嘿！你说谁吃不到葡萄说葡萄酸？”

“我没点名没点姓的，你别主动对号入座。”

明明是吐槽程只，可这边程只什么事都没有，练习生们自己吵起来了，宁佳也是无语。

原本宁佳只是想给程只一个下马威，让她即使有陆执撑腰，在一群练习生里也不好过，没想到程只早已不是当年那个软弱无能，需要陆执保护的程只了。

4

程只跟着陆执往电梯那儿走，电梯边有专门为客人指引的服务员，见他们过来之后，摁开了电梯。

陆执和程只走进去之后，陈锦很自觉地说：“陆少，您先上去，我等下一部。”

陆执没说话，电梯门关上，不大的空间里只有陆执和程只两人。

出于对雇主的保护，程只习惯性站在陆执前方。

陆执倚在她身后，双手插在裤兜里，姿势懒散悠闲。他皮衣里面的白色T恤被汤汁弄脏了，可在他身上看不出丝毫狼狈。

酒店的设施都是特别高端的，连电梯上下行发出的声音都没有，电梯里非常安静。

在这样安静的环境下，背后男人的视线就显得特别炽热。

程只知道他在看自己。

两人一路无话，直到电梯开了，坐另一部电梯的陈锦竟然比他们先一步上来了，在门口等着他们。

陆执和程只走出去之后，陈锦领着他们走到一间套房门口，刷开门之后，陈锦往后面退了一步。

陆执先走了进去，程只随后跟了上去。

陈锦并没有进来，将房门关上后，在门口等着。

套房很大，从大门到里面要经过一个走廊。程只进门后，陆执就站在原地不动了。程只沉默地站在他身后，没有催促，尽责得像一个机器人。

直到陆执转过身，看着她。

高一那会儿，她个子刚到他的胸口，现在他们都长大了，她的个子还是刚及他的胸口。

只是那时候是他保护她，现在变成了她保护他。

陆执垂眸看着她，她一直直视着前方，眸子里没有丝毫感情。

陆执顿了片刻后，长腿往前走了一步。她丝毫没犹豫，往后退一步。

他再靠近，她再后退，直到整个人被他逼得后背贴在门板上。

她才迫不得已，抬头看他："陆执，你能不能别靠这么近？"

陆执一只手撑在她耳边的门板上，似墨的黑眸凝着她："我以为你不打算跟我说话了。"

程只看着他没再说话。

陆执一动不动地看着她，目光灼热逼人："好久不见，我的小朋友。"

程只心底生疼，本以为自己已经做好准备，可没想到还是因为他这一句话动荡得不行。她转过头，没再去看他。

下一秒，程只的身体轻颤了一下，感觉到脖子上传来灼热的气息，他竟然俯身在她脖颈上轻吻了一下。

程只双手在身侧紧紧攥成拳头，闭上眼睛，咬牙忍着。

结果，她的忍让让男人得寸进尺。陆执的唇渐渐吻上她的脸颊，轻轻贴上她的耳骨，不留余地地咬了一口。

程只闷哼一声，正要张嘴说话，他俯身便压了下去，对着她的唇吻了上去。

如果算上高三毕业那一次，这应该不是程只的初吻。

可陆执吻上来的那一刻，她还是觉得那么陌生。

她没有回应陆执的吻，甚至不再忍受，而是伸手反抗。

可陆执是什么人，从小到大以打架出名的霸王，她刚出手，就被他精准地捉住手腕。他一只手将她两只手腕束缚在身后，一只手掐着她的下巴，越发加深了这个吻。

5

程只皱眉，正要抬腿踢他，门外响起敲门的声音，陈锦的声音传来："陆少，下面的高层还在等您一起吃饭，让他们等太久了不太好。"

程只瞪着眼前吻着自己的人，他也睁眼看着她，深色的双眸中都是挑衅与邪气，痞气十足。

他仿佛又回到了高一时那个天不怕地不怕的不羁少年。

下一秒，这个曾经不羁的少年闷哼了一声。他缓缓推开，舌尖轻舔了舔被她咬破的嘴唇，一阵腥味弥漫嘴间。

陆执眯了眯眼，看着眼前喘着气的程只。他的小朋友长大了，开启了她的獠牙，懂得反抗了。

可是小朋友再怎么凶狠，在他眼里也只是一只张牙舞爪的小猫咪。

程只不想再跟他纠缠，手握上门把手就要开门。

背后是陆执清淡的声音："在门口等我。"

程只没有回答，拉开门走了出去。

陆执并不怕她不听话，因为"那边"的教条非常严格，在执行任务时，必要情况下需要时刻在雇主身边，不能让雇主有任何危险。

陆执转身，往里面走去，脱去了外套和被汤汁弄脏的衣服。

在服务员端菜的过程中，他是故意让服务员打翻汤汁泼自己一身的，目的就是想跟程只单独相处。

虽然这些年，程只的一举一动，陆执都无所不知。

小朋友的改变、小朋友心里对他有气，他通通都知道。

只是他无法像现在这样无所顾忌地站在她面前。

如今，他终于可以让她回到他身边了，所有的一切，他都会慢慢弥补给她。

程只刚出门就后悔了。

“那边”严格要求在执行任务期间，不能让雇主单独待在一个地方。

她站在门口深呼吸一口气，对陈锦说：“麻烦帮我把房门打开。”

他看见了程只脖颈间的红印，大家都是成年人，在里面发生过什么，不用描述，他都知道。

他没多说什么，摁密码刷开了房门。

程只进去之后，陆执刚从浴室冲完凉出来，身上只围了一条浴巾，上身什么都没穿，结实紧致的肌肉，漂亮完美的腹肌一直延伸到小腹下方引人遐思的地方，哪一处都像是在勾引人。

即使程只再怎么镇定，再怎么及时移开眼，看见这种情况，她的脸还是不自觉红了起来。

她细微的表情变化和泛红的脸颊逃不过陆执的眼睛，他嘴角勾起一抹又坏又撩的笑：“小朋友，喜欢你看到的吗？”

程只咬了咬唇，用疼痛让自己不要迷失在他低哑磁性的嗓音和撩人的笑容中，她说：“你快点换衣服吧。”

陆执没动，只说：“小朋友，我的衣服在那边，麻烦你帮我拿一下。”

程只见他一副不愿意动手的样子，知道自己拗不过他，只能顺着他视线的方向走过去，打开衣柜，里面是一排崭新的衣服，有的标签都没有拆。

除了几件特别正式的西装衬衫，其他全是休闲的衣服。

程只问："你穿哪件？"

陆执反问："你喜欢哪件？"

程只没回答，随便从衣柜里拿了衬衫、长裤走到他身边递给他。

陆执接过，也不看她选的衣裤搭不搭，直接穿上身，扣衬衫扣子的时候，他看着她挑了挑眉："小朋友喜欢我穿白色衬衫？"

他笑起来特别好看，尤其是此刻他嘴角有她刚咬过的伤口，泛着鲜红，笑起来的时候妖艳又邪魅。

但程只没理会他的调笑，说："换好就走吧。"

这次陆执倒没有故意刁难她，笑着从她身边走了出去。

程只随后跟上。

6

出了门，陈锦依旧在门外尽职尽责地等着。

看见他们出来之后，直接领着他们去了餐厅。

餐厅里陆上娱乐的人都在等，陆执回来他们才敢继续吃饭。

陆执径自走到最里面那一桌，心情很好地坐下，拿起筷子夹了一块面前的西蓝花丢进嘴里。

见其他人都没动筷子，他说："吃啊，都看着我做什么？"

其他人才纷纷开始动筷子。

练习生们虽然在陆执离开之后争得面红耳赤，但每个人都没有走，她们精心打扮了一番就是为了陆执，不等到陆执回来，她们是不可能走的。

果然功夫不负有心人，陆少穿白衬衣也太好看了吧！

只不过……他嘴角是怎么回事？怎么换了一趟衣服，嘴角却受伤了？

有眼尖的人发现了这一点，惊叫了起来："刚刚陆少在换衣服的时候发生了什么？嘴角怎么受伤了？"

其他人也不禁纷纷偷偷看去，真的有伤口？

“不会是跟程只有关吗？”

“程只咬的？”

有人不服气：“为什么不可以是陆少自己咬伤的？”

这一边，正在吃饭的陆执根本没有掩饰嘴角的伤口，反而将嘴角的伤口光明正大地展现出来，偶尔还会假装疼得皱一下眉，生怕别人不知道他嘴角受伤了。

就连一向正经的陈锦看了都觉得自家陆少怎么有点……

虽然陆少对程只确实很不一样，但也不用这样夸张，仿佛是在昭告天下他刚开荤了……

这太张扬了吧……陈锦害怕桌上有些上了年纪平时又看不顺眼他的高层会吃不消。

就在餐厅各种猜想横飞的时候，忽然一个浑身穿着大红色西装，戴着礼帽、墨镜，一副刚从国外度假回来的男人从外面走了进来。他拍了拍手，兴奋地说：“噢，让我看看，今天陆上娱乐怎么这么热闹？公司聚餐都不喊上我？”

众人见陆执的机会比较少，可是眼前的这位穿得花里胡哨的男人，她们都很熟悉，是陆上集团的副总，也是陆上娱乐总监许格。

许格是陆上集团其中一位董事许备的儿子，许备在陆上集团持有的股份仅次于陆盈盈。许备的野心很大，一直想要把陆盈盈手中的股份占为己有。他曾经追求过陆盈盈，想跟陆盈盈结婚之后股份共有，最后扶持自己的儿子许格继承陆上集团。

陆盈盈早已看穿他的豺狼之心，这些年一直培养陆执。即使陆执不是她亲生儿子，也好过陆老爷子一手创办的陆上集团落在外人手中。

许格从小被许备宠坏了，做任何事情都张扬跋扈。他在陆上集团的各种职务，也是看在许备的面子上给他挂的头衔。陆执接手陆上集团时，许格没少从中捣乱。

陆执创立陆上娱乐时，许格硬要插进来一脚。成为陆上娱乐的总监之后，经常撩青涩的练习生，跟很多练习生都有不清不楚的关系。

虽然练习生们都知道许格花心在外，但碍于他的背景，有些练习生还是会上钩。

“许总监啊？他怎么来了啊？”私底下，有练习生小声地问。

“许总监也是公司的人啊，他来不是很正常吗？”

许格穿过一群练习生的餐桌，径自走到高层那桌，看了一眼，最后在程只身旁停下：“哟，什么时候高层里还多了一个这么漂亮的美女啊？”

许格说话轻浮，眼睛看向程只时，毫不客气地在她身上上下打量，那眼神里都是轻佻和欲望。

此时，陆执的脸色十分不好看。但许格仿佛没看到，一心只在程只身上。

他身边的高层也知道许格是个不靠谱的人，翻了翻白眼：“她是新一批的练习生，什么高层？”

“练习生？”许格眼睛一亮，“这一季度的练习生已经漂亮到这种程度了吗？看看，这皮肤多白，还有这一身皮衣也太性感了吧！我仿佛从这一身皮衣中就能感受小姐姐的身材有多好，我……”

许格话没说完，下一秒就被人猛地揍了一拳头。许格毫无防备，整个人被揍到练习生那一桌。

练习生们吓得散开，许格整个人扑到了餐桌上，餐桌上的高脚杯、碗筷摔了一地。

许格还来不及骂一声，衣领就被人揪住。陆执脸色森冷地盯着他，一拳头毫不留情地再次挥在他脸上。许格结结实实挨了两拳，嘴角渗血，但他还是不怕死地挑衅陆执：“怎么？吃醋了？呵呵，我还以为我们陆家小少爷有多傲气呢，原来也是个为了女人失控的货色……不过你跟那么多艺人传绯闻，怎么独独对她这么钟情？还是说……她床上功夫挺好？”

许格话音刚落，接着，整个餐厅的人都听见了他凄厉无比的声音：“啊！陆执……啊！”

接连两声，陆执毫不给许格喘息的机会，一次性卸掉了他两只胳膊。

7

许格整个人痛苦地倒在地上，双手脱臼。

陆执站在原地，眼睛猩红，阴鸷暴戾，就在他又想将倒在地上的许格抓起来的时候，一个身影迅速过去拦住了他："陆执，不要。"

是程只。

程只生生地挡在了陆执面前，她看见了陆执红通通的眼睛以及额角的青筋。

她立刻明白这些年他的暴躁症没有缓解，反而加深了。

程只并不是在维护许格，从许格一出现在餐厅，她就不喜欢这个人。后来他轻浮的语言和动作，更让她十分厌恶。如果不是陆执先出手，她也会忍不住教训他。

但程只不想因为许格这样恶心的人让陆执发病。她站在陆执面前，看着他，看着他渐渐清醒过来。

陆执一脚踩在许格的脸上，居高临下地睥睨着他，一字一字犹如凛冽的寒风："许格，我不管你爸是谁，如果你再敢说任何一句关于她的话，我废了你。"

许格疼得冷汗淋漓，几乎要昏过去，再也没有方才挑衅陆执时的嚣张。

一旁的练习生吓得大气不敢出，还是高层中有人跟许备关系好，忙出来缓和气氛："陆少，我看小许总也不是故意的，您别跟他计较了，他就是这个性子。"

陆执没吭声。

那高层生怕陆执真的把许格踩死，忙蹲下去，一咬牙，对陆执说："陆少，高抬贵腿吧？"

陆执没动，最后还是程只喊了一声："陆执，别这样。"

陆执才慢慢松开了许格。

那高层忙对身后的人喊：“快打 120！”

许格的手被陆执直接弄脱臼了，再不及时处理，这辈子估计真废了。

陆执没再理他们，抓着程只的手腕，大步走了出去。

挡着他们道的练习生们立刻纷纷散开。

很快许格也被抬了出去。

于是一次单纯的聚餐被弄得人心惶惶，其他练习生们本想想方设法引起陆执的注意，看见这种状况，没有人再敢靠近，就连偷看陆执，被他不经意的一个眼神恰巧遇上，都能吓得她们心一紧。

“陆少刚才好恐怖啊……”

“是啊，刚才那气氛，也只有许总监敢跟陆少杠吧？我一见陆少出手揍他，我吓都吓死了。”

“没想到程只在陆少心目中这么重要，许总监不过是说了一些程只不好听的话……以前许总监不也调戏过菲菲、糖糖她们吗？就连待在陆少身边最久的沁沁，许总监也当着陆少的面调戏过，也没见陆少反应这么大啊……”

“所以我觉得这次陆少是来真的，而且你们没有发现很特别的一点吗？”

“什么？”

“过往陆上娱乐捧红的那些女艺人，都跟程只长得有几分相似，你们不觉得吗？”

这话一出，许多人如梦初醒：“你这样说，还真有点这个意思！”

“我以前就觉得陆总捧红的艺人都有一个共同性，又说不上是什么。现在看见程只总算明白过来，那些人活脱脱就是程只的影子嘛！”

8

被陆执拉着走出餐厅的程只，出了餐厅之后，试图将手从陆执的禁锢中挣脱出来，但他死死抓着她的手并不打算放开。她忍无可忍，小声说了一句：“陆执，你放开我。”

陆执青着一张脸，没理她。

跟在身后的陈锦和酒店经理更是大气不敢出。

直到走到电梯口，电梯恰巧到了这一层，电梯门打开，里面的服务生说了句：“关小姐，您的楼层到了。”

一个戴着墨镜的时尚女人放下手机正要走出来，看见迎面而来的陆执，她的眼睛一亮，喊了一声：“阿执？”

程只抬头，就见女人摘下墨镜。她留着一头波浪大卷，鹅蛋脸、大红唇，穿着紫色露肚脐短衣，米色阔腿长裤。她开心地跑到陆执面前，在看见陆执抓着另一个女人的手时，开心的表情僵了下来。

她看着程只，眼里的惊喜转变成特别明显的敌意：“阿执，她是谁啊？”

陆执没理他，拽着程只要上电梯。

程只咬牙，用力抽出自己的手，但陆执并不放开。

虽然她不认识关婷婷，但从刚刚服务生的口中能猜到她是关家的人。

当年白麋鹿曾经跟她说过，陆执跟关氏千金有婚约。

想到这里，程只抽手的力气更大了。陆执回过头，看见她的手腕因为太用力，白皙的皮肤被拽得通红。

陆执眯了眯眼睛，松开程只的手。

程只站在陆执身后没说话，手腕上的红因为她白皙的皮肤特别明显。

陆执看着她的手，不悦地说：“小朋友，你不乖了。”

陆执虽然喊她“小朋友”，但语气十分严肃，看得出他很不开心。

程只没说话。

关婷婷在陆执和程只两人之间来回看了一眼，虽然陆执没理她，甚至连看她一眼都没有。但她平复了心情之后，依旧上前热情地挽着陆执的胳膊，说：“阿执，绯哥新开的会所今天开业，我们去给他捧捧场好不好？”

关婷婷说这话的时候并没有期待陆执会答应，陆执对她一直是冷冷的，可她就是喜欢陆执这样的。

关婷婷是关家唯一的千金大小姐，有钱有颜值，追她的富二代从小到大能从B市郊区排到市中心，但她就是一个都看不上，没认识陆执之前，交过的男友三天换一个，从来不长久。

哄着她的她不喜欢，偏是陆执这种，越是对她爱搭不理，她越是喜欢。

“好。”

关婷婷正在想着找什么理由陪在陆执身边，就听见陆执忽然应下了。

关婷婷的眼睛一亮，开心得不行。

平时她挽着陆执胳膊时，陆执都会把她甩开，但这次竟然没有。

“好啊！那我们一起去！”关婷婷挽着陆执的胳膊走进电梯。

程只随后跟了上去。

关婷婷看了她一眼，问：“阿执，这是谁啊？要一直跟着我们吗？”

陆执没回答。

关婷婷见他的脸色不好，便不敢再问了。

电梯里的气氛很奇怪，程只站在他们身前，没什么表情地看着显示屏上的数字。

电梯门开了之后，她先走了出去，等到关婷婷挽着陆执出来后，才跟了上去。

酒店外面已经有车等着。

酒店的服务生见他们出来，跑到车边打开了门。陆执甩开关婷婷的手，走到驾驶座旁，对站在门边的司机说：“你回去吧。”

说着自己坐上了驾驶座。

关婷婷见状，打开副驾驶座的门就要坐上去，屁股还没坐到椅子上，陆执淡淡地看了她一眼：“坐后面。”

关婷婷一愣，随即撒娇般地说：“阿执，我晕车，可不可以让我坐前排？”

陆执没理她，对坐在后排的程只说：“你坐过来。”

程只没动，只说：“我坐这里就行。”

陆执没说话，关婷婷看了他一眼，也没胆子不听他的话坐他身边，气哼哼地跑到后座去了。坐进去之后瞪了程只一眼，但后者连眼皮都没抬一下。

陆执发动车子，疾驰而去。

路上，关婷婷的视线大胆地在程只身上打量，随后说："你就是程只吧？"

关婷婷平时也很关心陆上娱乐每一季度的新人，因为每个季度的新人中总有人会跟陆执传绯闻。她起初还会生气，想尽各种方法当着陆执的面羞辱那些新人。

后来她学乖了，在陆执面前对那些新人都很友好，背着他才各种刁难。

看着眼前的程只，关婷婷一如既往地表现出自己的友好："据说你是阿执公司这个季度力捧的新人之一，阿执的眼光真好，小姑娘各方面都很优秀。"

平日里关婷婷这样赞扬其他新人的时候，她们都各种对她阿谀奉承。

眼前的程只却像没听见一般，径自坐在那儿，一句话都没说。

关婷婷心里各种郁闷，但又不好在陆执面前表现出来，只能笑着说："阿执，这个小姑娘挺沉默的。"

开车的陆执也没理她。

关婷婷觉得很尴尬，又自己打破尴尬，说："沉默也好，看起来比较乖。程只啊，阿执对你这么好，去哪里都带着你，你以后可要好好回报公司。"

关婷婷说完之后，车里一片安静，关婷婷朝着程只翻了个白眼，心里骂道这人别是个哑巴吧？

关婷婷心里虽然很生气，但也没再自找没趣。

一路总算安静了下来。

## 第十五章

### 总有人欺负我

1

到达陆绯新开的会所后，立刻有小哥上前来开门。

陆执径自走了进去。

走在后面的关婷婷立刻追了上去，挽着陆执说：“阿执，你等等我呀！”

程只不紧不慢地跟在他们身后。

进入会所之后，会所的人认识陆执，毕恭毕敬地喊着陆少，领着他们往里面走。

拐弯的时候，一个喝得醉醺醺的女人跟陆执正好撞了个满怀，来这里的人非富即贵，都是有身份的人，服务员也不敢说什么。

倒是撞上陆执的女人不高兴了，她皱着好看的黛眉爆了一句粗口：“谁这么不长眼睛……陆执？”

随后她看见陆执身边的关婷婷，哼了一声：“你怎么又跟这个女人在一起？”

关婷婷立刻不服气地质问：“你说这话什么意思？阿执不跟我在一起能跟谁在一起？”

“当然是跟只……只？”女人眼睛一亮，“我不是喝糊涂了吧？真的是只只？”

说完，她扒开关婷婷挽着陆执的胳膊，从他们两人之间穿过，晃晃悠悠地走到程只身边，程只忙扶住她。

陆执皱了皱眉，英俊的脸上满是嫌弃："白麋鹿，你这是喝了多少？"

白麋鹿撇了撇嘴："关你屁事，臭陆执，你找到只只了都不跟我说，是不是好兄弟了？"

说完，白麋鹿对着程只笑呵呵地说："只只，这些年你都去哪里了……我怎么都找不到你，你也不跟我联系，我们不是好朋友了吗？"

程只没想到会在这里以这种方式遇见白麋鹿，一时间不知道该说什么。

此时白麋鹿皱了皱眉，一副想吐的样子。

程只忙扶住她，轻声问："没事吧？"

白麋鹿摇了摇头。

就在这时，服务员喊了一声："绯哥！"

陆绯跟着几个人往这边走来，看见程只身边的白麋鹿，眉头不悦地蹙起："怎么又喝成这样？"

白麋鹿抬了抬眼皮，看到是他，哼了一声："要你管！"

白麋鹿抱着程只说："只只，好久没见，我们一起去喝酒，我请你喝酒！你不知道，你不在的这段日子，总有人欺负我，呜呜！"

白麋鹿说有人欺负她，程只还真不信。以白麋鹿的性格，只有她欺负别人，没有别人欺负她的份。

就连陆执，白麋鹿都不怕。

大抵是陆执看不惯白麋鹿这副样子，对陆绯说："管管你的女人！"说完没好气地将白麋鹿一把拎了过去。

白麋鹿不得不松开程只的手，烦躁地瞪着陆执："姓陆的你干吗？你想跟我打一架吗？"

陆执面无表情地看着她："发酒疯找你家男人去，别烦我女人！"

白麋鹿气呼呼地瞪着他："你们姓陆的就没一个好人，都是渣男！"

"行了！"陆绯的表情已经十分难看了，直接将被麋鹿拽了过去，"你跟我过来！"

"嘿！你放开我，臭陆绯！你放开我！"

陆绯不理她，径自将她给带走了。

关婷婷看着被拖走的白麋鹿，没忍住抱怨了一句："不会喝酒就不要喝酒嘛！发什么酒疯！"

陆执淡淡地扫了她一眼，她没敢再说话。

2

走廊恢复安静之后，领路的小哥松了一口气，毕恭毕敬地对陆执说："陆少，请这边走。"

可以看出陆绯的人缘很好，第一天开业，俱乐部人气特别旺。

俱乐部里有不少认识陆执的人，大家都是在商场上你来我往的人，尤其是陆上集团这种大公司，大家都知道。一路上，有合作、想合作的人都想要拍陆上集团陆总的马屁，不断有人跟他打招呼。

直到遇到了同样过来捧场的雨涵和陈昊。

"执哥！"两人见到陆执，跑了过来，看见关婷婷时，眼里浮过一丝诧异。平日里他们执哥出来从不带关婷婷，这次居然带着她。

随即他们看到了跟在陆执身后的程只，先是愣了一下，随即又露出了然的神情，似乎程只会出现在这里并不奇怪。

毕竟是高中同学，虽然几年没见了，但他们不像程只那么认生，都很大方地跟程只打招呼。

"程只，好久不见，你好啊！"

程只点了点头："你们好。"

相比较过去软萌可爱的程只，雨涵和陈昊都发现了她的不一样。他们双双看向陆执，心里有疑惑，不知道为何程只会变成这样子，但都明白现在不是问这些的时候。

俱乐部里面很大，几个人找了个僻静的地方坐下。

雨涵忽然想到什么，问："对了，执哥，X所的李局长一会儿也会来。"

陆执的一个项目需要X所的李局长通过审核，所以最近一直在刻意接近李局长。

“我调查过了，李局没有其他特别的爱好，他特别欣赏最近很火的一名青年画家 Tree 的作品，家里收藏了很多 Tree 的画。”

“Tree？”说到这里，关婷婷也忍不住插嘴，“最近很火啊，去年一幅画的价格在拍卖行都拍到千万了，现在更火了，据说是一画难求。”

“对！”说到这儿，陈昊倒是赞同关婷婷的话，“最近 Tree 有一幅作品即将在拍卖行竞拍，据说有很多人费尽心思想拿下讨好李局。”

“不过 Tree 的作品现在就算有钱也难求，据说拍到手的人，还需要经过 Tree 的认证，有眼缘才会卖给他，没眼缘就算千金、万金拍到手也没用。”

“没关系！”关婷婷忽然说，“我认识 Tree！阿执，如果你需要 Tree 的作品，我找她画一幅给你，你送给李局就行！”

关婷婷说这话的时候，其他人都诧异地看着她，就连程只都瞟了她一眼。

谁都知道 Tree 身份神秘，没有人见过，连对方是男是女都无从所知。

即使 Tree 深受权贵达人的喜欢，却没有一个权贵达人能用自己的金钱或者权利见 Tree 一面。

关婷婷居然说她认识 Tree？

实际上关婷婷也是瞎说的，她根本就不认识 Tree，只知道她是个特别受欢迎的画家。

但是关婷婷从小到大被家里人捧在手心里长大，要风得风要雨得雨，她非常想讨好陆执，也在她爸那听说过通过李局这关对陆执有多重要，所以脑子也不过地撒了个谎。

她觉得不过是一幅画，她高价买下来送给陆执就好了，再说谁都没见过 Tree，她说她认识，别人也无从怀疑。

想到这里，她瞬间找到了自信。

陈昊和雨涵最近因为这事特别着急，听见关婷婷这样一说，陈昊还有些犹豫她话里的真假，雨涵却急忙问：“关小姐，你真的认识Tree？”

关婷婷撒起谎来脸不红心不跳：“当然认识了。”

陈昊问：“那Tree是男是女？”

关婷婷眨了眨眼睛：“当然是男的啊……”关婷婷描绘得绘声绘色，她比画着自己的肩膀，“留着这么长的头发，长得不算特别好看，所以才维持神秘度吧……”

在关婷婷说得有声有色的时候，程只忽然起身往外走去，却没走得了，手被一直沉默的陆执扯住了。

她回头，他问：“去哪儿？”

“洗手间。”

片刻之后，陆执放了手，程只走了出去。

陆绯的俱乐部什么都有，装修也十分高大上，让程只想起了高中时他在学校后门开的水吧。

程只其实没有特别想上洗手间，只是不想听关婷婷睁眼说瞎话，再说陈昊他们说的话题，她一点兴趣都没有。

她找了个离陆执不远但没什么人能发现的角落待着，一则可以保证陆执的安全，二则这些年她习惯了一个人独处，只有待在这里，才不会让她感觉心烦意乱。

程只在角落待了一会儿，就看见关婷婷接了个电话走了。

只剩下陆执、雨涵和陈昊三人不知道在聊些什么。

程只正打算回去的时候，一转身，就看见前方别人看不见的死角，有两个熟悉的身影在纠缠。

是陆绯和白麋鹿。

陆绯正把醉酒闹腾不已的白麋鹿摁在墙上亲……

原本打算走出去的程只又立刻退回了角落里，不知道白麋鹿和陆绯是怎么在一起的，印象里在高中他们好像没什么交集……

可是仔细一想，白麋鹿那时候好像特别喜欢往水吧跑……

想到这里，程只没再想下去，毕竟乱想朋友的隐私是一件不好的事。

她看向陆执那边，才发现不知道什么时候，陆执不见了。

就在她着急张望的时候，一双手从后面缠上她纤细的腰，她落进了一个温暖的怀抱。

程只的身体一僵，感觉身后的男人咬上了她的耳骨，她发现……他真的很喜欢咬她的耳朵。

“陆执……”她喊了一声，又不敢叫得太大声，生怕吵到另一边正在缠绵的两人，“别这样……”

她的轻声拒绝，更像是在诱惑他。

陆执一把将她转过身，正面面对着他。他勾起她的下巴，垂眸，眼里像藏了深海一般的情欲。他薄唇微启，嗓子带着哑音，问她：“小朋友，想跟哥哥接吻吗？”

“不……”

陆执没给程只拒绝的机会，倏地吻上她的唇，吸吮轻咬，不想放过她的任何一处。

她的手反抗，他将她的手束缚在身后。她抬腿想踢他，他长腿挟制她不安分的腿，趁机将她往墙上一压，更深入地接吻。

程只的抗拒在他的强硬下渐渐缓和下来。

等到陆执松开她之后，她粉嫩的小唇被他吻得又红又肿的。

陆执并未离开，他俯身，额头与她相贴，感受着她起伏的胸和轻微的喘息，随后直起身，将她揽进怀中：“小朋友，别跟我赌气了，我以后再也不让你一个人了，嗯？”

3

保护陆执这个工作，比程只想象中更轻松，至少晚上她不用一直陪在陆执身边。

程只从会所离开之后，就独自回到了公寓。

公寓是程只买的，这些年程只在“那边”接受的任务已经足够她在B市买一套自己喜欢的房子。

她买的是三室两厅，就算妈妈和外婆过来也不会显得太拥挤。

她完成了小时候想让妈妈和外婆过上好生活的梦想，但妈妈和外婆不经常在这里。她们习惯了小地方的生活，不习惯B市这样的繁华大城市，所以即使程只现在已经有足够的能力养她们，她们也只是偶尔来B市看看她，大多时间都在老家。

程只回到家后，洗了个热水澡，走到书房的时候，一直亮着的电脑屏幕显示收到了百条消息。

她点开几个重点的看了一眼，一一回了消息。

其中有一条是有关刚结束的拍卖会，拍卖行的人发来信息：“Tree，你的画被关兴以五千万的价格拍下了。”

下面附上了关兴的资料。

关兴是关婷婷的父亲，程只没看资料，直接点了拒绝。

那边便没再发消息。

正在家里吃着葡萄等待拍卖行传来消息的关婷婷手机响了起来，身边的助理拿着手机对她说：“小姐，是拍卖行打来的电话。”

关婷婷立刻吐了葡萄皮，接起：“怎么样？Tree怎么说？”

“抱歉，关小姐，Tree拒绝了您，随后我们会将钱退回您的账户。”

“什么？”关婷婷难以置信，“Tree拒绝了？怎么可能？你们是不是搞错了？我花了那么多钱，Tree拒绝了？”

“是的，关小姐。”拍卖行耐心地回答。

“这样，你问Tree多少钱可以卖给我，你帮我带话给他，我关婷婷想要这幅画，价钱任由他开！”

即使她这样说，拍卖行的人依然机械般对她说：“抱歉，关小姐，Tree不想卖的画多少钱都没用，只能说您不是她的有缘人，祝关小姐生活愉快，再见。”

“等一下！等……”关婷婷的话起不了任何作用，拍卖行已经挂了电话。

关婷婷看着黑下去的屏幕，气得将手机丢了出去。

“什么 Tree，有什么了不起！”

身旁的助理看她那么生气，提议了一下：“小姐，这个 Tree 性格确实古怪，软硬不吃。不过小姐，我有个提议。”

关婷婷没好气地看着他：“什么？”

助理说：“是这样的，Tree 火了之后，民间有很多模仿她作品的画家，那些人画的作品普通人根本分不清真假，小姐，您要不要去看看？我认识一个画家，这方面的技术特别厉害。”

关婷婷迫不及待想在陆执面前表现自己，原本无望的她听助理这么说，立刻道：“那还等什么？”

次日，关婷婷让人搬着画就赶到了陆上集团，在电梯口遇到了雨涵和陈昊。

雨涵和陈昊虽然对关婷婷印象不怎么好，但毕竟是关家千金，表面上还是很客气地跟她打招呼：“关小姐，今天怎么这么早就来了？”

关婷婷满脸骄傲：“我给阿执来送 Tree 的画。”

“真的假的？”

“当然是真的。”关婷婷指着自己身后两个人扛着的画，“我还能骗你们不成？”

陈昊看着那幅画，说：“昨天 TXX 的拍卖会现场确实有一幅画是 Tree 的，并且是用关总的名义以现场最高价钱拍下的。”

雨涵眼睛一亮：“真的？”

“嗯。”陈昊点头，又说，“但据说因为某种原因，关总最后并没有成功拍到这幅作品。”

关婷婷翻了个白眼："我不是跟你们说了吗？我跟 Tree 是朋友，我想要一幅画还不是钩钩手指的事情！"

说完，关婷婷不想暴露太多。正巧电梯也来了，她趾高气扬地说："你们等下一部电梯吧，我们先进去了。"

说着招了招身后的人，几个人一起上了电梯。

雨涵小声在陈昊耳边说："你说这关大小姐真的认识 Tree？"

陈昊不确定地说："上去看看不就知道了。"

陈昊和雨涵乘坐旁边另一部电梯上去的时候，正巧关婷婷在电梯外等着她带来的两人把画搬出来。

见陈昊和雨涵也上来了，哼一声，径自往陆执的办公室走去。

陈昊摸了摸鼻子，朝雨涵示意了一眼，跟了上去。

4

陆执办公室外面有助理办公室，负责接待要见陆执的合作对象。助理看见关婷婷和她身后两个男人搬着东西进来，即刻拦住："关小姐，请问您这是……"

"这是我送给阿执的礼物。"

助理却没走开，犹豫地说："关小姐，陆少正在里面接待李局，您现在还不能进去。"

"李局？"关婷婷眼睛一亮，"正好，我带着他最喜欢的 Tree 的名画过来了……"

"不行，关小姐，您还是让我先跟陆少汇报一下吧……"

"你知道我是谁吗？我可是你们陆少的未婚妻，未来陆上集团的老板娘，你敢拦我？"

关婷婷说这话的时候，陆执办公室的门被打开，程只从里面走了出来。

关婷婷看见她顿时生气了，指着那助理大骂："她都能进去，你居然还敢拦着我？"

助理说："程小姐是陆少亲自带进去的。"

这话说得关婷婷更是怒火攻心。

关婷婷一把将助理推开就要进去。

雨涵和陈昊本来是看戏的，见这情况，正准备拦着关婷婷，就见一抹倩丽的身影面无表情地挡在她面前。

程只挡在了关婷婷面前，她和关婷婷差不多高，气势上却比关婷婷高出一大截。

关婷婷恼怒道："你是个什么东西？给我滚开！"

程只的声音没什么温度："一次。"

关婷婷完全不知道她在说什么，只觉得她碍眼极了，伸手往她身上用力一推："我让你滚开你听见没？"

程只眼睛一眯，在谁都没想到的情况下，一脚将关婷婷踹得趴倒在地。

众人只听"嘭"的一声，关婷婷趴在地上半天没有反应过来。

一瞬间，室内一阵安静。

直到关婷婷尖叫的声音传来，众人才反应过来。还没出手扶起她，就见程只弯腰，一把将关婷婷从地上抓了起来。

关婷婷整个人被程只拎狗似的拎着。

关婷婷看见是程只，立刻就要破口大骂："你放开……"

"闭嘴！"程只厉声呵斥，关婷婷吓得立刻住了口，脸色煞白地看着她。

其他人看不见，但关婷婷能看见程只眼里的狠戾，以及程只抓着她肩膀上的力度，几乎要将肩膀上的肉给扯下来。

关婷婷平时任性，是因为周围的人都惯着她，把她惯成了无脑千金。但程只不一样，关婷婷总觉得她身上有一股说不清道不明的危险，她觉得程只不是练习生那么简单。

这一刻，程只的眼神迸射出强烈的杀意，光是这样盯着她看，就让她感到寒从脚起，完全不能动弹。

直到关婷婷没有再撒泼一样大吼大叫，程只才松开手。

没人看见，程只晃了晃神，眼中出现了片刻茫然，似乎不知道自己刚才做了什么。

雨涵和陈昊这么长时间没有见程只，不知道她的变化这么大。两人对视一眼，雨涵上前试图缓和气氛："程只，关小姐也没有恶意，据说是来给执哥送 Tree 的画的。"

雨涵这么一说，关婷婷顿时有了底气，她对程只说："对，我是来给阿执送画的，你凭什么拦住我？"

"Tree 的画？"程只走到关婷婷身后搬画的两人面前，面无表情地指了指，"这个？"

"当然了！"关婷婷昂了昂头，等着程只问她怎么会有 Tree 的画，好让她骄傲地宣布，她跟 Tree 是好朋友这件事。

有时候一件明明是假的事，一直在心里不断重复这是真的，就能给自己洗脑这件事真的是真的。关大小姐就是这种能自我催眠的人。

她在雨涵和陈昊面前说多了 Tree 是她的朋友，在脑海里下意识地给自己灌输了 Tree 真的就是她朋友的事实。

但程只没有问，她一把将那幅画外面的包装纸撕开，露出了画。

关婷婷见她这一顿操作，立刻冲上去，将程只扯开，怒道："你做什么？这可是 Tree 的画，弄坏了你赔得起吗？"

就在这时，办公室的门被打开，陆执和一个中年男人走了出来。那男人关婷婷他们都认识，就是喜欢 Tree 作品的李局。

"阿执！"关婷婷立刻冲上去跟陆执告状，"你看看那个女人，我是来给你送 Tree 的画的，她不但踹了我一脚，还把画的包装给撕坏了，踹我就算了，我忍了，可是 Tree 的画价值连城，有钱都买不到，我好不容易要来了一幅……"

"Tree 的画？"李局一听，眼睛都亮了起来。

"对啊！"关婷婷指着那幅被程只撕开包装纸的画，"Tree 的作品。"

李局眯了眯眼睛，看着被撕了包装纸露出一角的画，意有所指地说：

“Tree 的作品，一画难求啊……”

“对啊！”关婷婷噘嘴，挽住陆执的手说，“阿执，你没跟李局说我跟 Tree 是朋友吗？因为听说李局对 Tree 很欣赏，所以我连夜让 Tree 为您画了一幅专属作品。”

李局眼睛一亮：“真的？关小姐跟 Tree 是朋友？”

关婷婷正想跟李局吹一番，一直没吭声的程只打断了她：“这幅画是假的。”

所有人都看向程只。

关婷婷愣了一下，随即凶神恶煞地说：“你胡说什么？”

程只没理她，直接将剩下的没拆的包装纸全部撕开，让整幅画展现在众人面前。

5

关婷婷在画这方面没有研究，但李局可是收藏画的重度爱好者，当然能分辨真假。

当程只将画全部打开之后，李局一眼就识别出了那是假的。

他意味深长地看了陆执一眼：“陆少，这是怎么一回事啊？”

原本陆执和李局的合作都已经谈妥了，现在关婷婷闹了这么一出，简直是在给陆执找麻烦。

“虽然这幅画是假的，但陆少那儿有真的。”对于现场的气氛，唯一不觉得尴尬的就是程只，她说，“如果陆少需要，我可以让人拿过来。”

程只这话一出，陆执挑了挑眉，似乎没想到她会这样说。他漫不经心地说：“那就辛苦只只让人帮我拿一下。”

程只转身去打电话了。

陆执对陈锦说：“先带李局去休息一下。”随后又对李局说，“画送到之后，我再去打扰您。”

李局对画特别感兴趣，二话没说就跟陈锦走了。

李局离开后，雨涵和陈昊连忙上来问："执哥什么时候有Tree的画？"

此时程只已经打完电话回来了，听见雨涵和陈昊的问题没吭声。

陆执的眼神一直落在程只身上，他意味深长地说了句："我没有。"

在两人疑惑中，程只说："我有。"

被程只拆穿的关婷婷原本还心虚，听她这么一说，不禁嘲笑了起来："你有？你知道Tree是什么人吗？你能有她的画？"

程只没理她。

倒是陈昊实在看不过关婷婷的做派，怼了一句："关小姐，那也好过你拿个假画来忽悠我们吧？"

关婷婷被怼了一下，脸色变了变，委屈地对着陆执说："阿执，我还不是为了你好，想要帮你。"

随即又将锅甩在程只身上："原本只要李局相信画是真的，把阿执的项目通过了，后期就算发现是假的又有什么关系，都怪程只，我的画虽然是假的，但是她要是拿不出真画，我看她怎么跟李局交代。"

这回就连一旁的雨涵都看不下去了："就算李局真的收了以假乱真的画，通过了项目，后期如果发现画是假的，执哥在商业圈子里还怎么混？名声可就彻底坏了，以后谁还会跟陆上集团合作？这绝对是因小失大，堂堂关大小姐连这个道理都不懂吗？"

原本在陆执面前一直隐忍的关婷婷终于受不了了，一双眼睛气得通红："好好好，都是我的错行了吧！"

雨涵不知道该说什么好了。

程只的动作很快，不过二十分钟，就已经有人将Tree的画搬运了过来，亲自送画过来的竟然是拍卖会的张行长。

当画被展现在众人面前的时候，所有人都一脸惊讶，他们对这幅画并不陌生，那是昨天刚出现在拍卖行的画。

李局看着那幅画，啧啧称赞。

关婷婷满脸不服气地说："为什么程只说这幅画是真的就是真的？"

张行长瞥了她一眼，B 市有头有脸的人物经常会在一个圈子里互相合作，所以他也知道关婷婷是关家大小姐，他淡淡地问：“关小姐到处跟人说自己是 Tree 的朋友，怎么连自己朋友的画是真是假都认不出？”

关婷婷郁闷地说：“是朋友就一定要认得出吗？那么张行长，你又有什么证据证明这幅画就是真的？”

张行长笑了笑：“Tree 本人送出的画还有假，这世界上还有真的吗？”

此言一出，惊起四座。

张行长说送出这画的人就是 Tree 本人，这幅画是程只让人送过来的，也就是说……

其他人纷纷看向倚靠在门口的程只。

她从送画来之后，便靠在门边，沉默不语，周身都散发着一种事不关己，冷眼旁观的气质。

众人都朝她看过去，尤其是关婷婷不可思议地发出疑问：“她是 Tree ？开什么玩笑？”

程只冷笑一声，立起身，慢慢走到关婷婷身边，没什么表情地对关婷婷说：“以后别到处说你和我是朋友，我不想跟你做朋友。”

程只说完就走了，她送出这幅画没有其他目的，只不过是想帮陆执而已。

只是她没想到，她的身体出现了异常。

在没有人察觉的情况下，她及时退了出去。

6

休息室，李局看了一眼一直沉默的陆执，上前拍了拍他的肩膀：“小姑娘看起来有点不对劲？”

其实李局跟陆执的关系要比陈昊和雨涵想象中密切，只不过为了避嫌，两人在公共场合假装不熟，连陈昊和雨涵也被忽悠过去了。

李局一直知道陆执心里有个小姑娘，也从陆执这里知道了他一直喜欢的画家 Tree 的真实身份就是程只。

至于陆执是怎么知道的……他离开宜城县之后，表面上跟以前的人没有任何联系，实际上程只的一举一动，他都密切关注着。

外人都道当年叱咤宜城一中的校霸已经离开很多年了，只有他自己知道，他从没离开过，一直用另一种方式陪在她身边。

连李局都发现了程只的异样，陆执能没发现？

“那……”对于李局的话，陆少爷一点不客气，“我先走了？”

李局笑呵呵地道：“去吧。”

陆执交代陈昊和雨涵好好招待李局和张行长之后，追了出去。

其实程只没走远，她要护陆执周全，根本不可能离他太远，只是她感觉到身体里有股力量在不断地抽离。

“这个关婷婷怎么这么碍眼，你走这么快做什么？我还想揍她一顿。”心里有个声音不停地抱怨，“陆执什么眼光啊？就关婷婷这种智商的女人，他也看得上？”

程只知道，说这话的是她的第二种人格。

第二人格很久没有出现了……不，具体来说，是双重人格分离的状态很久没有出现了。

进入调查组之后，教练让她做了长达三年的心理治疗，在这三年的治疗里，当年因为陆执而封闭的第一种软糯温柔的程只和第二种暴戾人格合并了。

这也是程只现在性格转变很大的原因，心理医生曾经说过，她这种情况如果不再受到外界的刺激，应该会持续稳定。

确实，很长一段时间，程只都没有人格分裂的情况发生。

但就在刚刚，程只清楚地感觉到合并的第二种人格又在渐渐与她抽离，那种想要狠狠把关婷婷摁在地上揍一顿的冲动特别强烈。

如果不是她及时转身离开，她几乎要控制不住自己了，就像刚才她没忍住踹了关婷婷那一脚一样。

那时候她的动作太快，事发突然她没想太多，直到现在回想起来，才发现情况不对。

程只闭上眼睛，等心里那股暴戾焦躁感过去。身后传来了脚步声，她不用回头都知道那是谁。

直到一个温热的手掌抚上她的额头，她睁开眼睛，看见了面前的陆执。

他一如她印象中的英俊少年模样，只是这么多年，少年英俊的五官越发立体成熟，也越发让人移不开眼。

她一直知道，这样的他，吸引的不仅仅是她的目光。

# 第十六章

## 可爱的小只只

1

“怎么了？”陆执见她靠在墙上，脸色有些苍白，不羁的眼里满是担忧。

程只摇摇头，不想多说什么。

就在这时——

“阿执！”在陆执出门后，跟随而出的关婷婷走了过来，“阿执，恭喜你，你的项目通过了李局的审核，这意味着我们的订婚宴在下周一可以如期举行了。”

关婷婷说这话的时候，假装不经意地看向程只，随后亲密地挽上陆执的胳膊，很热情地对程只说：“欢迎你来参加我和阿执的订婚宴。”

对于关婷婷口中的“订婚”，程只确实很诧异。

关婷婷没有忽略她这个一闪而过的表情，她故装惊讶地看了看陆执，说：“阿执，你没有告诉她吗？”

随后她又对程只说：“陆家和关家有约定，这个项目是我爸爸对阿执的考验，只要陆执能让这个项目通过，陆家、关家就算联姻成功，我们便会订婚。说起来，还要谢谢 Tree 你的帮忙，帮我完成我想跟阿执订婚的心愿。”

关婷婷在跟程只说话的过程中，没有发现程只的表情有轻微的变化，只是看见程只一直垂着头，她心里得意极了。

哼，想跟她斗？就算她是 Tree 又怎样？她关婷婷可是陆阿姨亲自选的陆家媳妇。

直到她说完，程只才抬起头，眼里满是懒散与冷漠，对于关婷婷的话，程只“噢”了一声：“你也就配得上联姻了。”

言外之意，她不配拥有爱情。

关婷婷再蠢也听得出来，她伸手就想给程只一巴掌。

程只轻而易举地拦住了，反手就还了她一巴掌。

在关婷婷的恼怒中，程只居高临下地睥睨着她，一副“你再废话，我再给你一巴掌”的表情，看得关婷婷根本不敢再惹她。

程只冷眼看着陆执，说：“陆执，这么多年，你的眼光怎么越来越差了？”

说完，程只转身就走了。

一直沉默的陆执之所以没说话，是因为一直在观察程只的神情与动作。

陆执这些年一直关注着程只，离开警校后，她所有的一切都是陆执安排的，包括这三年来一直为她做心理治疗的心理医生，以及这次程只被“那边”安排保护他的工作，都是他精心安排好的，只是想让她回到他身边。

心理医生曾经跟他说过，程只的两种人格已经慢慢结合在一起，但是不排除再次分开的可能。

如果她的病情再次复发，很可能再也不会恢复。

陆执望着程只离开的背影，目光深沉。

也许连他也不知道，他这样故意刺激程只，想让她合并的双人格分离，是否正确。

过去他以为把她治好，对她而言是最好的事。

可最后她的病好了，整个人却越发阴郁。

或许是他太自私，如果是这样，他宁愿她一直生病，至少有一重人格是过去那个简简单单，因为很小的一件事就能快乐的单纯小朋友。

而不是双重人格结合后，一直不快乐的程只。

关婷婷不知道陆执心里所想，她只知道程只一而再、再而三地嚣张，她哪里受得了这样的委屈，扯着陆执的手说：“阿执，你怎么能容忍这样的女人在身边？你看她这样欺负我……”

陆执侧眸，看着她，眼底晦暗不明，他问：“你想怎样？”

关婷婷的眼睛一亮，要知道过往她在陆执这里受过的委屈可不止这些，可陆执一向是站在别的女人那边，从来不会问她想怎么样。

关婷婷试探性地说：“阿执，你也知道我一直期待我们的订婚，但一拖再拖，现在项目已经过了，我就想我们的订婚宴越快越好。”

陆执问：“想多快？”

关婷婷心里一激动，生怕陆执反悔，忙说：“明天好不好？”

“好。”

没想到他竟然同意了，关婷婷简直开心得飞起：“真……真的吗？阿执？”

她因为太过激动结巴了起来。

陆执淡漠地看着她因为激动而红着的一张脸，似笑非笑地说了一声：“真的。”

程只觉得心情很烦躁，这个任务是她完成得最失败的任务，她在陆执身边一刻都待不下去了。

她拿出手机，给“那边”发了个信息，在“那边”的每个人都有一次拒绝接受任务的权利，这么多年，她从没使用过这个权利，这是第一次。

很快那边回了三个字——回所里。

程只走出陆上集团，不一会儿，有辆车停在她面前。

她二话没说上了车。

每次出任务，那边都会派人接应，以备不时之需。

只是没想到，这次开车来的人居然是教练。

发动车之后，教练问：“想好了？”

程只点头。

教练叹了一口气：“其实这次任务可能是你最后一次任务。”

程只不懂地看着他。

教练说："陆少想把你接回他身边。你大概还不知道，当年是他把你送进调查组的，你所有的路都是他为你铺好的。其实他从没有放弃过你，但由于陆家尔虞我诈，各种压力，他只能在暗地里保护你，这是那时的陆少唯一能为你做的。"

程只没说话，因为她感觉自己心里波动得厉害。

是第一种人格开始起反应了。

2

陆执说到做到，在陆氏家族和关氏家族共同努力之下，一天之内通知了所有的宾客，以及布置好了订婚宴现场。

其实订婚宴现场根本不用花太多时间布置，因为自从跟陆执认识以来，关婷婷就买下了一栋楼打造成她想要的订婚宴现场。

陆家跟关家在B市都是有头有脸的大家族，双方联姻，订婚的日期又这么猝不及防，加上关婷婷巴不得全世界的人都知道她即将成为陆执的女人，所以几乎把市里大大小小的媒体都招呼来了。

一时间，当天B市都在沸沸扬扬地讨论两家的订婚宴。

订婚宴在晚上，B市上流社会的人基本都参加了，婚宴现场热闹万分。

白麋鹿在人群里寻找程只。

程只只是履行职责，保护陆执的安全，只不过她这一天都没看见陆执。她会出现在这里，还是下午陈锦带着礼服出现在她的公寓楼下，把她带过来的。

所以白麋鹿找到程只的时候，她身边还有个陈锦，看起来陈锦更像她的私人保镖。

由于陆执订婚，白麋鹿看陈锦也很不爽，走过来就语气不好地说："今天你们陆少订婚，你不去帮忙，在这做什么？"

对于白麋鹿的态度，陈锦还是很友好的，他礼貌地说："白小姐，您好，是陆少让我在这里陪着程小姐。”

白麋鹿没理她，只关切地看着程只问：“只只，你没事吧？”

程只摇了摇头。

程只昨天从关婷婷的口中知道她和陆执订婚的消息，这天下午从陈锦口中得知要参加订婚宴，与其说不难受，不如说她不知道自己该以什么身份难受。

她有资格吗？程只自嘲。

年少时，她很喜欢一个人，可是还没来得及告诉他，他就走了。

他曾告诉她，即使有一天彼此走散了，也要努力拔尖，在最高处相逢。

她曾努力到过最高处，她等过了，找过了，他始终没来。

她一直等，等了这么多年，等来的却是他要跟别人订婚的消息。

白麋鹿问她有没有事，有事又能怎样？

有一种关系叫若没身份，连生气难过的资格都没有。

程只想起昨天在车内，教练说的那一番话……

她现在根本分不清亲眼看见陆执和别的女人订婚的事实和教练说的话，哪个真，哪个假。

“也不知道陆执究竟在搞什么，明明不喜欢关婷婷，拖了这么多年，无论陆家人怎么逼他，他都没同意跟关婷婷订婚。结果你好不容易回来，他竟然同意了。”白麋鹿完全看不懂陆执的操作，只说，“我一直觉得他肯定留着后招，没想到……”

看见此刻这种盛大的订婚场面，就算白麋鹿再对陆执有所幻想，也被打破得干干净净。

“是我高估了他吗？”白麋鹿灵光一闪，忽然想到了一种可能性，盛大的订婚宴、全城直播、场面奢华又高调、什么都任由关婷婷操作，脾气好到根本不像是陆执本人，怎么想怎么不对劲，除非……她忽然瞪大眼睛，“不会吧？”

就在她脑海里觉得这个可能性非常大，想说给程只听的时候，订婚宴现场的灯光忽然暗了下来。

宴会厅的大门打开，穿着订婚礼服的关婷婷在万众瞩目下款款走来。

关婷婷穿着白色的礼裙，上下都镶满了钻石，灯光落在她身上，那叫一个珠光宝气。

身边已经有人小声说："据说这礼服一共有九千九百九十九颗真钻，花了三年时间才设计出来的。"

"可不是嘛！我也听说了，关婷婷为了跟陆少订婚，一早就买下了这栋楼，从三年前就开始布置。"

"所以陆少终于在她的感化下答应订婚了。"

"不过怎么一直没有看见陆少呢？订婚宴现场不应该是男主人先出现吗？"

嘉宾们的议论也不是没道理，订婚宴已经到了开场的时间，但现场只有男方家人、女方和女方的家人，男主角迟迟未到。

跟现场的嘉宾们说了一系列客套话之后，关父终于耐不住脾气低声问陆家人："陆执怎么回事？订婚宴都快开始了，他人呢？"

关父对于陆执对自己女儿的态度，其实一直很不满意，但无奈自家女儿非陆执不可，再加上关婷婷总在关父耳边说陆执的好话，以及陆家的背景，关父只能选择睁一只眼闭一只眼。

可如今连订婚宴上陆执都如此散漫，关父怎能不气。

对于陆执，就连这么多年身为监护人的陆盈盈都看不懂他，拒绝订婚拖了这么多年的人是他，说要一天内闪婚的也是他。

到现在，他竟然连个人影都没有。

不过，陆盈盈一向冷傲，心里虽然也觉得陆执这样做很过分，但面对关父的脾气，陆盈盈并没有理睬，只是对身边的助理说："联系上人了没？"

助理刚要说话，宴会厅的门再一次被打开，人群中有人惊呼："陆少来了！"

3

不像以往每次聚餐，陆执总会被这个公司的老总，那个公司的领导簇拥着进来。

这一次，就连陈昊和雨涵都不在他身边。

人群自动让开了一条道，他独自在所有人的注视下，不慌不忙地走了进来。

关婷婷一看见他，眼睛都亮了，如果不是关父在身边，她早就按捺不住跑到他身边去了。

陆执走了过来，他的突然出现让所有人惊艳不已。陆家小少爷的颜值名声在外，如今看见本人，不管颜值还是气质都要比传说中更胜一筹。

大家难免看呆了，以至于他走近了，大家才发现他穿着一身休闲装。

虽然简单的白色衬衫和长裤也能衬得他整个人英气十足，但这毕竟是他的订婚宴，这样穿未免显得过于敷衍。

关父看见后皱着眉，一脸不悦地瞪着他。

陆盈盈冷着一张脸问："你去哪儿了？怎么穿成这样？"

陆执尚未开口，关父的脾气就上来了，对着陆盈盈说："陆总，不是我说话难听，如果你们陆家没有想订婚的心思，那这场订婚宴作罢也成！"

他原本只想借机恐吓一下陆执，希望以此来警醒他以后对自己女儿好一点，谁知道他说完后，陆执嘴角勾笑，嗓音轻漫："好啊。"

在所有人都没反应过来的时候，陆执声音清淡地说："如关叔叔所期待的，这场订婚宴作罢。顺便说一下，陆家和关家的联姻从这一刻开始取消。"

他说这话的时候，神情平淡，甚至还带着一抹似有若无的笑，语气闲适得像在跟人说明天天气预报说会下雨，大家出门记得带伞。

趁着所有人还没反应过来，陆执转身走到人群里。

他径自走到他心里的女孩面前。那女孩穿着黑色的礼服静静地站在那里，精致漂亮的脸上没什么表情。但她光是站在那，就让人感觉山明水净，恬静温柔，比关婷婷不知要好多少倍。

陆执牵起女孩的手，转身往外面走去。

人群终于有人有了反应，第一个反应过来的是关婷婷。她冲到陆执面前拦住他们，以往任性的大小姐这一次没有闹，只是看着陆执问："阿执，你是不是从头到尾就没想过要跟我订婚？"

陆执毫不掩饰地说："是。"

"所以你昨天为什么要答应我？"

陆执回答她的只是一抹意味深长的笑，只是那抹笑让关婷婷的心彻底凉了。

她问出这个问题的时候，心里早已经有了答案，只是想要他亲口承认才死心。

可他的那抹笑已经告诉她一切，他之所以会答应举行这个订婚宴，什么都依着她办，办得这么隆重，就是为了隆重地跟所有人宣布他们的联姻取消。

关婷婷终于忍不住掩面哭了起来，陆执却没再管她，牵着程只绕过她径自往外走去。

后面响起关父暴怒的声音："陆执！你今天这样做，我要你付出代价！"

陆执却像没听见一般，脚步并没有停。

宴会厅里的嘉宾们终于反应过来，接着是嘈杂声，是关婷婷的哭声，是关家人暴怒声，以及陆家人安慰的声音。

在这样的声音里，唯独只有陆盈盈冷眼看着这一切，无动于衷。

除此，白麋鹿心情极好地喝了一口香槟，隔空为陆执庆祝。她就知道她猜对了，像陆执这样的人，怎么可能会向关家人妥协。

这些年关氏集团的发展如日中天，几乎垄断了整个市的新型产业，他的胃口越来越大，竟然打上了陆上集团的主意。关父一直跟陆上集团的董事之一许备勾结，试图侵吞整个陆上集团。关父事事都站在陆执的头上，就连陆上集团内部的各种决定，他都要强行插手。

可惜人心不足蛇吞象，如今的陆执早已经不是那个可以让他掌控的陆家私生子。

他早已培养自己的势力，足以跟关氏对抗，这天陆执的这一行为算是彻底跟关氏集团撕破脸，这一操作也格外令人舒爽。

4

宴会厅外面，陈昊和雨涵带着一群黑衣人在外面，做好了如果他们执哥在十分钟内没出来就闯进去的准备。

眼看时间快到了，雨涵正准备撸起袖子大干一场，就看见陆执从里面走了出来，身后还跟着穿礼服的程只。

雨涵忽然惊讶地“啊”了一声。

陈昊瞥了他一眼，雨涵笑着说：“不好意思，看见眼前的两个人感觉像一幅美好的画，想不出用什么来形容，只怪自己没文化。”

陆执带着程只直接走到车边，对他们说了句：“辛苦了。”

陈昊说：“说什么呢？执哥，你们先走吧，剩下的交给我们就行了。”

陆执“嗯”了一声，打开副驾驶座的门让程只上车，随后绕到驾驶座开门上去。

驱车行驶在公路上，一直没开口的程只终于说：“我想回家。”

陆执偏头看着她，她却一直侧脸对着窗外，一副不想跟他说话的样子。

“好。”陆执没多说什么，在下一个路口掉头，往她的公寓开去。

一路上谁都没说话，直到车子开到程只的公寓楼下。

“我走了。”程只打开车门，下了车，径自往公寓楼走去。

上电梯，开门，程只进屋后，正要关上门，一只手挡住了门，一个人影闪了进来。程只只觉得眼前一花，整个人被他摁在了墙上，门在他身后“砰”的一声被关上。

程只不知道怎么的，血直冲脑门，心里一直以来压制的怒火，在这一刻倾巢而出。她抱着陆执的脖子，歪着头狠狠地咬了上去。

陆执没动，任由她在自己身上发泄。

程只这次是发了狠心，直到尝到了腥味，她才渐渐松口。

她气馁般靠在墙上，垂着头，低声问："陆执，你究竟想怎样？"

一直以来，程只都以为自己在陆执心里是不重要的。

如果重要，为什么会这么多年跟她一点联系都没有？

如果重要，为什么会忘记他们之间的约定？

如果重要，为什么会否定那场表白和那个初吻？

看见他跟关婷婷订婚，她也是这样不停地说服自己，他就是不喜欢她，教练说的话都是哄她的。

可他虽然要订婚了，却当着那么多人的面退婚了，当着那么多人的面把她带走了，像是跟所有人宣布她的身份。

这一刻的程只心里既矛盾又委屈。

矛盾是不知道该用什么态度对他，如果一直以来如她想的那样，他根本就不在乎她，她只要冷着脸对他就好。

可是教练说，这些年他从没有放弃她，一直在暗中守护她。

这让她根本接受不了，越想越觉得委屈。

因为他让她觉得自己很没有用，不能跟他共同面对一切，让她觉得自己只配让他保护。

说好一起走向顶峰，他却独自一人先走，帮她扫清所有障碍，他浑身是伤，她却完好无损。

她要的不是这样的顶峰。

她心里的委屈陆执都知道，但他什么都没说，只说："小朋友，以后我都不会丢下你一个人。"

这句话就像一把火，将程只心底的怒意全部点燃。

她抬头，狠狠地瞪着他，樱粉色的唇抿成一条线。

下一秒，她倏地朝陆执压了过去。

为了不伤到她，陆执后退了几步，直到退到身后的沙发边，沙发的靠背抵住了他的腰。

程只直接将他身上的白衬衫扒拉开，饿狼扑食般吻了上去。

“只只？”陆执喊了她一声。

程只却丝毫没停，她的吻毫无章法，仿佛是嫌他的衣服太碍事，她直接用力撕扯着，白色的定制衬衫质量非常好，即使她用力撕，衬衫连个扣子都没掉。

程只特别烦躁，烦躁得想跟他打一架。

陆执看着她像个小孩似的跟他的衣服较劲，叹息了一声，将她在他衬衫上胡乱抓的手握住：“只只，你冷静一点。”

程只试图将手抽回，可他不让。

她越是挣扎，他力道越重一分。

最后她终于开口，声音有些哽咽、有些委屈：“陆执，耍我很好玩吗？你把我当什么了？”

高三毕业那一年给了她一场甜蜜的告白，可转身就走了。

这一次，明明是他要跟别的女人订婚了，却拉着她走了。

“你从来都没考虑过我的感受对吗？我对你来讲算什么？你究竟有没有喜欢过我？”

“我爱你。”

陆执说出这三个字的时候，程只以为自己出现了幻听。有那么几秒她愣住了，眼里满是错愕和不确定。她忽然想起高考那年暑假，他的不告而别，让所有人告诉她，他的出现和那个吻只是她醉酒做的一场梦；现在呢？是不是又是他的一时兴起，如果他觉得不合适了，然后又不告而别？

想到这里，程只非常生气地用手狠狠推开他：“陆执，你这个浑蛋！”

这三个字是能随随便便说出口的吗？

还有比他更浑蛋的男人吗？

她推开他之后，转身就要走。

陆执一只手将她拽了回来，眸底有一丝怒意，他生气她居然不相信他说的话。

“不信我说的？”他怒极反笑，俊美的脸因为一双气红了的眼而显得妖艳万分，带着丝狠劲，“那哥哥就做给你看！”

说着他将她身上的黑色礼裙倏地撕成了两半，相比陆执的狠劲，她刚才撕衬衫简直就是小儿科。

程只一动不动地站在原地，咬唇看着他，倔强得像跟他杠上了一样。

两个人不知是怎么滚到沙发上的，程只知道第一次会疼，但没想到会疼成那样。

陆执偏不放过她，结果就是陆执弄疼她，她就在他肩膀上咬上一口，谁都不愿意放过谁。

最后还是程只受不了了，喊了一声：“陆执……”

这一声她没有感觉，可听在陆执耳里甜糯无比。

陆执低头看着躺在他身下双眸湿润，可怜无比的程只，仿佛又回到了过去那个跟他说话都轻言细语，软糯得想让人捏一捏的程只。

陆执的心在那一刻倏地柔软起来，他用平生最温柔的语气哄着她：“乖，别哭了……”

程只眨着泪眼蒙眬的眼睛，委屈又哽咽地说：“陆执，你弄疼我了。”

陆执脑子“轰”一声就炸了，眼前这个女孩哪里还有平时冷若冰霜的样子，此时的她就是他一直想要的小朋友，开心时会甜甜地笑，不开心的时候会可爱地生闷气，即使再生气都不会朝人发脾气。

也是这一声，让陆执再也受不了，俯身抱住她，横冲直撞了起来，耳边是她呜呜的哭声和喘气声。

5

第二天程只醒过来的时候是在床上，在床上待了一会儿之后正要起身，才发现身体酸痛得不行。

她从床上起来，身上什么都没穿，低头就能看见白皙的肌肤上有许多红印。

她忍着疼走到衣柜里拿了一件睡衣穿上，走出房门。

外面有人低声说话，程只打开房门，地上扔了一地衣服，昨天的礼服已经被陆执撕成两半。

陆执正站在客厅里接电话，不知道那边说了什么，陆执往后看了一眼，说："她醒了，你问她吧。"

说着把电话给了程只："白麋鹿。"

程只接过电话，那边传来白麋鹿清亮的声音："只只，昨晚睡得怎么样？"

白麋鹿表面上问得很单纯，但暧昧的笑声暴露了她的不怀好意。

"陆执可是为了你，这么多年来都没开过荤，你可要好好喂饱他。"

程只握着电话，脸色渐渐红了起来。

白麋鹿不用看都知道此刻的程只一定害羞到不行，刚刚跟陆执打电话的时候，她已经从陆执口中得知，第一种人格的程只又回来了。

白麋鹿想起陆执在电话里警告她的话，别乱开程只的玩笑，她收敛了一点，说："好啦，不调戏你了。只只，今天是宜城一中的八十周年校庆，我们一起去玩吧？我喊陆执去，他说要问问你。"

宜城一中八十周年校庆这件事程只不知道，离开警校之后，她就跟所有人失去了联系，除了"那边"会定时给程只的妈妈和外婆联系，她在"那边"都处于长期封闭模式。

"那边"除了训练她的拳脚体能，还负责教各种知识以及心理辅导。

请来的教授都是世界顶级的，虽然程只没有成功从警校毕业，但各方面的知识都比在学校里学到的有过之而无不及。

虽然如此，对于宜城一中，程只还是有很多回忆的，但……

"今天还来得及吗？我什么准备都没有。"

"你什么都不用准备啊，小可爱，有你们家陆少，只要带着你的人过来就行了！”白麋鹿说，“好啦，我准备去化妆了，可爱的小只只，一会儿见噢！”

白麋鹿挂了电话之后，程只把手机递给陆执，乖巧地说：“小鹿说今天是宜城一种的八十周年校庆……”

“嗯，我知道。”陆执深眸望着她，“小朋友想去吗？”

程只问：“你一起吗？”

“当然。”陆执说，“以后小朋友想做什么，哥哥都陪你一起。”

坐在陆执的私人飞机上，程只才知道白麋鹿说的什么都不用准备，只要带着人过去是什么意思。

白麋鹿和陆绯已经先飞去了宜城县。

程只昨天被折腾了一晚上，在飞机上昏昏欲睡。

程只正眯着眼睛的时候，忽然感觉自己整个人被凌空抱起，她睁开眼，发现自己整个人被陆执抱到了他的腿上。

程只抓了抓他的衣服，陆执的声音低而哑：“饿了吗？”

她早上没吃早餐，刚刚还没什么感觉，现在被他这么一问，还真有点饿了。

程只抬眼，才看见陆执不知道什么时候推了餐车过来，上面都是各种吃的。

看见这些，程只更饿了，肚子仿佛接到了她的提示，咕咕响了起来。

“想吃什么？”陆执问。

程只看见一个特别诱人的提拉米苏，正要自己起来吃，就见陆执顺着她的视线将那盘提拉米苏拿了过来，用勺子舀了一口送到她嘴边：“我喂你。”

程只哪能习惯这么亲昵的举动，不太自然地说：“我自己吃好不好？”

陆执眯了眯眼，直接拒绝：“不好。”

程只没再说话了，陆执喂她一口，她就乖乖地吃一口。

陆执看着她乖巧的样子，心里柔软得一塌糊涂。

恢复到第一种人格的小朋友未免也太可爱、太好欺负了吧……

尤其是当她吃完一口蛋糕之后，嘴角残余着蛋糕渍，她本能地伸舌头舔了舔。

她看不见的是，喂她吃蛋糕的男人看着她的眼神越来越深，喂完她最后一口蛋糕，他哑着嗓子问：“还吃吗？”

程只摇摇头，她平时吃得就不多，要不是昨天被折腾了一整晚，她现在也不会这么饿。

陆执将蛋糕盘放在推车上，忽然将程只抱了起来，双腿分开，正对着他坐着。

这个姿势，程只觉得别扭极了。她忍不住动了动，陆执的眸色更深沉了。

“小朋友，你确定要这样动来动去吗？”

程只似乎感应到了什么，整个身子都僵硬了起来。但不管她动不动，陆执都不打算放过她了。

开过荤的男人再也不会想吃素：“宝贝，我已经忍很久了……刚刚你吃蛋糕的时候，我就想这么做了。”

下一秒，男人勾着她的下巴，吻了上去。

这个吻带着陆执一贯的霸道。

虽然这是陆执的私人飞机，但程只还是怕有人会进来，她抓着他的胳膊，好不容易在他的吻中得到一丝喘息的机会，她轻声说：“别……陆执……”

陆执微微退开，黑色的双眸像染了墨色，泛着黝黑的光泽

他看着嘴巴被吻得通红的程只，用诱哄般的声音说：“小朋友，喊哥哥。”

被弄得迷迷糊糊的程只在他这样的诱哄声中以为只要喊了，他就会放过她。她没多想，乖乖巧巧地喊了一声：“哥哥……”

陆执的脑子“轰”的一声，一双盯着她的眼睛渐渐红了起来，倾身又吻住了她。

“别啊……”她在他的吻中呜咽着。

陆执却不放过她，程只几乎是求饶般说了一句：“别……至少别在这儿……”

陆执二话没说，将她打横抱起。

程只说的别在这儿的意思是委婉地让他别继续，她万万没想到在私人飞机的里间居然有一间卧室。

当程只被陆执压在巨大柔软的床上时，她有一瞬间想骂自己是头猪。

当猪的结果就是在从B市往宜城县的路程中，程只再一次被吃干抹净。

6

他们到达宜城县是下午一点，下了飞机之后，陈锦已经安排好车来接他们去宜城一中。

校庆是从早上开始的，早上宜城一中的领导们已经发表完讲话，下午是校庆自由活动。

陆执和程只到的时候，宜城一中人山人海，有本校在读的，也有以前的学生回母校庆祝校庆的，更有宜城县的人来凑热闹的，总之非常热闹。

原本在车上昏昏欲睡的程只因为这样的场景，瞌睡跑了几分。

她很多年没有回来了，宜城一中还是印象中的样子，老旧的大门，金黄却已经褪色的“宜城县第一中学”几个字，却满是回忆。

一走进去，就能看见有学生铺着小地摊在卖校庆有关的小玩物。

程只恢复了第一种人格之后，小女生的性格体现得淋漓尽致。

尽管已经过了学生的年龄，但女生对这种小东西总是爱不释手。

程只竟然在小摊上看见了关于陆执的东西。

那是一张陆执的侧面照，他穿着宜城一中的校服，蹲在地上逗一只浑身通黑的小猫。

这个场景很熟悉，那时候正在开家长会，全校只有陆执没有家长来。

她去找他，在水吧的巷子口看见了这一幕。

不知道这一幕是谁拍的，程只甚至还在这张照片里看见了自己的身影。

“哇，这个小哥哥好帅啊！光看侧脸就让人心动。”有三个小姐姐蹲在小摊边，其中一个拿起了那张照片。

摊主说：“帅吧？”

“嗯！这也是宜城一中的校友吗？”

“当然了，这可是我们学校当年的学霸，帅吧？每年他的照片可畅销了，这个就剩下最后三张了！”

“是吗，是吗！我们要了！”

三个女孩立刻付了钱，心满意足地拿着照片走了。

不一会儿，程只看见摊主又拿出一沓照片，左看看右看看，摆了一张放在摊子上。

程只走了过去，拿起那张照片，摊主说：“最后一张了啊！我们学校当年的镇校之宝，小姐姐有兴趣吗？”

虽然程只看见了她所谓的镇校之宝还有一大沓，但最后她还是付了钱，买了这一张。

看着照片中的人，虽然知道那时候陆家人已经在赶往家长会的路上，但看着这张熟悉的侧影，她还是忍不住心疼了一下。

# 第十七章 哭鼻子的小朋友

1

程只回过神来，才想起她不是一个人来的。她转头看着人山人海，络绎不绝的人群，却不知道什么时候把陆执弄丢了。

人群里没有他的身影。

陆执不见了。

这一刻，程只的心渐渐地慌了起来。

她像一个在人群中迷路的小孩，慌乱地想要找到那个带她出门的家长。

可是眼前的人实在太多，一张张陌生的脸看过来，让她心惊胆战又格外焦虑。

她想起高考那年的暑假，她酒醒睁眼，他就不见了，所有人都说他没有来过。

所以……他又走了吗？

有个声音在耳边冷笑着对她说："程只，你是不是傻，你还会相信他？我就说他不靠谱，你不乖乖待在身体里睡觉，出来找虐做什么？"

是第二种人格的程只。

但她不信，她知道这些年陆执的为难之处，何况，他亲口对她说过不会再丢下她一个人，他不是那种说话不算数的人。

就在程只茫然又焦急地在人群中寻找的时候，熟悉的声音在人群中响起："只只——"

程只回头，看见陆执站在人群中，周身散发着倦懒与疏离，只是望向她的黑眸中有几分说不清的柔情。

他实在太惹眼了，站在人群中皎然出尘，不断有人回头看他。

程只的脑子没有反应过来，身体已经下意识地跑过去抱住他。

陆执抱着她，眉眼温和，温热的呼吸吐在她耳边，轻声问："小朋友怎么了？"

程只摇摇头，在他怀里闷闷地说："小朋友找不到家长了。"

她的声音有些哽咽，一字一字落在陆执心间都是疼。

他轻声在她耳边说："乖，是我不好，没有看住小朋友，让她差点走丢了，我保证，小朋友的家长以后都不会丢下她。"

"嗯！"她在他怀里重重地点头。

后来总有人问："被执哥喜欢的那个叫程只女孩该有多好看啊？"

那个女孩不用多好看，只要他觉得好看就可以。

"能让校霸收心的女生是有多厉害啊？"

她一点也不厉害，甚至总被人欺负，但每次陆执都能像英雄一样挡在她面前，厉害的是陆执。

"那为什么陆执会喜欢她啊？"

谁知道呢？

后来很长一段时间程只都没有安全感，只要一醒来没找到陆执，她就会忍不住鼻子泛酸，偷偷掉眼泪，觉得陆执又悄无声息地把她丢下了。

她知道自己这样不好，可她就是改变不了

陆执总是耐着性子哄她，他知道被丢弃过一次的小朋友极度缺乏安全感，变得格外敏感脆弱，不敢再毫无保留地相信任何人。

这是他一手造成的伤害，他必须弥补。

时间久了，她也问过他："你会不会讨厌这样的我？连我都不喜欢自己。”

他说：“不会。”

她问：“为什么？”

他想了想，回答说：“无论如何，从一开始，家长就已经确定，想要每天陪在我身边的人是现在这个哭鼻子的小朋友。”

为了不让小朋友觉得哭鼻子丢人，陆家长带着她去了以前的教室。

当年的高一（2）班还是以前的样子，只不过里面的座位改变了，黑板上的题目变了，课桌后的黑板报也是别的风格。

教室门是锁着的，里面摆放着成堆的书。

程只趴在窗子上，往里面看，一双大眼睛扑闪扑闪的。

陆执忽然想起第一次见到小朋友的时候，她可怜巴巴地跟在他身后，凶也凶不走，径自跟着他走到他身边的座位。

那时候她的状态实在太糟糕了，刚被人揍了一顿，狼狈又可怜，可当她用轻柔甜糯的语气询问他：“我可以坐在你旁边吗？”

他竟然没忍心拒绝，一向无情的陆霸王怎么也凶不起来，对她一点脾气都没有。

陆执心底有一个一直没说的秘密。

小时候，他还没来宜城县之前，是被遗弃在宜城县下的二渡镇，在那个镇子里上的幼儿园是那种一个院子围起来的，请来镇上文化水平最高的人当老师，条件非常恶劣，即使这样，因为他“私生子”的身份，也没有人想跟他做朋友。

他习惯了孤独，直到有一天，所有小朋友都在玩游戏，他和往常一样在一个角落里待着。

有个软乎乎的小女孩走过来对他说：“你怎么一个人在这里，不跟我们一起玩啊？”

他没理她。

她眨着忽闪忽闪的大眼睛看着他说："我生病请假了几天，你是新来的同学吗？你叫什么名字啊？"

他还是没理她。

她也不介意，露出甜甜的微笑，朝他伸出友好的手："我叫程只，我可以和你做朋友吗？"

他看了看她伸出的软乎乎的小白手，冷漠地用力拍开，扭头走了。

其实陆执对这件事记忆并不是特别深，毕竟那时候太小，程只可能都已经忘记了。

可是陆执在天台上第一次听到她的名字，就认出了她。

同桌之后，渐渐地，在他长达十几年不见光的角落里，她不知道什么时候变成了一抹暖光，微微照亮着他。

她光芒微弱，却照亮了他整个人生。

星河入深渊，日月隐黑夜。这个世界本与我无关，但是你来了。

2

陆绯的水吧这么多年还在经营着，只不过他本人很少来。

晚上陆执那一届的班级聚会在水吧举行，水吧足够大，可以装下这些特意赶来参加校庆的校友。

陈昊、雨涵和白麋鹿他们早就到了，他们是提前一天来的。

白麋鹿一看见程只，就扑了上去。看见程只身上的草莓印时，忍不住彪了句脏话："我去，陆执把你怎么了啊……我可怜的小只只。"

原本程只还想遮一下的，但她身上被陆执种的草莓印实在太多了，此时又是夏天，根本遮不住。

所以程只干脆放弃了。

她想过会被白麋鹿笑，本以为已经做好了心理准备，没想到还是很不好意思。

"啊，我们的执哥二十几年不开荤，一开荤就这么放纵，执哥啊，收敛一点，放过我们小只只吧，你看都把我们只只折磨得……”白麋鹿说完，又对着程只小声问，“话说只只，昨天你们几次？”

程只恨不得将脸埋起来。

最后还是陆执一把将程只揽进怀里，一副保护的姿态，对着白麋鹿警告：“你差不多得了。”

陆执那一届的同学来了不少。

大家都没想到能看见许久不见的陆执和程只，这两人可是当年宜城一中的风云人物，只不过一个高一就转学了，一个高考完之后完全失去了音讯。

许多人纷纷上前跟他们打招呼。

围在一桌吃饭的时候，高一时坐在后排经常跟陆执一起玩的那群男生喝得醉醺醺的，忍不住说：“当年执哥转学之后，别说我们（2）班了，就是整个宜城一中都低迷了很长一段时间，没想到啊没想到，就在我们以为没有人能代替我们执哥坐上校霸位置的时候，我们的只姐出现了！”

“对，对，对！”有人接上，“执哥的风光伟绩就不多说了，执哥转校之后，程只年年成绩全省第一就算了，连二中的霸王经常来闹事也被我们只姐治理得服服帖帖的，再也不敢来了。”

如今大家说起这些，除了是回忆，更多的是感慨。

陆执坐在位子上，漫不经心地听着。他身边是喝了一点酒，有些迷糊的程只。

有陆执在，自然没有人敢灌程只酒，但程只的心情看上去很不错，主动喝了一点。她本来酒量就不行，喝了一点就迷糊了起来。

当听见有人说起过去的时候，她眨了眨眼睛，竟然很乖巧地与他们互动：“陆执虽然转学了，但是对于我来讲他一直在，所以……他所有的我都要保护好。”

众人因为这话，都颇有几分感动。

其中有个醉了的哥们主动道歉：“程只，其实我应该跟你道个歉，本以为当年最不在意执哥离开的人是你，甚至那时候我们一帮哥们一直怪你，如果执哥当时不是为了你，也不会转学，现在想想，是我们错了，误会了你，其实对执哥最好的就是你！我自罚一杯！”

说完拿起一杯酒一口喝了下去。

程只心想这哪能让别人自己喝呢，于是她也拿了一杯酒一口喝了下去。

喝多的结果就是她整个人昏昏沉沉的。

白麋鹿小声对陆执说：“要不先带只只进去休息一会儿？”

水吧当年为陆执留着的休息室一直在，陆执应了一声，正要抱起程只离开，面前却站了一个女人，陆执有点不记得她是谁。

甄茹茹精准地在陆执眼里找到了他对自己的陌生，她看了看他怀中抱着的程只，以往放纵不羁的陆执，此刻满眼都是怀里的佳人。

在这一刻似乎有什么在她心里彻底释怀了，她举了举手中的杯子：“陆执，祝你幸福！”

随后一饮而尽。

当年甄茹茹是真心喜欢陆执的，她知道此刻在场的像她这样喜欢过陆执的女生还有很多，她们都只敢偷偷往这边看，只有她鼓起勇气过来跟他敬一杯酒，敬过去喜欢过他的自己和现在终于彻底放下的自己。

陆执将程只抱到了休息室，小朋友喝得很醉，一张脸红扑扑的。

陆执将她放在床上，用毛巾帮她擦了擦脸。

小朋友抱着被子呼呼地睡着了。

跟着进来的白麋鹿将手中泡好的醒酒茶递给他，说：“我来的时候听陆绯说了这些年你为只只做的一切，其实你一直在暗中守护她，一直没离开她。但这些，你都不打算告诉她吗？”

陆执淡淡地说：“过去的事情都是过去，只要现在能陪在她身边就行。”

白麋鹿叹息了一声：“你们都是这样，互相为对方做了那么多，却双方都不说。或许用另一种话来讲，是性格合适？天生一对？算了算了，只要你们现在幸福就好。”

说完白麋鹿转身出去了，关门的时候，看着陆执守在程只身边，忽然觉得这些年自己和程只一样，都错怪了陆执。

从他为了程只而退学，到程只上大学被王子怡设计后，他为她安排进入的“那边”。

难怪那时候王子怡和侯章祁最后还是被退学了，再也没在B市出现过，就连这次的校庆，王子怡都没有出现。

她想起陆绯跟她说的：“其实程只并不适合警校，她的双重人格对她来讲有时候是好事，有时候也是坏事，尤其是当年她在警校没找到陆执之后，第一重人格自动封闭了起来，第二种人格的任性行事太让人头疼了，就算没有王子怡，以她桀骜不驯、毁天灭地的性格，早晚会出事。王子怡的计划陆执是知道的，之所以没有出手，是因为想借这事让她顺利进入‘那边’，这是对她最好的选择。‘那边’的各种教育都不输大学，在‘那边’待过的人至少都是硕士学位，即使以后她不想在‘那边’待了，她本身也不差，再加上这么多年在‘那边’获得的酬劳，即使她未来不工作，余生也绰绰有余。”

白麋鹿还记得陆绯最后说的话：“你以为如果不是陆执允许，真有人能对程只动手？B市可是陆家的地盘。”

白麋鹿看着床上沉睡的程只，心总算放了下来：“只只，陆执知道你为他所做的一切，我们过去都误会他了。”

# 尾声

程只醒过来的时候，眼前一片陌生。

她有些茫然地看了四周一眼，才发现有点眼熟，这里是水吧的休息室。

她记得高一的时候，她来这里喊过睡着的陆执。

嗯……

陆执呢？

她一怔，随即从床上下来，打开休息室的门，一路跑了出去。

水吧里的人早已经散去，此刻水吧里竟然一个人都没有。

程只的心又开始慌了起来，她一路跑到水吧门口，正要跑出去的时候，看见一个熟悉的人影。

那一刻男人的侧颜好像跟照片里的人重合，他半蹲在那，身边是一只在地上打滚撒娇的缅因猫。

阳光温煦，他身上没有了那种冰凉的孤单，他逗猫的样子美好得像一幅画。

“陆执……”程只喊了一声。

他抬头，墨色的双眼中掠过一丝诧异。

还没等他开口，她就一头扎进他的怀中：“我以为你又走了……”

她语气里的不安与委屈，让他的心一紧。

他说：“宝贝，我在。”

“嗯。”程只埋在他怀里，紧紧地抱着他，又喊了两声，“陆执，陆执。”

“嗯？”

“没事。”半晌，她从他的怀里仰头，澄澈如水的双眸望着他，说，“我就是想确定你在。”

他的嘴角勾起一抹柔和的笑，光华耀眼。

“我在。”她听见他说，“我会一直在。小朋友，如果你不放心，你可以一次次向我确认。”

这么多年，在陆家，他是一只困兽，陷于四面楚歌，在绝境之中顽强抵抗。

如今，他历经磨难与煎熬，带着荣耀归来，去爱他的小朋友。

他抗下了所有的压力与困苦，只对她一个人偏爱和温柔。

——我不爱这世间万物，唯独只爱你。

# 后记

形象痞邪，爱打架，脾气坏，身后总是跟着一群小弟，名号传遍学校的各个角落，最关键的是这家伙还长得贼帅，身边暗恋他的小女生不计其数。

感觉学校里总会有这样一号人物。

我记得我遇到这么个风云人物还是在上初一的时候，偶然有一次跟闺密从洗手间回来的路上，忽然一个身影被推撞了过来，把我们吓了一跳，接着便听见一群起哄的声音：“哟……羽哥害羞啦！”

那是我第一次见秦羽，当时并没有特别大的感觉，因为我那时暗恋的是另外一个男生。

后来才听闺密说：“你知道吗？刚才那个人是秦羽，我们一中的老大，打架特别厉害，而且长得特别帅，女朋友换了一个又一个，他该不会是看上你了吧？”

闺密的话我并没有放在心上，只笑了笑说：“不会吧？你都说他是老大了，我何德何能能得到他的青睐。”

这件事很快被我忘记了，毕竟那时候的我除了学习，还默默地喜欢着另外一个人。

心里有人的时候，其他人是入不了眼的。

有一天放学，我和闺密在操场上为了运动会的一千五百米而提早训练。跑完一圈后，闺密扯着我说：“你有没有发现，有人一直在看你？”

“谁啊？”闺密抬了抬下巴，指着不远处的人，“秦羽。”

我这才发现秦羽和他的一群小老弟趴在教学楼的走廊上不知说什么，还往这边看，似乎真的在看我……这边。

我往四周看了一眼，发现我们这边的人挺多的，他并不一定是在看我。

那天之后，我依然没把这件事放在心上。

直到我们班的班花丁甜心找上了我。她喜欢秦羽，秦羽不喜欢她这件事全年级的人都知道。

她直接对我说："秦羽喜欢你你知道吗？但你别太得意，秦羽是我的！"

"……"

自那以后我才真正注意到秦羽，并没有其他意思，只是想知道被班花执着喜欢的人究竟是怎么样的。

我印象里的他很帅，每天身后都跟着一群小弟，不仅丁甜心喜欢他，还有很多女生喜欢他。

别看丁甜心跟我说的那句话特别霸气，但其实她是个挺温柔的小姑娘，只是因为太喜欢，所以才对秦羽身边的女生充满了敌意。

后来我渐渐对丁甜心和秦羽之间的感情上了心，和小说中不一样的是，丁甜心和秦羽之间并没有甜蜜的爱情，只有丁甜心对秦羽的单恋。丁甜心很努力想跟秦羽在一起，但秦羽总是连一个眼神都不给她。

秦羽是我真正意义上见过的第一个浪子，他在感情上十分不羁洒脱，也可以说是无情。

他今天很喜欢你，明天就可能很喜欢别人。

那时，包括丁甜心在内的一群女生经常因为秦羽难受得不行。她们觉得自己不管怎么做都抓不住秦羽的心，他那么飘，那么令人捉摸不透。

直到毕业很多年之后的一次同学聚会，有人在聚会上说到秦羽，才知道秦羽心里一直有一个女生。这么多年，他身边虽然各种女生络绎不绝，有交往过的，有没交往过的，但都是那个女生的缩影而已。

可能是性格像她，可能是长得像她。

直到后来他再也没有浪了，因为他娶了他心里的那个女孩。

很好奇究竟是怎样一个女孩能让这样的人喜欢，所以想到了程只这样双重性格的女孩。

陆执和秦羽不同，他从小被抛弃，对一切都不感兴趣，直到程只的出现。

后来大概想表达的就是一个这样的故事：我本不对这个世界抱有什么期待，但是你来了。

木子喵喵

2020年8月20日